RAINBOW ROWELL nació en Nebraska en 1973, y su carrera literaria comenzó hace relativamente poco, en 2011, con la novela *Enlazados*, que le permitió entrar en la lista de bestseller de *The New York Times*. Esta posición se consolidó con la publicación, dos años más tarde, de *Fangirl* (2013) y la premiada *Eleanor & Park* (2013), que obtuvo el Goodreads Choice Award (2013) y fue mejor libro del mes en Amazon. Este éxito en tan corto periodo de tiempo la ha consolidado como una de las autoras más influyentes y de mayor prestigio para la crítica estadounidense.

Actualmente vive con su marido y sus dos hijos en Omaha.

Enlazados

Rainbow Rowell

Traducción de Victoria Simó Perales

El papel utilizado para la impresión de este libro ha sido fabricado a partir de madera
procedente de bosques y plantaciones gestionadas con los más altos estándares ambientales,
garantizando una explotación de los recursos sostenible con el medio ambiente y beneficiosa para las personas.

Enlazados

Título original: *Attachments*

Primera edición en México: febrero, 2024

D. R. © 2011, Rainbow Rowell
Publicado por acuerdo con la autora a través de The Lotts Agency, Ltd.
Todos los derechos reservados

D. R. © 2016, de la presente edición en castellano para todo el mundo:
Penguin Random House Grupo Editorial, S.A.U.
Travessera de Gràcia, 47-49, 08021, Barcelona

D. R. © 2024, derechos de edición mundiales en lengua castellana:
Penguin Random House Grupo Editorial, S. A. de C. V.
Blvd. Miguel de Cervantes Saavedra núm. 301, 1er piso,
colonia Granada, alcaldía Miguel Hidalgo, C. P. 11520,
Ciudad de México

penguinlibros.com

D. R. © 2016, Victoria Simó Perales, por la traducción
Portada: adaptación a partir del diseño original de Orion Books
Ilustración de la portada: © Debbie Powell/The Artworks

ISBN: 978-607-384-133-7

Impreso en México – *Printed in Mexico*

Para Kai, que supera a la ficción

De: Jennifer Scribner-Snyder
Enviado: Miércoles, 18 de agosto de 1999. 9:06
Para: Beth Fremont
Asunto: ¿Dónde estás?

¿Te morirías por llegar antes de mediodía aunque solo fuera una vez? Aquí estoy, sentada entre los escombros de mi vida tal como la conocía, y tú..., si no te han cambiado, acabas de levantarte. Seguro que estás desayunando cereales y mirando el programa de Sally Jessy Raphael. Envíame un correo en cuanto llegues, antes de hacer nada más. No te pongas a leer las tiras cómicas.

<<**Beth a Jennifer**>> Vale, te pongo por delante de las tiras, pero date prisa. Llevo varios días discutiendo con Derek si *En lo bueno y en lo malo* está ambientado en Canadá, y hoy se podría demostrar que llevo razón.

<<**Jennifer a Beth**>> Me parece que estoy embarazada.

<<**Beth a Jennifer**>> ¿Qué? ¿Y por qué te lo parece?

<<**Jennifer a Beth**>> El sábado pasado me tomé tres copas.

<<**Beth a Jennifer**>> Debería explicarte un par de cosas acerca de las flores y las abejitas. La cosa no funciona así exactamente.

<<**Jennifer a Beth**>> Cada vez que me paso con la bebida, tengo la sensación de estar embarazada. Debe de ser porque nunca bebo y es un clásico quedarse embarazada la única vez que te descuidas. Tres horas de debilidad y ahora tendré que bregar el resto de mi vida con las necesidades especiales de un alcohólico fetal.

<<**Beth a Jennifer**>> No creo que los llamen así.

<<**Jennifer a Beth**>> Tendrá los ojitos muy separados, y cuando vaya al supermercado todo el mundo me mirará y susurrará: «Mira a esa borrachuza. No fue capaz de renunciar a su clara ni nueve meses de nada. Es trágico».

<<**Beth a Jennifer**>> ¿Bebes clara?

<<**Jennifer a Beth**>> Es refrescante.

<<**Beth a Jennifer**>> No estás embarazada.

<<**Jennifer a Beth**>> Que sí.

Justo antes de que me venga la regla se me reseca la tez y un par de días antes sufro calambres premenstruales. Pero ahora mismo mi piel está tersa como el culito de un bebé. Y, en vez de calambres, siento algo raro en la zona del útero. Una especie de presencia.

<<**Beth a Jennifer**>> A ver si te atreves a llamar a urgencias diciendo que notas una presencia en el útero.

<<**Jennifer a Beth**>> Vale. Reconozco que no es la primera vez que me llevo un susto. Incluso estoy dispuesta a admitir que el miedo a estar embarazada forma parte de mi cuadro premenstrual. Pero esta vez es diferente, va en serio. Me noto diferente. Igual que si mi cuerpo me estuviera diciendo: «Esto solo es el principio».
Y no dejo de pensar en lo que me espera. Primero las náuseas. Luego engordar como una vaca. Y por último morir de un aneurisma en la sala de partos.

<<**Beth a Jennifer**>> O... y por último dar a luz a un niño precioso. (Al final has conseguido que participe en esta fantasía tuya del embarazo. ¿Contenta?)

<<**Jennifer a Beth**>> O... y por último dar a luz a un niño precioso, al que nunca veré porque se pasará el día en la guardería al cuidado de una esclava mal pagada a la que considerará su madre. Mitch y yo intentaremos cenar juntos cuando el bebé se duerma por fin, pero estaremos agotados. Caeré frita mientras me cuenta las novedades del día; y a él no le importará porque, de todos modos, no tendrá ganas de hablar. Se comerá el burrito en silencio y pensará en la profesora de economía doméstica

que acaba de llegar al instituto. Una maciza con zapatos negros de tacón, medias color carne y una falda de rayón que le marca los muslos cada vez que se sienta.

<<**Beth a Jennifer**>> ¿Y qué dice Mitch? (Acerca de la presencia del útero. No de la profesora de economía doméstica.)

<<**Jennifer a Beth**>> Que debería hacerme una prueba de embarazo.

<<**Beth a Jennifer**>> Qué listo. Es muy posible que un tío tan sensato como Mitch estuviera mejor al lado de una profesora de economía doméstica. (Ella nunca le prepararía burritos para cenar.) Pero supongo que está condenado a seguir contigo, sobre todo ahora que un niño con necesidades especiales está en camino.

2

—Lincoln, qué mala cara tienes.

—Gracias, mamá.

Tendría que fiarse de la palabra de su madre. Hoy no se había mirado al espejo. Ni tampoco ayer. Lincoln se frotó los ojos e intentó alisarse el pelo con los dedos... o aplastarlo. Debería haberse peinado la noche anterior, cuando salió de la ducha.

—En serio, mírate. Y mira qué hora es. Son más de las doce. ¿Acabas de levantarte?

—Mamá, salgo de trabajar pasada la una de la madrugada.

Su madre frunció el ceño y, acto seguido, le tendió una cuchara como si fuera eso precisamente lo que su hijo necesitaba en ese momento.

—Toma —ordenó—. Remueve las judías. —Puso en marcha el robot de cocina y medio gritó por encima del ruido—. Aún no entiendo qué haces en ese sitio que no puedas hacer de día. No, cariño, así no, les estás haciendo cosquillas. Remuévelas con ganas.

Lincoln removió con más fuerza. La cocina olía a jamón con cebolla y a algo más, un aroma dulce. Le rugía el estómago.

—Ya te lo he dicho —repuso él a viva voz—, alguien se tiene que quedar de guardia. Por si se estropea un ordenador. Además..., no sé...

—¿No sabes qué? —Su madre apagó el robot y lo miró.

—Creo que me obligan a trabajar de noche para que no me relacione con los demás.

—¿Cómo?

—Bueno, si trabara amistad con los empleados —continuó Lincoln—, podría...

—Remueve. Habla y remueve.

—Si trabara amistad con los empleados —siguió removiendo—, tal vez no fuera tan imparcial a la hora de aplicar las normas.

—Sea como sea, no me gusta que leas mensajes ajenos. En particular que tengas que hacerlo de noche, en un edificio vacío. No deberían contratar a nadie para eso —probó con el dedo lo que sea que estuviera mezclando antes de tenderle el cuenco a su hijo—. Toma, prueba esto... ¿En qué clase de mundo vivimos, si algo así se considera un empleo?

Él pasó el dedo por el borde del cuenco y se lo lamió. Glaseado.

—¿Notas el sabor del sirope de arce?

Lincoln asintió.

—El edificio no está vacío —aclaró—. Hay gente trabajando en la redacción.

—¿Y hablas con ellos?

—No. Pero leo sus emails.

—No está bien. ¿Cómo quieren que la gente se exprese en un entorno tan represivo? ¿Sabiendo que hay alguien acechando sus pensamientos?

—Yo no acecho sus pensamientos sino sus ordenadores. Bueno, los ordenadores de la empresa. Todo el mundo está al corriente...

Era inútil tratar de explicarle las circunstancias a su madre. Ella no había visto un correo electrónico en su vida.

—Dame esa cuchara —suspiró ella—. Me vas a estropear toda la bandeja. —Lincoln le entregó la cuchara y se sentó a la mesa de la cocina, ante un plato de humeante maíz—. Hace tiempo venía un cartero por casa —prosiguió la mujer—, ¿lo recuerdas? ¿El que leía las postales? Y siempre se estaba haciendo el listillo. «Parece que su amigo se está divirtiendo en Carolina del Sur.» O: «Yo nunca he estado en el monte Rushmore. Debe de ser impresionante ver las cabezas de los presidentes talladas en piedra». Seguro que leen todas las postales, los carteros. Los empleados de correos. Es un trabajo monótono. Pero ese en concreto lo hacía casi con orgullo. Alardeaba. Creo que, cuando me suscribí a la revista *Ms*, les fue contando a los vecinos que yo leía una revista feminista.

—Eso es distinto —alegó Lincoln en su defensa. Volvió a frotarse los ojos—. Yo solo leo lo suficiente para saber si están quebrantando las normas. No es lo mismo que si leyera sus diarios o algo parecido.

Su madre no le escuchaba.

—¿Tienes hambre? Pareces hambriento. A decir verdad, pareces famélico. Dame, cielo, pásame esa bandeja. —Él se levantó y le tendió la bandeja. Su madre lo agarró por la muñeca—. Lincoln..., ¿qué te pasa en las manos?

—Nada.

—Mírate los dedos. Están grises.

—Es tinta.

—¿Qué?

—Tinta.

Cuando Lincoln iba al instituto y trabajaba en McDonald's, el aceite rezumaba por doquier. Al llegar a casa notaba el cuerpo tan pegajoso como los dedos cuando comes patatas fritas con las manos. El aceite se le adhería a la piel y al cabello. Al día siguiente, sudaba aceite, que impregnaba la ropa.

En el *Courier*, el problema era la tinta. Una capa gris que lo cubría todo, por más que limpiasen. Un constante manchurrón gris en las paredes estucadas y en las placas del falso techo.

Los correctores del turno de noche revisaban las ediciones recién salidas de la imprenta. Estampaban huellas grises en sus teclados y escritorios. A Lincoln le recordaban a topos. Personas muy serias de piel grisácea y gafas de culo de botella. Puede que la luz tuviera la culpa, pensaba. Es posible que no los reconociese a plena luz del día. A todo color.

Seguro que ellos no reconocían a Lincoln. Pasaba la mayor parte de su horario laboral en el departamento de Tecnología de la Información, en la planta baja. Hacía cosa de cinco años y una docena de fluorescentes, la sala se utilizaba como cuarto oscuro. Ahora, con todas esas luces y servidores informáticos, estar allí era como sentarse en mitad de un dolor de cabeza.

A Lincoln le gustaba que lo llamaran a la sala de redacción para que reiniciara un ordenador o arreglara una impresora. La redacción era amplia y despejada, tenía grandes ventanales a lo largo de una de las paredes y nunca se encontraba completamente desierta. Los correctores nocturnos se quedaban hasta tan tarde como él. Se sentaban agrupados en un extremo de la sala, debajo de los televisores. Dos de las correctoras, que se sentaban juntas cerca de la impresora, eran jóvenes y atractivas. (Sí, había concluido Lincoln, es posible ser guapa y parecer un topo.) Se preguntaba si la gente que trabajaba de noche salía en pareja de día.

3

De: Beth Fremont
Enviado: Viernes, 20 de agosto de 1999. 10:38
Para: Jennifer Scribner-Snyder
Asunto: Me sabe mal preguntar, pero...

¿Podemos dejar de fingir ya que estás embarazada?

<<**Jennifer a Beth**>> No. Al menos durante 40 semanas. Puede que 38 a estas alturas...

<<**Beth a Jennifer**>> ¿Eso significa que no podemos hablar de otras cosas?

<<**Jennifer a Beth**>> No, significa que deberíamos hablar de otras cosas. No quiero obsesionarme.

<<**Beth a Jennifer**>> Bien pensado.
     Vale. Pues verás. Anoche me llamó mi hermana pequeña. Se va a casar.

<<**Jennifer a Beth**>> ¿Y a su marido no le importa?

<<Beth a Jennifer>> Mi otra hermana pequeña. Kiley. Conociste a su novio..., prometido, Brian, en casa de mis padres el Día de los Caídos. ¿Te acuerdas? Nos estuvimos burlando del tatuaje de Sigma Ji que lleva en el tobillo...

<<Jennifer a Beth>> Ah, Brian. Ya me acuerdo. Nos cae bien, ¿no?

<<Beth a Jennifer>> Ya lo creo. Es brutal. El típico chico que te gustaría que tu hija conociera algún día mientras se pone ciega a chupitos.

<<Jennifer a Beth>> ¿Eso es un chiste de alcohólicos fetales?
    Tus padres tienen la culpa de que se case con ese tío. La llamaron Kiley. Estaba condenada a casarse con un guaperas estudiante de medicina.

<<Beth a Jennifer>> Estudiante de derecho. Pero Kiley piensa que acabará dirigiendo la empresa de fontanería de su padre.

<<Jennifer a Beth>> Podría ser peor.

<<Beth a Jennifer>> No, no podría ser peor.

<<Jennifer a Beth>> Ay. Perdona. Ahora me acuerdo de que no eran buenas noticias. ¿Qué dice Chris?

<<Beth a Jennifer>> Lo de siempre. Que Brian es un tarugo. Que Kiley debería escuchar algo que no fuera Dave Matthews. También dijo: «Esta noche tengo ensayo, así que no me esperes

levantada, eh, pásame el tabaco de liar, ¿quieres?, ¿serás dama de honor? Guay, así te veré otra vez vestida de Escarlata O'Hara. Estás buenísima de dama de honor, ven aquí. ¿Has escuchado la cinta que te dejé? Danny dice que le piso el bajo, pero, por Dios, le estoy haciendo un favor».

Y entonces me pidió que me casara con él. En Mundo Bizarro.

En el mundo real, Chris jamás me pedirá que me case con él. Y yo no acabo de saber si se debe a que es gilipollas... o si la gilipollas soy yo por tener tantas ganas de ser su esposa. Y ni siquiera le puedo hablar de ello, del matrimonio, porque diría que sí que quiere. Pronto. Cuando esté inspirado. Cuando el grupo vuelva a arrancar. Que no quiere ser una carga, que no quiere que lo mantenga...

Por favor, no me recuerdes que ya lo mantengo, porque eso solo es verdad en parte.

<<**Jennifer a Beth**>> ¿En parte? Le pagas el alquiler.

<<**Beth a Jennifer**>> Pago *el* alquiler. Y tendría que pagarlo de todos modos. Tendría que pagar la factura del gas y de la tele por cable y de todo lo demás si viviera sola. No ahorraría ni un céntimo si se marchara.

Además, no me importa pagar casi todas las facturas ahora como no me importaría seguir haciéndolo cuando estuviéramos casados. (Mi padre siempre le ha pagado las facturas a mi madre y nadie la acusa de ser un parásito.)

El problema no es quién paga las facturas, sino que quiere seguir siendo un niño. En el mundo de Chris se considera aceptable que un chico viva con su novia mientras graba una maqueta. Soñar con ser una estrella del rock mientras tu esposa está en la oficina, eso ya es otro cantar.

Si estás casado, eres adulto. Y Chris no quiere serlo. Puede que yo no quiera que lo sea.

<<**Jennifer a Beth**>> ¿Y cómo te gustaría que fuera?

<<**Beth a Jennifer**>> ¿Normalmente? Me gusta que sea el típico rockero greñudo. El tío que te despierta a las dos de la mañana para leerte el poema que acaba de escribir apoyado en tu barriga. Quiero al chico de ojos caleidoscópicos.

<<**Jennifer a Beth**>> Si Chris se buscara un trabajo de verdad, se acabarían los poemas en la barriga a las dos de la mañana.

<<**Beth a Jennifer**>> Eso es verdad.

<<**Jennifer a Beth**>> Entonces, ¿estás bien?

<<**Beth a Jennifer**>> No. Dentro de nada me estarán tomando las medidas para otro vestido de dama de honor. Sin tirantes, Kiley ya lo ha escogido. Estoy hecha polvo. Pero no me puedo quejar, ¿verdad? Le quiero. Y él prefiere esperar. Y yo le sigo queriendo. Así que no me puedo quejar.

<<**Jennifer a Beth**>> Pues claro que te puedes quejar. Es un derecho inalienable. Míralo por el lado bueno. Al menos no estás embarazada.

<<**Beth a Jennifer**>> Ni tú tampoco. Hazte un test de embarazo.

4

Que conste —aunque solo constase en su fuero interno— que Lincoln jamás se habría presentado al puesto si el anuncio hubiera especificado: «Buscamos a alguien para que lea los correos electrónicos de otras personas. Turno de noche».

El anuncio del *Courier* rezaba: «Oportunidad a jornada completa para cubrir una vacante como encargado de seguridad informática. 40 mil más seguro de salud y dental».

Encargado de seguridad informática. Lincoln se había imaginado a sí mismo construyendo cortafuegos y protegiendo la publicación de peligrosos piratas informáticos, no mandando avisos cada vez que un contable reenviaba un chiste verde al compañero de al lado.

El *Courier* debía de ser el último periódico de Norteamérica que había instalado internet a sus redactores. Al menos, eso decía Greg. Era el jefe de Lincoln y director del departamento informático. Greg aún se acordaba de la época en que los redactores usaban máquinas de escribir eléctricas.

—Y me acuerdo —decía—, porque no hace tanto tiempo. En 1992. Nos pasamos a los ordenadores porque ya no podíamos encargar cinta, no os engaño.

La dirección se oponía a todo este asunto de internet, explicaba Greg. En opinión del director, dejar que los empleados tuvieran acceso a la red era lo mismo que darles permiso para trabajar si les apetecía o mirar porno cuando no.

Pero ese empeño en carecer de internet acabó por convertirse en algo absurdo.

Cuando el periódico inauguró la web, el año anterior, los redactores ni siquiera podían entrar para leer sus propios artículos. Además, hoy día todo el mundo enviaba las cartas al editor por email, incluidos los niños de diez años y los veteranos de la Segunda Guerra Mundial.

Para cuando Lincoln entró a trabajar en el *Courier*, el experimento de internet contaba ya tres meses. Ahora, todos los empleados tenían correo interno. Los mandos intermedios y la mayoría de los redactores accedían a la red informática mundial en mayor o menor grado.

Si le preguntabas a Greg, el asunto funcionaba bastante bien.

Si les preguntabas a los directivos, era el caos.

La gente compraba en línea y cotilleaba, se inscribía en foros y en ligas de fútbol virtuales. Se hacía alguna que otra apuesta. Se miraba alguna que otra página guarra.

—Pero eso no tiene por qué ser malo —argüía Greg—. Nos ayuda a descubrir a los psicópatas.

Lo peor de internet, en opinión de los jefes de Greg, era que desde su existencia era imposible distinguir una habitación llena de gente trabajando con diligencia de otra repleta de empleados respondiendo al test de personalidad *online* «¿De qué raza sería si fuera perro?».

De ahí... Lincoln.

La noche de su llegada, Lincoln ayudó a Greg a cargar en el sistema un programa llamado WebFence. El programa controlaba lo que hacían los empleados tanto en internet como en la intranet. Filtraba todos y cada uno de los correos electrónicos que enviaban. Cada web que visitaban. Cada palabra.

Y Lincoln controlaba el WebFence.

Alguien de mente particularmente retorcida (puede que Greg) había definido los principales filtros del programa. Había toda una lista de términos que disparaban la alarma: vocablos malsonantes, epítetos racistas, nombres de supervisores, palabras como «secreto» y «clasificado».

Este último término, «clasificado», colapsó el sistema al completo durante la primera hora de funcionamiento de WebFence, porque marcó y almacenó todos y cada uno de los correos electrónicos enviados al departamento de Anuncios clasificados o desde el mismo.

El programa también avisaba cuando un adjunto pesaba demasiado y cuando los mensajes eran sospechosamente largos o demasiado frecuentes... Cada día, cientos de emails ilegales en potencia iban a parar a una bandeja de entrada de acceso restringido, y era Lincoln el encargado de examinarlos uno a uno. Lo cual requería leerlos, así que los leía. Pero no le gustaba hacerlo.

Jamás lo reconocería delante de su madre, pero le parecía mal hacer lo que hacía, igual que escuchar detrás de una puerta. Tal vez si fuera de esas personas que disfrutan con ese tipo de cosas... Sam, su novia, su ex novia, tenía por costumbre curiosear en el armarito de las medicinas de casas ajenas. «Jara-

be Robitussin —le informaba en el coche de camino a casa—.
Y tiritas genéricas. Y algo que parecía un prensador de ajos.»

A Lincoln ni siquiera le gustaba usar los baños de otras
personas.

En teoría debía seguir un complejo protocolo cuando pescaba a alguien saltándose las reglas del *Courier*. Pero, por lo general, las infracciones se resolvían con una advertencia escrita.
Tras eso, casi todos los transgresores captaban el mensaje.

De hecho, la primera ronda de advertencias dio tan buen
resultado que Lincoln pronto se quedó mano sobre mano. WebFence seguía almacenando correos, treinta o cuarenta por día,
pero casi siempre se trataba de falsas alarmas. Greg no les daba importancia.

—No te preocupes — le dijo a Lincoln la primera vez que
WebFence no pilló a un solo infractor—. No te van a despedir.
A los tipos de arriba les encanta lo que estás haciendo.

—Pero si no estoy haciendo nada— objetó Lincoln.

—Pues claro que sí. Eres el tío que lee los emails. Todos te
temen.

—¿Quiénes me temen? ¿Quiénes son ellos?

—Todo el mundo. ¿Te estás quedando conmigo? El edificio
entero habla de ti.

—No me temen a mí. Tienen miedo de que los pesquen in
fraganti.

—De que *tú* los pesques in fraganti. Les basta saber que
alguien husmea en su bandeja de salida cada noche para portarse bien.

—Pero si yo no husmeo.

—Podrías hacerlo —alegó Greg.

—¿Podría?

Greg devolvió la atención a lo que tenía entre manos, una especie de autopsia de un portátil.

—Mira, Lincoln, ya te lo he dicho. Alguien tiene que estar de guardia por las noches. Alguien tiene que coger el teléfono y decir: «Soporte técnico». No pegas sello, ya lo sé. No tienes suficiente trabajo, lo sé. Me da igual. Haz el crucigrama. Aprende un idioma extranjero. Antes teníamos a un tío que hacía ganchillo...

Lincoln no hacía ganchillo, pero leía el periódico. Se llevaba cómics, revistas y novelas de bolsillo al trabajo. Y llamaba a su hermana de vez en cuando, si no era muy tarde y se sentía solo.

Principalmente, navegaba por la red.

5

De: Jennifer Scribner-Snyder
Enviado: Miércoles, 25 de agosto de 1999. 10:33
Para: Beth Fremont
Asunto: Esto es solo un simulacro. En caso de emergencia real...

Me ha venido lo que ya sabes. Pueden retomar sus actividades normales.

<<**Beth a Jennifer**>> ¿Lo que ya sé?

<<**Jennifer a Beth**>> Lo que ya sabes, lo que te ayuda a saber que no estás embarazada.

<<**Beth a Jennifer**>> ¿Te refieres a la regla? ¿El periodo? ¿Tu tía Rosita ha venido de visita de cinco a siete días? ¿Estás... en esos días del mes?

¿Por qué hablas como si esto fuera un anuncio de compresas?

<<**Jennifer a Beth**>> Intento llevar más cuidado. No quiero disparar una alerta y que cualquier ordenador soplón empiece a

echar humo solo porque he enviado un mensaje sobre lo que ya sabes.

<<**Beth a Jennifer**>> Dudo mucho que alguna de las palabras de alerta de la empresa guarden relación con la menstruación.

<<**Jennifer a Beth**>> Entonces ¿no te preocupa?

<<**Beth a Jennifer**>> ¿Tu menstruación?

<<**Jennifer a Beth**>> No, la nota que recibimos. La que nos avisaba de que no enviáramos emails personales. La que decía que nos podían despedir por usar indebidamente los ordenadores.

<<**Beth a Jennifer**>> ¿Si me preocupa que los malos de *Tron* lean nuestro correo electrónico? Esto..., no. Todo ese rollo de la seguridad no va por nosotras. Pretenden pescar a los pervertidos. A los adictos al porno en línea, a los jugadores de *blackjack*, a los espías corporativos...

<<**Jennifer a Beth**>> Seguro que todas esas palabras disparan la alerta. «Pervertidos.» «Porno.» «Espías.» Me juego algo a que «alerta» la dispara también.

<<**Beth a Jennifer**>> Por mí, como si están leyendo nuestro correo ahora mismo. ¡Venga, Tron! A ver si te atreves. Prueba a arrebatarme mi libertad de expresión. Soy periodista. Una defensora del pensamiento independiente. Lucho en el ejército de la Primera Enmienda. No acepté este trabajo por las cuatro perras que

me pagan ni por la porquería de seguro médico. ¡Estoy aquí para abrir las puertas que dejan entrar a raudales la luz de la verdad!

<<**Jennifer a Beth**>> Una defensora del pensamiento independiente. Ya. ¿Y qué defiendes? ¿El derecho a darle cinco estrellas a *Billy Madison*?

<<**Beth a Jennifer**>> No te pases. No siempre he tenido la suerte de escribir crítica de cine. No olvides que pasé dos años cubriendo North Havenbrook. Dos años en las trincheras. Sangrando tinta por los barrios bajos. Igual que Bob Woodward en pleno Watergate.

Además, de haber dependido de mí, le habría dado seis estrellas a *Billy Madison*. Ya sabes lo que pienso de Adam Sandler; y que siempre añado estrellas por los temas de los Styx. (Dos si se trata de *Renegade*.)

<<**Jennifer a Beth**>> Vale. Me rindo. A la mierd@ la política de la empresa: ayer por la noche me vino la regla.

<<**Beth a Jennifer**>> Dilo en voz alta, proclámalo con orgullo. Felicidades.

<<**Jennifer a Beth**>> Ya, bueno, esa es la cuestión...

<<**Beth a Jennifer**>> ¿Cuál es la cuestión?

<<**Jennifer a Beth**>> Cuando me vino, no experimenté el típico huracán de alivio y antojos de clara.

O sea, sí que respiré aliviada; porque, aparte de las claras, creo que llevo seis meses sin tomar nada que contenga ácido fólico. Hasta podría estar comiendo cosas que lo eliminen del organismo, así que experimenté alivio, desde luego; pero tampoco di saltos de alegría.

Bajé a decírselo a Mitch. Él estaba ubicando los instrumentos de la banda en un diagrama, un trabajo que no habría interrumpido en otras circunstancias, pero me pareció importante.

—Para que lo sepas —le espeté—. Me ha venido la regla.

Y él soltó el lápiz y dijo:

—Ah.

(Tal cual. «Ah.»)

Cuando le pregunté por qué lo decía en ese tono, me confesó que había pensado que quizás esta vez iba en serio; y que le habría gustado que estuviera embarazada.

—Ya sabes que quiero tener hijos —añadió.

—Ya —repuse yo—. En el futuro.

—En un futuro próximo —especificó.

—En un futuro no muy lejano. Cuando estemos listos.

Y él devolvió la atención a sus diagramas. No con rabia ni con impaciencia. Solo con pesar, que es muchísimo peor. Le dije:

—Cuando estemos listos, ¿no?

Y me respondió...

—Yo ya estoy listo. Estaba listo el año pasado, Jenny, y empiezo a pensar que tú nunca lo estarás. Ni siquiera te lo planteas. Te comportas como si el embarazo fuera una enfermedad que podrías pillar en un aseo público.

<<Beth a Jennifer>> ¿Y tú qué le dijiste?

<<Jennifer a Beth>> ¿Qué le iba a decir? No estoy lista. Y puede que las expresiones «algún día» y «no muy lejano» lo hayan inducido a la confusión. No me veo haciendo de madre, la verdad.

Aunque tampoco me veía casada hasta que conocí a Mitch. Y pensaba que el deseo de tener hijos surgiría por sí solo, que me convertiría en una persona tan funcional como él y una mañana de estas me despertaría pensando: «Cuánto me gustaría traer un hijo a este hermoso mundo».

¿Y si nunca llega ese día?

¿Y si se da por vencido y se busca una mujer normal y corriente que —además de ser delgada y no haber tomado antidepresivos— esté deseando tener hijos?

<<Beth a Jennifer>> Como Barbie en perpetua ovulación.

<<Jennifer a Beth>> Sí.

<<Beth a Jennifer>> Como la ficticia profesora de economía doméstica.

<<Jennifer a Beth>> ¡Sí!

<<Beth a Jennifer>> Eso no va a pasar.

<<Jennifer a Beth>> ¿Por qué no?

<<**Beth a Jennifer**>> Pues por la misma razón por la que Mitch se empeña en cultivar calabazas gigantes cada verano, aunque vuestro jardín sea enano, esté infestado de escarabajos y no tenga sol. A Mitch no le gustan las cosas fáciles. Le gusta esforzarse por conseguir lo que quiere.

<<**Jennifer a Beth**>> Así que es un bobo. Un bobo que no sabe qué hacer con sus semillas.

<<**Beth a Jennifer**>> Eso es lo de menos. Lo que importa es que ese bobo no va a renunciar a ti.

<<**Jennifer a Beth**>> No estoy segura de que tengas razón, pero me parece que ahora me siento mejor. Buen trabajo.

<<**Beth a Jennifer**>> A mandar.
    (Pero solo a partir de las diez y media, ¿eh?)

<<**Jennifer a Beth**>> (Claro.)

6

Jennifer Scribner-Snyder, según el directorio de la empresa, era correctora tipográfica.

A Beth Fremont, Lincoln la conocía. Sabía quién era, al menos. Había leído sus críticas de cine. Era divertida y Lincoln casi siempre coincidía con sus opiniones. Gracias a ella había ido a ver *Dark City*, *Flirteando con el desastre* y *Babe*.

Para cuando Lincoln se dio cuenta de que no había enviado ninguna advertencia a Beth Fremont y Jennifer Scribner-Snyder —tras sabe Dios cuántas infracciones, ¿tres?, ¿media docena?— ya ni se acordaba de por qué había decidido no hacerlo. Quizás porque no siempre sabía qué norma se estaban saltando. Tal vez porque le parecían totalmente inofensivas. Y simpáticas.

Y ahora ya no podía avisarlas. No esta noche. No sabiendo que les inquietaba la posibilidad de recibir una. Sería marciano, ¿no? Descubrir que alguien ha leído el email en el que expresas preocupación por si alguien lo está leyendo. Si fueras un tanto paranoico, empezarías a preguntarte si los otros temores que albergas no serán fundados también. Acabarías pensando: «¿Estarán todos contra mí?».

Lincoln no quería ser el malo de Tron.

Y además... Además, Beth y Jennifer le caían bien y tal, tan bien como te puede caer alguien a partir de sus correos, o de unos cuantos correos.

Echó otro vistazo a la conversación. «Mierda» sin duda era una palabra de alerta. Al igual que «blackjack» y «porno». En cuanto a «pervertido» y «menstruación», no estaba seguro.

Tiró los archivos a la papelera y se marchó a casa.

—No hace falta que me prepares la comida —le dijo Lincoln a su madre. Aunque le gustaba que lo hiciera. Apenas si había probado la comida basura desde que volvía a vivir en la casa familiar. Siempre había algo en el horno o en la sartén, en la olla o enfriándose en un plato. Y cuando Lincoln estaba a punto de salir, su madre nunca dejaba de plantarle un recipiente de *pyrex* en las manos.

—No te he preparado la comida —objetó ella—. Te he preparado la cena.

—Pero no quiero que te sientas obligada —insistió Lincoln. No le importaba vivir con su madre, pero sin pasarse de la raya. Y estaba seguro de que permitir que le preparara todas las comidas era pasarse de la raya. Ella había empezado a planificar el día en torno a la alimentación de su hijo.

—No me siento obligada —replicó ella mientras le tendía una bolsa de la compra en la que tintineaba un pesado recipiente de cristal.

—¿Qué has preparado? —preguntó Lincoln. Olía a canela.

—Pollo *tandoori*. Creo. O sea, no tengo un *tandoori* o *tandoor* o como se llamen esos hornos, y tampoco tenía yogur, usan yogur, ¿verdad? He utilizado crema agria. Y guindilla. Así que será pollo a la guindilla... Ya sé que no hace falta que te prepare la cena, ¿sabes? Lo hago porque quiero. Me siento mejor si sé que comes..., si sé que comes comida de verdad, no un burrito o lo que sea. Ya estoy bastante preocupada por ti; no duermes y apenas ves la luz del sol...

—Sí que duermo, mamá.

—De día. Estamos hechos para aprovechar las horas de sol, que es cuando se sintetiza la vitamina D, y para dormir de noche, envueltos en oscuridad. Cuando eras niño, ni siquiera te dejaba dormir con una lamparita encendida, ¿te acuerdas? Interfiere en la producción de melatonina.

—Vale —se rindió Lincoln. Que él recordara, jamás en la vida había derrotado a su madre en una discusión.

—¿Vale? ¿Qué significa «vale»?

—Significa: vale, tomo nota.

—Ah. Bueno. Entonces no significa nada en absoluto. Coge el pollo, ¿quieres? Y cómetelo.

—Lo haré —Lincoln sostuvo la bolsa contra el pecho y sonrió. Intentó adoptar la expresión de alguien que no requiere tanta preocupación—. Pues claro que lo haré —añadió—. Gracias.

Cuando Lincoln llegó al departamento de Tecnología de la Información, Greg lo estaba esperando. Siempre hacía más frío allí que en el resto del edificio. En teoría, el ambiente debería ser agradable. Fresco. Pero resultaba más húmedo que otra cosa.

—Eh, senador —dijo Greg—. He estado pensando en lo que me dijiste hace unos días, ¿sabes?, eso de que no tenías bastante faena. Así que te he buscado algo.

—Genial —repuso Greg, y lo decía en serio.

—Puedes empezar por archivar y comprimir todos los documentos almacenados por los usuarios durante los últimos seis meses —anunció Greg como quien acaba de tener una idea genial.

Lincoln no estaba tan seguro.

—¿Y por qué quieres que haga eso? —objetó—. Es una pérdida de tiempo.

—Pensaba que te apetecía hacer algo así.

—Me apetecía... Bueno, no había pensado nada en concreto. Es que me sabe mal cobrar por no hacer nada.

—Bueno, pues ya no te sabrá mal —replicó Greg—. Acabo de darte faena.

—Sí, pero archivar y comprimir..., tardaré siglos. Y no sirve para nada.

Greg se puso el anorak y reagrupó un montón de carpetas archivadoras. Se marchaba temprano para llevar a su hijo al ortodoncista.

—Nunca estás contento, ¿eh, Lincoln? Por eso no tienes novia.

«¿Cómo sabe que no tengo novia?», se preguntó él.

Se pasó el resto de la noche archivando y comprimiendo documentos, por rencor hacia Greg. (Aunque Greg nunca comprobaría si el trabajo estaba hecho, y desde luego no se percataría de que lo había llevado a cabo rencorosamente.) Lincoln archivó, comprimió y se planteó muy en serio dejar el empleo. Se habría largado en aquel mismo instante si quedara alguien en recursos humanos al que presentarle su renuncia.

Eran casi las diez cuando se acordó del pollo *tandoori* de su madre.

El recipiente se había volcado en el interior de la bolsa de papel y un charco de salsa naranja se extendía por la alfombra, debajo del escritorio. La chica que se sentaba allí durante el día, Kristi, se enfadaría. Ya le había dejado un pósit pidiéndole que no comiera en su puesto de trabajo. Decía que le llenaba el teclado de migas.

Lincoln se llevó lo que quedaba del pollo a la sala de descanso de la segunda planta. Casi nadie usaba aquella salita durante la noche —los correctores cenaban en sus mesas—, pero era más alegre que el desierto departamento de informática. Le gustaba que hubiera máquinas expendedoras y de vez en cuando su descanso coincidía con el de los porteros. Pero no esa noche. La sala estaba desierta.

Y Lincoln, por una vez, se alegró de estar solo. Echó mano del tenedor de plástico y se dispuso a dar cuenta del pollo en una mesa de la esquina. No se molestó en calentarlo.

Dos personas entraron en la sala de descanso, un hombre y una mujer. Discutían algo. Amistosamente.

—Dales un poco de cancha a nuestros lectores —dijo la mujer. Señaló al hombre con un cuadernillo de deportes enrollado al tiempo que se inclinaba hacia la máquina de café.

—No puedo —repuso él—. He conocido a demasiados.

Él llevaba una desastrada camisa blanca y una gruesa corbata marrón. Viéndolo, cabía pensar que no se había cambiado de ropa ni había disfrutado de una noche de sueño reparador desde la presidencia de Carter. La mujer era más joven. Tenía los ojos brillantes, los hombros anchos y una melena que le llegaba a media espalda. Era tan guapa que Lincoln no se atrevía a mirarla.

En realidad, no se atrevía a mirar a ninguna chica. Ni recordaba la última vez que había mirado a una mujer a los ojos. A una mujer que no fuera su madre. O su hermana, Eve.

Si no miraba, no había peligro de que las miradas se cruzasen. Detestaba la sensación —en el banco, en los ascensores— de establecer contacto visual con una mujer sin pretenderlo y advertir cómo ella apartaba la vista para dejar patente su falta de interés. Lo hacían de vez en cuando, desviar la vista ostentosamente antes de que te percataras siquiera de que las estabas mirando. En una ocasión Lincoln se disculpó con una chica cuando los ojos de ambos se encontraron sin querer por encima de un surtidor de gasolina. Ella fingió no haberle oído y apartó la vista.

«Como no salgas pronto con alguien —lo amenazaba Eve—, empezaré a concertarte citas con simpáticas luteranas. Fundamentalistas. Del sínodo de Missouri.»

«No lo harás —replicaba él—. Si tus amigas de la iglesia conociesen a mamá, empezarían a mirarte mal. No querrían sentarse a tu lado cuando quedaseis para estudiar la Biblia.»

La mujer de la sala de descanso se rio con ganas y agitó la cabeza.

—Eres malvado —dijo. Estaba tan inmersa en la conversación que Lincoln podía mirarla sin peligro. Llevaba vaqueros desteñidos y una cazadora verde claro que le dejó la espalda al descubierto cuando se agachó para coger el café. Lincoln desvió la vista.

«No te pasa nada malo, Lincoln —le decía su hermana—. Has salido con chicas. Tuviste una novia. No hay nada en ti que te convierta en una persona intrínsecamente solitaria.»

«¿Se supone que intentas animarme? Porque lo único que yo oigo es "una persona intrínsecamente solitaria".»

Era verdad. Lincoln había salido con chicas. Tuvo una novia. No era la primera vez que le veía el final de la espalda a una mujer. En conciertos y partidos, en fiestas en el sótano de amigos había acariciado la espalda de una chica, de Sam, deslizando los dedos por el interior de su jersey. Tocarla de ese modo era como besarla en público sin que nadie se diera cuenta.

Lincoln no era una persona intrínsecamente solitaria. Tres años atrás salió con una chica. La hermana de un amigo necesitaba pareja para asistir a una boda. Ella se pasó toda la noche bailando con uno de los padrinos, que resultó ser su primo segundo, mientras Lincoln se zampaba exactamente trece dulces de crema de queso.

No le daba miedo volver a tener novia. No exactamente. Pero no podía visualizarlo. Se imaginaba a sí mismo dentro de un año, sentado en un lugar agradable, acariciando el final de la espalda de una chica. Pero conocerla, conquistarla..., eso era otro cantar.

«No me lo creo —decía Eve—. Conociste a Sam. Conseguiste que se enamorara de ti.»

En realidad, no. Ni siquiera se había fijado en Sam antes de que ella le clavara un dedo en el hombro, en la clase de geografía de cuarto.

«Me gusta tu postura —le soltó—. ¿Sabías que tienes un lunar en la zona de la nuca?»

«He pasado mucho rato mirándote la nuca —decía—. Podría identificar tu cadáver, si alguna vez sufrieras un accidente. Siempre y cuando el cuello no se te desfigurase hasta el extremo de resultar irreconocible.»

Lincoln se sonrojó. Al día siguiente, Sam le dijo que olía a melocotones. Era escandalosa. Y divertida. (Pero no tan divertida como escandalosa.) Y no tenía ningún problema en mirarte a los ojos (delante de todo el mundo) y soltarte: «No, en serio, Lincoln, hueles a melocotones». Y se partía de risa, y él se ruborizaba.

Le gustaba ponerlo en evidencia. Saber que era capaz de sonrojarlo.

Cuando le preguntó si la acompañaría al baile de bienvenida, Lincoln pensó que se burlaba de él y que se pasaría la noche tomándole el pelo delante de sus amigos. Pero aceptó de todas formas. Y ella no lo hizo.

Sam era distinta cuando estaban a solas. Callada (bueno, más callada) y él se lo podía contar todo, incluso hablarle en serio. A ella le gustaba hablar en serio. Era sincera y apasionada.

Lincoln no tuvo que hacer nada para que Sam se enamorara de él. Sucedió, sin más.

Y él le correspondió.

Lincoln levantó la vista hacia la máquina de café, pero el hombre de la camisa arrugada y la chica de las pecas ya no estaban.

7

De: Beth Fremont
Enviado: Lunes, 30 de agosto de 1999. 11:24
Para: Jennifer Scribner-Snyder
Asunto: ¿Hay alguna mujer en el mundo a la que le queden bien los vestidos palabra de honor?

Y no solo palabra de honor. Un vestido ajustado con escote palabra de honor. ¿Qué mujer supera esa prueba?

<<**Jennifer a Beth**>> Hum, Joan Collins. Lynda Carter. Shania Twain...

<<Beth a Jennifer>>

1. *¿Solo miras* los canales de televisión femeninos? ¿O también ves de vez en cuando *Vip noche*?

2. Aun esas señoras tan estupendas parecerían garrafas al lado de las damas de honor de mi hermana. Ninguna pasa de los veinte años y todas tienen unas caderas en plan «si fuera por mí, no vomitaría en el baño de la residencia Tri Delta después de cenar, pero mi compañera de cuarto, sí, y me gusta ponerme sus vaqueros».

Puede que en algún momento de mi vida me sentara bien un palabra de honor ajustado..., allá, por 1989, pero ese día quedó atrás hace tiempo.

<<Jennifer a Beth>> Hace diez años.

<<Beth a Jennifer>> Gracias por recordármelo. Ah, ¿y te he dicho que puede que la boda sea temática? El novio de Kiley quiere hacer algo relacionado con el nuevo milenio.

<<Jennifer a Beth>>¿Y eso qué demonios significa?

<<Beth a Jennifer>> Ni idea. Ojalá significase que puedo llevar un mono plateado.

<<Jennifer a Beth>> Puede que a tu hermana no le importe que lleves un chal o un jersey o algo así, para que no te sientas tan expuesta.

<<Beth a Jennifer>> Qué buena idea. Podría convencer a Gwen de que se lo ponga también, para no ser la única.

<<Jennifer a Beth>> ¿Tu hermana Gwen va a la boda? No es precisamente una Tri Delta esquelética. No serás la única madrina con unas medidas normales.

<<Beth a Jennifer>> No, tienes razón. Tienes razón. Ni siquiera sé por qué esto me pone tan nerviosa. El vestido, la boda. Me alegro mucho por Kiley. Y por ti y por todas las mujeres felizmente casadas del mundo.

Salvo que en realidad no me alegro por vosotras. En parte me gustaría veros muertas a todas. Cuando Kiley me enseñó su anillo (platino, diamante de 1,4 quilates) me entraron ganas de soltarle alguna impertinencia. ¿Qué falta le hace un anillo tan ostentoso? En serio. Por culpa de anillos como ese nuestras abuelas pensaban que Elizabeth Taylor era puta.

Y entonces le solté una impertinencia, unas cuantas impertinencias.

Quedamos en la boutique para la primera prueba (sí, ya) y le solté que ese verde salvia parecía color agua sucia de acuario. Y que el crepé de poliéster huele a sudor antes incluso de que te lo pongas.

Y cuando nos reveló cuál sería la canción del primer baile (ya la han escogido, claro, y es *What a wonderful world* de Louis Armstrong, cómo no), observé que elegir ese tema es el equivalente sonoro a comprar marcos de fotos y no remplazar los retratos de los modelos.

<<**Jennifer a Beth**>> Ups. ¿Y sigues invitada?

<<**Beth a Jennifer**>> Sigo siendo dama de honor.

Nadie me hizo ni caso. Kiley se estaba probando velos y las otras damas de honor estaban demasiado ocupadas contándose las costillas como para prestar atención.

Cuando abandonamos la boutique, estaba hecha polvo. Me sentía fatal por haber montado una escena. Y me daba rabia que nadie se hubiera percatado. Entendía a esas personas que prenden fuego a las cosas para llamar la atención. Y de golpe y porrazo, no me pareció mala idea.

Prenderle fuego a algo. De crepé de poliéster quizás.

No podía quemar el vestido de Kiley (aún no, no lo tendrán hasta dentro de diez o doce semanas), pero tengo un armario lleno de vestidos muertos. Vestidos de bailes de bienvenida. De dama de honor. Se me ocurrió agarrar ese montón de tela y tirarlo al contenedor más próximo. Me encendería un cigarrillo en las llamas, como la chica dura de *Escuela de jóvenes asesinos*...

Pero no pude. Porque yo no soy de esas. No soy ninguno de los personajes que encarna Wynona Ryder. A Jo de *Mujercitas*, por poner un ejemplo, jamás se le habría ocurrido tirar todos esos vestidos sobre la cama y empezar a probárselos, uno por uno...

Incluido el modelito con un hombro al descubierto que llevé a la boda de mi hermano hace doce años. Es de color aguamarina (el verde salvia de 1987), con las mangas abullonadas y rositas en la cintura de tono melocotón. Me quedaba estrecho, claro, y no pude subirme la cremallera, claro; porque ya no tengo dieciséis años. Y entonces me di cuenta: ya no tengo dieciséis años. Y no lo digo de pasada, en plan «ya ves». Lo digo en plan *Jack y Diane*. O sea: «Ay, sí, la vida sigue mucho después de que la ilusión de vivir se haya esfumado».

Ya ni siquiera soy la chica que se abrochaba ese vestido. La persona que pensaba que llevar una prenda fea en el día más feliz de la vida de otro no era más que el comienzo: la línea de salida en la carrera hacia tu propio gran día.

Esa línea no existe. Solo la escena en la sala de espera de *Bítelchús*. (Otra película en la que no podría hacer el papel de Winona.)

Tenía vestidos esparcidos por toda la habitación cuando Chris llegó a casa. Me puse a discurrir alguna explicación plausible de por qué lloraba llevando encima un mustio vestido de dama de honor. Pero él apestaba a tabaco y se metió directamente en la ducha, así que no tuve que explicarle nada. Y eso me disgustó aún más porque en el fondo quería que alguien me compadeciera.

<<**Jennifer a Beth**>> Yo te compadezco.

<<**Beth a Jennifer**>> ¿De verdad?

<<**Jennifer a Beth**>> De verdad. Eres patética. Cuando te pones en este plan, casi siento vergüenza ajena.

<<**Beth a Jennifer**>> Tú sí que sabes hablarle a una chica. Pronto me dirás que algún día seré una novia preciosa...

<<**Jennifer a Beth**>> Lo serás. Pues claro que sí. Y para cuando Chris se decida, seguro que está de moda casarse enfundada en un mono plateado.

8

—¿Y qué problema hay en que te paguen por calentar la silla? —le preguntó su hermana.

Lincoln había llamado a Eve porque se aburría. Porque ya había leído la carpeta de WebFence de principio a fin. Incluso había releído unos cuantos correos.

Otra vez Beth y Jennifer. Había pasado de advertirlas. Una vez más. Empezaba a tener la sensación de que las conocía, de que eran una especie de amigas del trabajo. Qué mal. Otra razón para dejar el empleo.

—No hay ningún problema —le respondió a Eve.

—Alguno habrá. Me has llamado para quejarte de ello.

—No me estoy quejando —replicó Lincoln con demasiada intensidad.

—En teoría, este iba a ser el empleo de tu año sabático. Me dijiste que querías buscar un trabajo que no te exigiera demasiada energía mental para poder dedicarte exclusivamente a pensar qué querías hacer a continuación.

—Es verdad.

—En ese caso, ¿por qué te molesta que te paguen por no hacer nada? A mí me parece el empleo ideal. Dedícate a leer

44

¿De qué color es tu paracaídas? Empieza por trazar un plan a cinco años vista.

Hablaba prácticamente a gritos para hacerse oír por encima de algún ruido mecánico.

—¿Estás pasando el aspirador?

—El aspirador de mano —repuso ella.

—Para. Me siento como si me estuvieras gritando.

—Te estoy gritando.

—Bueno, pues me siento como si me gritaras demasiado —especificó él—. Ahora ya no me acuerdo de lo que te estaba diciendo.

—Te estabas quejando de que te paguen por no hacer nada.

Eve desconectó el aspirador de mano.

—Es que... el hecho de cobrar por hacer el vago me recuerda constantemente que no estoy haciendo nada —explicó Lincoln—. Y no hacer nada requiere más energía de la que te imaginas. Siempre estoy cansado.

—¿Cómo es posible que siempre estés cansado? Cada vez que llamo a casa, estás durmiendo.

—Eve, salgo de trabajar a la una de la madrugada.

—Y qué. A mediodía ya deberías estar levantado.

—Llego a casa a la una y media. No tengo nada de sueño. Me quedo trasteando con el ordenador un par de horas. Me duermo hacia las cuatro. Y me levanto a la una. A la una y media. Y entonces me paso las tres horas siguientes preguntándome cómo es posible que no tenga tiempo de hacer nada antes de ir a trabajar. Miro reposiciones de *A través del tiempo* y vuelvo a trastear con el ordenador. Voy al periódico. Y vuelta a empezar. La segunda estrofa igual que la primera.

—Qué mal suena eso, Lincoln.

—Ya lo sé. Es horrible.

—Deberías dejar ese empleo.

—Debería —convino él—, pero, si lo conservo, podría alquilar un piso.

—¿Cuándo?

—Cuando yo quiera. Me pagan bien.

—Pues no lo dejes —repuso Eve con firmeza—. Márchate de casa. Busca otro empleo. Y entonces lo dejas.

Lincoln ya sabía que su hermana le diría eso. En opinión de Eve, todos los males de Lincoln desaparecerían en cuanto dejase de vivir con su madre. «Nunca madurarás mientras sigas viviendo allí», le decía Eve cada vez que tenía ocasión. Le aconsejaría que conservase un empleo en una planta de productos cárnicos si eso iba a permitirle vivir solo.

Pero Lincoln ni siquiera estaba seguro de querer marcharse. Le gustaba vivir en esa casa. Que cada cosa estuviera en su sitio. Lincoln tenía toda la primera planta para él solo e incluso contaba con un baño propio. Y no le desagradaba la compañía de su madre. Habría preferido, eso sí, que le diera más espacio de vez en cuando. Espacio mental.

—¿No te mueres de vergüenza cuando dices que vives en casa de tu madre? —le preguntaba Eve.

—¿Y quién me pregunta dónde vivo?

—La gente que conoces.

—Yo nunca conozco a nadie.

—Ni conocerás, mientras sigas viviendo allí.

—¿Y conoceré gente si alquilo un piso? ¿Acaso me ves tomando el sol en la piscina? ¿Entablando conversación en la sala de pesas de la comunidad?

—Puede —repuso ella—. ¿Por qué no? Sabes nadar.

—No me gustan los complejos de apartamentos. No me gustan las moquetas que les ponen, ni los balcones de cemento ni los armarios de la cocina.

—¿Qué tienen de malo los armarios de la cocina?

—Están hechos de conglomerado y huelen a ratón.

—Qué asco, Lincoln. ¿En qué apartamentos has estado tú?

—Tengo amigos que viven en apartamentos.

—En apartamentos asquerosos, por lo que parece.

—En apartamentos de soltero. No tienes ni idea de cómo son.

Eve se marchó de casa a los diecinueve. Se casó con Jake, un tipo que conoció en el centro de estudios superiores. El hombre le llevaba diez años y trabajaba en las fuerzas aéreas. Compraron una casa tipo rancho en las afueras y Eve pintó cada habitación de un tono crema distinto.

Lincoln iba a visitarlos los fines de semana. Tenía once años, y Eve amuebló un dormitorio para él. «Ven cuando te apetezca», le decía. «Siempre serás bien recibido. Y te puedes quedar todo el tiempo que quieras. Esta también es tu casa.»

A Lincoln le gustaba pasar unos días con Eve y con Jake de vez en cuando, pero nunca sintió la necesidad de refugiarse en aquella casa. No necesitaba escapar de su madre, como le sucedía a Eve. Y tampoco entendía por qué las dos mujeres estaban tan enfadadas. Ni siquiera reconocía a su madre en las historias que Eve le contaba.

—Mamá nunca tuvo una cachimba —protestaba.

—Ya lo creo que sí. Se la fabricó con un botellín de Dr. Pepper y la guardaba en la mesita baja.

—Mientes. Mamá no bebe Dr. Pepper.

Al día siguiente, cuando Lincoln llegó al trabajo, Greg estaba al teléfono discutiendo con alguien. Había contratado a un consultor externo para que se ocupara de los problemas del efecto 2000, y ahora este le decía que no podría empezar a trabajar hasta principios de febrero. Greg lo llamó embaucador y fullero, y le colgó.

—Yo te puedo ayudar con el efecto 2000 —se ofreció Lincoln—. Sé algo de programación.

—Sí —dijo Greg—. Lo arreglaremos entre tú, yo y... un par de alumnos de las escuelas especializadas... Ya nos las apañaremos...

Apagó el ordenador arrancando el cable del protector de sobretensión. Lincoln hizo una mueca de dolor.

—Por más que grite, sigo siendo un pringado —dijo Greg mientras recogía sus papeles y la chaqueta—. Nos vemos mañana, senador.

Bah. Programación. Depuración. No le volvía loco, pero sería mejor que archivar y comprimir. Al menos tendría un problema que resolver. Y solo serían unos meses, quizás menos.

Echó un vistazo a la carpeta de WebFence. Había dos tristes señales de alerta. Y eso implicaba de 30 segundos a cinco minutos de trabajo real en toda la noche. Ya había decidido aplazarlo para después de la cena.

Esta noche tenía un plan.

Bueno..., tenía pensado idear un plan. Se había levantado temprano, a mediodía, y había ido a la biblioteca a sacar el libro ese del paracaídas que Eve había mencionado. Ahora mismo lo llevaba en la mochila, junto con las ofertas de empleo del día, un rotulador fosforescente amarillo, una libreta escolar de hacía diez años, una guía del ocio y un bocadillo de pavo tan apetitoso que apenas si podía concentrarse en nada más.

Hacia las siete, había liquidado el bocadillo y la revista. Pensó en echar un vistazo a las ofertas de empleo u hojear *¿De qué color es tu paracaídas?*, pero al final sacó la libreta. La abrió sobre el escritorio y la hojeó con cuidado, dejando atrás unos apuntes de la Guerra de la Independencia y el borrador de una redacción sobre *Un mundo feliz*.

Lincoln sabía muy bien qué estaba buscando. En las páginas centrales, ahí estaba... La letra de Sam. Tinta morada. Demasiadas mayúsculas.

«COSAS QUE HACE BIEN LINCOLN.»

Sam había confeccionado la lista cuando ambos estaban acabando la secundaria y él intentaba decidir en qué carrera matricularse. Lincoln ya sabía a qué universidad iría: a la misma que Sam.

La madre de Lincoln quería que se quedara cerca de casa. Le habían ofrecido una beca por logros académicos en la universidad del estado, a cuarenta y cinco minutos de allí. Pero Sam jamás se matricularía en un centro como aquel. Sam deseaba ir a una universidad grande, importante y que estuviera LEJOS de su casa. Y Lincoln deseaba estar cerca de ella. Cada vez que su madre mencionaba la beca, lo agradable que era el campus de la universidad estatal y la suerte que tendría de poder ir a casa a hacer la colada..., Lincoln imaginaba a Sam cargando las maletas en el monovolumen de su padre y partiendo hacia el este como el último ocaso. Se ocuparía él mismo de su colada.

Así que dejó la investigación en manos de Sam. Fue ella la que solicitó folletos y acudió a inspeccionar los campus los fines de semana. «¡Quiero estar cerca del mar, Lincoln, cerca del océano! Quiero admirar las mareas. Deseo tener el mismo aspecto que las chicas que viven a orillas del mar, el pelo revuelto y las mejillas sonrosadas. Y también quiero montañas, una montaña como mínimo, ¿acaso es pedir demasiado? Y árboles. No hace falta que sea un bosque entero, me conformaré con algo de maleza. Vistas. ¡Quiero vistas!»

Sam escogió una universidad de California (no muy lejos del mar, no muy lejos de las montañas) con un campus rodeado de árboles y un departamento de teatro potente. A Lincoln también lo aceptaron, y le ofrecieron media docena de becas.

Estrictamente, le dijo a su madre, las becas sumaban la misma cantidad que le ofrecía la universidad estatal.

—Sí —admitió ella—. Pero la matrícula cuesta cuatro veces más.

—Tú no la vas a pagar —objetó Lincoln.

—Qué comentario más desagradable.

—No pretendía ser desagradable.

Era verdad.

Sabía que a su madre le sabía mal no poder pagarle la universidad. Bueno, sabía que le sabía mal a veces. La universidad era asunto de Lincoln. Daba por supuesto que él se pagaría los estudios igual que dio por supuesto en su día que se pagaría su propia Nintendo.

—Si quieres una, por mí no hay problema. Cómpratela. Ahorra.

—Pero si no tengo dinero —había objetado él. En aquel entonces estudiaba tercero de secundaria.

—Lleva cuidado, Lincoln. El dinero es cruel. Se interpone entre uno y las personas que ama.

—¿Cómo va a interponerse entre las personas que amo y yo?

—Se está interponiendo entre nosotros ahora mismo.

Lo que le preocupaba a su madre no era el dinero de la matrícula. No quería que su hijo se marchase a California porque no deseaba separarse de él. No quería que Lincoln viviera tan lejos. Y, sobre todo, no quería que viviera tan lejos con Sam.

A su madre no le caía bien Sam.

Opinaba que era egocéntrica y manipuladora. («Le dijo la sartén al cazo», decía Eve.) Su madre pensaba que Sam era escandalosa. Y avasalladora. Y prepotente. Se quejaba cuando Lincoln pasaba demasiado tiempo en casa de Sam, pero se sentía más molesta si cabe cuando la llevaba a la suya. Sam siempre acababa por hacer algo —arreglar el armarito de las especias, encender demasiadas luces, decir que no soportaba el pimiento verde o cualquier cosa que llevara nueces o a Susan Sarandon— que molestaba a su madre.

—¿Siempre es así, Lincoln?

—¿Cómo?

—¿*Tan* así?

—Sí — respondía él, e intentaba disimular lo mucho que eso le agradaba—. Siempre.

Su madre toleró la situación, más o menos en silencio, durante cosa de un año. Luego empezó a decirle a Lincoln que era muy joven, demasiado para salir en serio con nadie. Le pedía que se lo tomara con calma, que considerara la posibilidad de ver a otras chicas. Le decía:

—Esto es igual que comprarse una camisa, Lincoln. Cuando vas a comprar camisas, no te quedas la primera que te pruebas. Por más que te guste. Sigues mirando, te pruebas otras. Te aseguras de encontrar la camisa que mejor te sienta.

—Pero, mamá, ¿y si la primera que te pruebas es la mejor? ¿Y si sigues mirando y cuando vas a buscarla ya la han vendido? ¿Y si nunca más encuentro una camisa como esa?

Ella no estaba acostumbrada a que su hijo le llevara la contraria.

—No estamos hablando de camisas, Lincoln.

Siempre se dirigía a Lincoln por su nombre. Nadie más lo pronunciaba a menos que estuviera llamando su atención. Pero la madre de Lincoln nombraba a su hijo como si se felicitara a sí misma por haber discurrido un nombre tan genial; o quizás pretendiera recordarle a Lincoln que era ella quien lo había elegido. Que él era obra suya. Una vez, durante los moderadamente turbulentos años de la adolescencia, los años de Sam, Lincoln le había gritado a su madre: «¡Tú no me comprendes!».

«Pues claro que te comprendo —había replicado ella—. Soy tu madre. Nadie te conocerá nunca tanto como yo. Nadie te querrá como te quiero yo.»

Sam demostró que su madre se equivocaba.

Y luego demostró que tenía razón.

Pero, antes de eso, se sentó en la cama de Lincoln con una libreta verde en las manos y dijo:

—Venga, Lincoln, tienes que escoger una carrera.

—Escógemela tú —repuso él. Apoyó la cabeza en el regazo de Sam y siguió leyendo un libro de bolsillo, una historia de espadas y reinas de las hadas.

—Lincoln. En serio. Tienes que especificar tus preferencias. Es un requisito obligatorio. Concentrémonos. ¿Qué quieres hacer en la vida?

Él dejó el libro sobre la cama y sonrió a Sam hasta que ella le devolvió la sonrisa.

—Estar contigo —dijo, y le acarició la barbilla con el pulgar.

—Yo no soy una carrera.

Lincoln devolvió la atención al libro.

—Pues ya lo averiguaré.

Sam le arrancó el libro de las manos.

—¿Podemos hablar de esto, por favor? ¿En serio?

Lincoln suspiró y se incorporó.

—Vale. Hablemos.

—Muy bien —Sam sonrió. Se había salido con la suya—. Venga, piénsalo, ¿cómo te quieres ganar la vida?

—No lo sé.

—¿Qué te gustaría hacer?

—No lo sé.

—¿Qué cosas se te dan bien? Y no me digas que no lo sabes.

Lincoln no respondió nada en absoluto. A Sam se le borró la sonrisa.

—Bien —decidió—. Haremos una lista.

Abrió la libreta y escribió a guisa de título: «COSAS QUE HACE BIEN LINCOLN».

—Una frase acabada en sujeto —comentó él—. Es un comienzo un tanto flojo.

N.º 1, —escribió ella—, gramática.

—Y la ortografía —apuntó Lincoln—. Gané el concurso de ortografía de quinto.

2. Ortografía.

3. Matemáticas.

—Las mates no son lo mío.

—Ya lo creo que sí —insistió ella—. Estás en cálculo de excelencia.

—Se me dan lo bastante bien como para estar en cálculo avanzado, pero como alumno de excelencia soy justito. Voy a sacar un notable.

Sam subrayó: Matemáticas.

—¿Qué más? —le preguntó.

—Esto no me gusta.

—Qué más.

Le clavó en el pecho la punta del boli morado.

—No sé. Historia. Se me da bien la historia.

4. Historia.

—Y también eres bueno en física —observó Sam—, y en sociales. He visto tus notas.

—Si lo expresas así, cabría pensar que se me dan bien seis cosas distintas, cuando en realidad todo es lo mismo.

Le arrebató el boli a Sam y tachó la lista. En el margen, escribió:

1. Estudiar.

Sam recuperó el bolígrafo.

2. Estropear listas perfectas.

Lincoln alargó la mano.

—No —dijo ella—. Esta ya no es tu lista. Es mía.

—Por mí, genial.

Lincoln recuperó el libro y le rodeó a Sam la cintura con el brazo para estrecharla contra sí. Ella siguió escribiendo. Él continuó leyendo. Cosa de una hora después, Lincoln la acompañó al coche. Cuando regresó a su habitación, encontró la libreta abierta sobre su almohada.

COSAS QUE HACE BIEN LINCOLN

1. Estudiar.
2. Estropear listas perfectas.
3. Escurrir el bulto.
4. No preocuparse por lo que DE VERDAD debería preocuparse.
5. No preocuparse por cosas sin importancia.
6. Mantener la calma/Estar en calma/La calma.
7. Pasar las páginas con una mano.
8. Leer.
9. Y escribir.
10. Casi todo lo que guarda relación con las PALABRAS.
11. Y casi todo lo que guarda relación con los NÚMEROS.
12. Adivinar lo que quieren los profesores.
13. Adivinar lo que yo quiero.
14. LA SEGUNDA BASE. (Ja)
15. Reírme las gracias.
16. Recordar los chistes.
17. Recordar las letras de las canciones.
18. Cantar.
19. Desbloquear ordenadores/Desenredar collares.

20. Explicar cosas confusas/Dar indicaciones a los conductores.

21. Conducir con mal tiempo.

22. Alcanzar cosas de sitios altos.

23. Ser servicial.

24. Ser mono.

25. Hacer que yo me sienta mona.

26. Hacer que me sienta ARREBATADORA.

27. Arrebatar.

28. Hacer que me sienta importante.

29. Y amada.

30. Escucharme cuando nadie más me puede SOPORTAR.

31. Mirarme como si supiera algo que yo no sé.

32. Saber cosas que yo no sé.

33. Ser LISTO.

34. Ser SENSIBLE.

35. Ser AMABLE.

36. Ser BUENO.

Al día siguiente, cuando Sam fue a buscarlo para llevarlo al instituto, le dijo a Lincoln que había dado con la carrera ideal para él.

—Estudios norteamericanos —anunció.

—¿Y eso qué es?

—Un poco de todo. Estudias las cosas que han pasado en Norteamérica. Y lo que está pasando. Y cultura pop. Y lo mezclas todo de un modo que tenga sentido.

—Parece fascinante —opinó Lincoln.

—No seas sarcástico —lo regañó ella.

—No lo soy. Parece fascinante. Perfecto.

Corría el mes de febrero y Sam llevaba un abrigo acampanado de color rosa y una bufanda blanca. Él le estiró la bufanda para besarla.

—Es perfecto para mí —dijo Lincoln.

En agosto, la familia de Sam organizó una fiesta de despedida, pocos días antes de que ella y Lincoln partieran juntos a California. Los padres de Sam compraron fuegos artificiales y alquilaron un karaoke. La fiesta estaba en pleno apogeo cuando Lincoln se durmió en una hamaca del jardín, hacia la medianoche. Había perdido la noción del tiempo cuando Sam se apretujó contra él en la butaca. Olía a cinco de julio, a sudor y a cohetes gastados.

—¿Ya te has despedido? —le preguntó él.

Sam asintió.

—Me he despedido de tu parte también. Has besado a todo el mundo en los morros. Ha sido un tanto embarazoso.

—Hazme una demostración.

Ella lo besó rápidamente. Estaba rara, nerviosa y como alterada. Acelerada.

—¿Va todo bien? —le preguntó Lincoln.

—Hhhmmm... Creo que sí, sí, no sé. Señor, no sé ni cómo estoy.

Se levantó de la hamaca y empezó a caminar por el porche de sus padres, recogiendo al mismo tiempo vasos de plástico usados y volviéndolos a dejar.

—Sencillamente me siento... preparada.

—¿Preparada para qué?

Lincoln se sentó e hizo esfuerzos por entender lo que su novia le decía. La luna era una rodaja fina y Lincoln apenas si veía el rostro de Sam.

—Estoy preparada para que todo cambie —repuso ella. Se sentó a una mesa de picnic y se puso a palpar las serpentinas—. Tengo la sensación de que ya ha cambiado. O sea, pensaba que me pondría muy triste cuando me despidiese de todo el mundo. Creía que no podría parar de llorar..., pero no ha sido así. No he derramado ni una lágrima. Tenía ganas de cantar. Me he sentido en plan, Dios mío, sí, ¡adiós! No en plan «hasta nunca», solo adiós.

»Estoy deseando conocer gente —prosiguió al tiempo que lanzaba las serpentinas al aire—. Dentro de dos días, estaré en un lugar donde podré ir de acá para allá sin cruzarme con ningún conocido. Las personas serán completamente nuevas. O sea, frescas y rebosantes de potencial. Nada salvo potencial. No estaré al corriente de sus vidas. Nadie habrá agotado mi paciencia.

Lincoln caminó hacia la mesa de picnic y se sentó a su lado.

—Durante treinta y seis horas.

—¿Y eso que significa?

—Que tienes poca correa.

Ella levantó la barbilla.

—Puede que eso esté a punto de cambiar. Yo también seré completamente nueva. Puede que mi nuevo yo sea más paciente.

—Puede —la rodeó con el brazo. Era tan pequeña que tuvo la sensación de que podía abarcarla toda entera.

—¿No lo notas, Lincoln? ¿Como si todo estuviera cambiando?

Él la estrechó con fuerza.

—No todo.

Lincoln había revisado aquella libreta unas diez veces desde la época del instituto. La llevaba consigo cada vez que cambiaba de estudios, cada vez que empezaba un nuevo programa o terminaba un grado.

Siempre albergaba la esperanza de encontrar algo en la lista que hubiera pasado por alto las otras veces, una verdad fundamental sobre sí mismo, una pista de lo que debería estar haciendo. O no debería estar haciendo. ¿Cómo era posible que su vida se hubiera atascado en el número 19, desbloquear ordenadores? ¿Acaso porque era imposible ganarse la vida desenredando collares? ¿Y por qué no podía atascarse en el número 29? ¿O en el 27, cuando menos?

Cada vez que Lincoln hojeaba esa lista, siempre acababa pensando más en Sam que en su propio futuro. No llegó a mirar las ofertas de trabajo aquella noche, ni a rumiar el asunto del paracaídas ni su plan.

9

De: Jennifer Scribner-Snyder
Enviado: Miércoles, 1 de septiembre de 1999. 13:14
Para: Beth Fremont
Asunto: ¿Quieres que salgamos esta noche?

Necesito descansar de Mitch. Todavía está de bajón por el éxito de los anticonceptivos.

<<**Beth a Jennifer**>> No puedo. Esta noche voy a ver *Eyes Wide Shut*, por fin.

<<**Jennifer a Beth**>> Puaj. No me gusta Tom Cruise.

<<**Beth a Jennifer**>> A mí tampoco. Pero sus películas me suelen gustar.

<<**Jennifer a Beth**>> A mí también... Oye, a lo mejor sí que me gusta Tom Cruise. Pero detesto tener la sensación de que debo encontrarlo atractivo. A mí no me lo parece.

<<**Beth a Jennifer**>> Ni a nadie. Es una mentira perpetuada por los medios de comunicación de Norteamérica. Tom Cruise y Julia Roberts.

<<**Jennifer a Beth**>> ¿A los hombres no les gusta Julia Roberts?

<<**Beth a Jennifer**>> No. Sus dientes los asustan.

<<**Jennifer a Beth**>> Es bueno saberlo.

10

El jueves por la mañana, cuando Lincoln bajó a la cocina, su madre lijaba la pintura verde del cajón de un tocador inclinada sobre la mesa. Había restos de pintura por todas partes. En la mesa y en el suelo. En el pelo de la mujer y en la mantequera. Eran ese tipo de cosas las que sacaban de quicio a Eve.

—¿No acababas de pintar ese tocador? —preguntó Lincoln.

—Sí... —La mujer miró el mueble con el ceño fruncido.

—¿Y por qué lo estás lijando?

—Tenía que ser verde pradera. Eso ponía en el muestrario. Este verde no es pradera. Es lima.

—¿Y en el muestrario parecía más pradera?

—Pues claro. Decía «verde pradera», así que por fuerza tenía que tener un tono tirando a prado. Pero míralo. Salta a la vista que es lima.

—Mamá, ¿te puedo preguntar una cosa?

—Claro. Hay galletas en el horno y lacón asado con salsa. Te serviré un plato. ¿Quieres miel? Tenemos miel casera, ¿sabías que es mejor comer miel de proximidad?

—Nunca lo había pensado —repuso él, que hacía esfuerzos por no perder la paciencia.

—Pues es mejor: Porque las abejas liban el polen de las plantas que crecen a tu alrededor, y por eso supongo que eres el menos propenso a ser alérgico a esas plantas.

—Creo que no soy alérgico a nada.

—Pues qué afortunado. Quizá llevemos comprando miel de proximidad todo este tiempo.

—Mamá, ¿a ti Tom Cruise te parece guapo?

Su madre dejó la lima sobre la mesa. Miró a Lincoln como si tratara de decidir si su hijo era verde pradera o más bien tirando a lima.

—Cielo, ¿a ti te parece guapo?

—Mamá. No. ¿Por qué me preguntas eso? Por Dios.

—¿Por qué me lo has preguntado tú?

—Te he preguntado si Tom Cruise te parece guapo. No si piensas que soy gay. ¿Piensas que soy gay?

—Yo no he dicho eso —repuso ella—. He pensado, alguna vez, que quizás podrías serlo, pero yo no lo he dicho. Solo intentaba ayudarte.

—¿Ayudarme a qué?

—Ayudarte a que me lo dijeras, si acaso lo eres. Pero no lo eres. Me estás diciendo que no lo eres, ¿verdad?

—Sí. O sea, no lo soy. ¿Esto va en serio?

—Bueno, Lincoln, tendrás que admitir que eso explicaría muchas cosas.

—¿Qué? ¿Qué explicaría?

—Explicaría por qué no tienes novia. Por qué no has tenido novia desde hace, ya sabes, cariño, mucho tiempo. Desde que rompiste con Sam, ¿no? Y, francamente, explicaría lo de Sam.

—¿En qué sentido explicaría lo de Sam?

—Bueno, no era una chica femenina precisamente, ¿verdad?

—Pues claro que era femenina.

Su madre frunció la nariz y se encogió de hombros.

—Pues a mí me parecía un marimacho. No tenía pecho.

Lincoln se llevó la mano a la frente.

—Tenía pecho.

—En serio —replicó su madre con voz cortante. Nunca lo decía en tono de pregunta. Más bien como un desafío.

—No soy gay.

—Pues claro que no eres gay.

—Solo quería saber si Tom Cruise te parecía atractivo porque a mí no me gusta Julia Roberts, y me preguntaba si no será todo una gran mentira perpetuada por los medios de comunicación.

—¿Julia Roberts no te gusta? Ah. En serio.

El viernes, Lincoln se levantó tarde. Pilló la última parte de *A través del tiempo*, ayudó a su madre a trasladar un sofá y luego se reunió con su hermana en el centro comercial para ayudarla a escoger un móvil nuevo. Más tarde comieron perritos calientes en la zona de los restaurantes y Lincoln le enseñó a Eve el libro que había sacado de la biblioteca.

—¿Y qué? —quiso saber ella—. ¿De qué color es tu paracaídas?

—Verde —supuso él. Tal vez fuera verde.

Eve estaba tan contenta con sus progresos que insistió en invitarlo a un granizado de naranja en Julius. Y luego recordó que su hermano ganaba ahora más que ella e insistió en que la invitara él.

Por la noche, en el diario, Lincoln tuvo la sensación de estar en la piel de otro. De alguien más delgado. No debería haberse comido dos perritos calientes. Y tendría que hacer más ejercicio. Tal vez podría llevarse algún aparato de gimnasia a la oficina. ¿Qué le cabría en la mochila. ¿Mancuernas? ¿El ejercitador de muslos? ¿La pelota de yoga inflable de su madre?

Para cenar se comió tres yogures de la máquina expendedora y pasó cuatro horas jugando al Tetris en el ordenador. ¿Y si se llevara también la PlayStation? Las piezas del Tetris seguían cayendo en su retina cuando por fin echó un vistazo a la carpeta de WebFence.

II

De: Beth Fremont
Enviado: Viernes, 3 de septiembre de 1999. 14:08
Para: Jennifer Scribner-Snyder
Asunto: Este fin de semana

Eh, las películas de esta semana se estrenaron el miércoles, así que esta noche estoy libre, y Chris tiene un concierto. ¿Tu marido todavía está de bajón? ¿Quieres que quedemos? ¿Para ir al cine o algo así?

<<**Jennifer a Beth**>> ¿Y por qué ibas a querer ir al cine la única noche que te puedes librar? Yo no escribo titulares en mi día libre. (Aunque sí corrijo los errores gramaticales. Mitch se pone de los nervios.)

Me encantaría ir a ver una peli, pero esta noche el North juega el primer partido en casa de la temporada. Mitch ya habrá sacado la sudadera azul y dorada que me regaló para mi cumple. Pasaré la noche sentada en una grada fría y dura viendo cómo mi marido dirige «Tequila» y «Vivan los Golden Vikings». (Y se divierte, por raro que parezca.)

Oye, ¿por qué no te apuntas? Vente al partido. Te dejaré algo de moda vikinga. ¿Qué te parece un gorro de punto con cuernos?

<<**Beth a Jennifer**>> Sí, ¿por qué no? ¿Quizás porque aún me considero demasiado guay como para sentarme con los pringados de la banda?

No sé... Sería divertido, supongo. Podría hacerles ojitos a los tíos buenos del instituto.

<<**Jennifer a Beth**>> Los tíos del instituto solo les parecen guapos a las chicas de su clase. Es un efecto de los fluorescentes de las aulas, creo yo. En realidad son delgaduchos, tienen la piel hecha un cisco y unos pies enormes. ¿Por qué no vas al concierto de Chris?

<<**Beth a Jennifer**>> Ya no voy a sus conciertos. Y sé que me vas a preguntar por qué, así que te lo contaré.

Cuando estudiábamos en la universidad, no me perdía ni un solo concierto. Me tiraba una hora aplicándome perfilador de ojos y otra aplicándoselo a Chris. Llegaba al club temprano, los ayudaba a montar, me tragaba a los dos primeros grupos y me aseguraba de sentarme en primera fila, a la izquierda, para que cuando Chris alzara la vista me viera allí mismo. Igual que Courteney Cox en el vídeo de *Dancing in the dark*. Era el nirvana. (El nirvana pre Nirvana.)

Y entonces empecé a escribir en la sección de Ocio y espectáculos. Y cuando los amigos de Chris se enteraron no paraban de acercarse a charlar conmigo durante los conciertos, fingiendo que intentaban ligar aunque solo querían pasarme sus maquetas.

Y entonces Stef y Chris se pelearon por culpa de mi trabajo...

Y de todas formas yo suelo trabajar casi todos los fines de semana, así que...

Prefiero quedarme en casa las noches de concierto y esperarlo despierta.

<<**Jennifer a Beth**>> ¿Se pelearon? ¿Y a Chris no le importa que te pierdas sus actuaciones? Nunca me hablas de tu época universitaria. (Te imagino mirándolo embobada, en plan *groupie*.)

<<**Beth a Jennifer**>> Pues claro que hablo de mi época universitaria. ¿O no? Me lo pasé en grande en la universidad. Ojalá pudiera volver.

La pelea fue una tontería. Stef estaba convencido de que el grupo tendría mejor cobertura en los medios si yo no trabajara en el *Courier*.

<<**Jennifer a Beth**>> Puaj, odio a Stef. Padece el síndrome Yoko Ono.

Y la verdad es que nunca hablas de tu época universitaria. Ni siquiera sé cómo os conocisteis Chris y tú.

<<**Beth a Jennifer**>> Amén al síndrome Yoko Ono. Lo sufre porque se cree Paul McCartney. Pero Paul McCartney es una buena persona. Y monógamo.

<<**Jennifer a Beth**>> Y un caballero.

<<Beth a Jennifer>> ¡Y lucha por los derechos de los animales! Stef solo se parece a Sir Paul McCartney en que los dos son unos fumetas.

Sí que sabes cómo conocí a Chris. En el centro estudiantil.

<<Jennifer a Beth>> «En el centro estudiantil». Te he preguntado cómo, no dónde. Quiero saber si fue amor a primera vista. Quién le tiró los tejos a quién. Toda la historia.

Y no has contestado a mi pregunta: ¿no te echa de menos en los conciertos?

<<Beth a Jennifer>> Sinceramente, creo que se siente más cómodo si me quedo en casa. Los demás son los típicos rockeros que van por libre. Yo bebo poco, no fumo y siempre estoy criticando su conducta sexista y absolutamente inmadura. No puedo evitarlo. Les corto el rollo.

<<Jennifer a Beth>> Me extraña que un grupo llamado Sacajawea* no muestre más solidaridad hacia las mujeres liberadas.

<<Beth a Jennifer>> Siempre lo estás repitiendo.

<<Jennifer a Beth>> No es verdad, solo lo dije en otra ocasión, pero me parece un comentario tan aforístico que me he citado a mí misma. No he podido evitarlo. («Aforístico», así llamaría yo a mi grupo.)

---

* Legendaria figura de la historia norteamericana, miembro de la tribu shoshone, conocida por su importante papel en la exploración de la parte oeste de los Estados Unidos de América. *(N. de la T.)*

<<**Beth a Jennifer**>> Pues yo, a tu grupo, lo llamaría «Patetístico».

En fin. Gracias por invitarme al partido, pero me parece que voy a ir al cine. (Más tíos buenos para ti.) Echan *Matrix* en la sala a un pavo. Y me apetece ver una peli en mi noche libre. Es relajante. No me siento obligada a mirarla con espíritu crítico, ni siquiera a prestar atención.

Y a lo mejor me paso a ver a Sacajawea después del cine. Me está entrando complejo de mala novia.

<<**Jennifer a Beth**>> Ponte montones de perfilador y colócate en primera fila.

<<**Beth a Jennifer**>> No sé, puede.

12

A Lincoln le apetecía salir aquel fin de semana. Salir en serio. Por lo general, pasaba las noches del sábado jugando a Dungeons & Dragons. Desde los tiempos de la universidad, quedaba cada fin de semana con los mismos cinco o seis colegas para jugar. Esa era otra de las cosas que, en opinión de Eve, le impedían conocer gente.

—¿No lo estarás haciendo adrede para no salir con chicas? —le reprochaba.

—Hay chicas allí —argüía él. Una al menos. Christine era la única del grupo. Cuando acabó la carrera se casó con Dave, un grandullón al que le gustaba hacer de máster, y el salón de ambos se convirtió en el local oficial del juego.

—¿No podríais hacer algo distinto, tus amigos de Dungeon & Dragons y tú? —sugería Eve—. O sea, salir juntos a alguna parte donde haya mujeres.

—No creo —repuso Lincoln—. Todos los demás están casados.

Bueno, menos Troy. E incluso Lincoln se daba cuenta de que Troy no era el compañero ideal para salir a ligar. Troy pensaba que a todo el mundo —o sea, a todo el mundo— le apetecía hablar de *Babylon 5*. Llevaba una tupida barba rubia y las clásicas gafas de montura metálica de profe de matemáticas, y nunca salía de casa sin su chaleco de cuero.

Puede que Eve tuviera razón. Quizás Lincoln necesitase ampliar sus horizontes.

El viernes llamó a Troy para decirle que no podría llevarlo a la partida semanal de D&D. (Troy no tenía coche. Por convicción.) Y luego Lincoln llamó a Justin.

Justin sí era el colega ideal para salir a ligar.

Lincoln y Justin se conocían desde el instituto. En aquella época, ambos jugaban en el equipo de golf cadete y formaban pareja en el laboratorio, y cuando Lincoln pidió el traslado a Nebraska, mientras cursaba el penúltimo año de carrera —o el que debería haber sido su penúltimo año—, acabaron en la misma residencia.

Justin no tardó en presentarle a sus colegas de la universidad. Se reunían en el dormitorio de este o de aquel, jugaban con la Sega Genesis y pedían unas pizzas malísimas. En ocasiones iban a ver competiciones de gimnasia femenina. De vez en cuando alguien traía una caja de cervezas.

Es posible que Lincoln, de haber dependido de él, jamás se hubiera juntado con los amigos de Justin. Pero ellos lo recibieron con los brazos abiertos y él se lo agradeció. Empezó a ponerse gorra de béisbol a diario y acabó dominando Sonic the Hedgehog.

Al año siguiente, los demás decidieron compartir piso fuera del campus. Lincoln se quedó en la residencia porque venía incluida con la beca. No los vio muy a menudo a partir de entonces... Llevaba un mínimo de dos años sin hablar con Justin, el mismo tiempo exacto que había transcurrido desde la última vez que pisó un bar.

—¡Por Zelda! Tío. ¿Qué ha sido de ti, puto genio malvado?

—Ya sabes, lo de siempre.

Lincoln había llamado a Justin al hospital en el que trabajaba como ejecutivo de marketing. No entendía por qué un hospital necesitaba un departamento de marketing; ¿a qué mercado se dirigían? ¿Al de los enfermos?

—¿Sigues estudiando? —preguntó Justin.

—No, me gradué... otra vez. He vuelto a la ciudad. Estoy viviendo con mi madre, ya sabes, por ahora.

—Eh, tío, bienvenido a casa. Tenemos que quedar. Ponernos al día. Te seré sincero, me vendrá bien la compañía. ¿Estás casado?

—Qué va.

—Bien. Te lo juro por Dios, todos los demás me han dejado tirado, los muy cerdos. ¿Qué se supone que debo hacer, irme de fiesta yo solo? ¿Como un tarado? He estado saliendo con mi hermano pequeño y es un puto rollo. Me toca pagar a mí y siempre se queda con la chica. Aún conserva todo el pelo, el cabroncete.

—Pues la verdad es que te llamaba por eso —dijo Lincoln, aliviado de que Justin hubiera tomado la iniciativa—. Ahora trabajo por las noches, así que no salgo mucho, pero había pensado que a lo mejor te apetecía quedar...

—Pues claro, tronco. ¿Trabajas mañana por la noche?

—No. Mañana por la noche me viene fenomenal.

—Te recojo a las nueve, ¿vale? ¿Tu madre sigue viviendo en el mismo sitio?

—Sí, sí —repuso Lincoln, que ahora estaba sonriendo—.
El mismo sitio, la misma casa. Nos vemos a las nueve.

Justin apareció en el deportivo más grande que Lincoln había
visto en su vida. Amarillo chillón. Con las ventanillas tintadas.
Justin se asomó por el lado del conductor y gritó:

—Tío, sube, vas a alucinar con este pepino.

Había dos chicos sentados en el asiento trasero. Lincoln
creyó reconocer al hermano pequeño de Justin. Se parecía a él,
aunque un poco más alto y menos cascado. El propio Justin apenas había cambiado desde el instituto. Seguía siendo el mismo
tipo bajito de ojos risueños y cabello rubio ceniza. Polo limpio. Vaqueros normales y corrientes. Inmaculada gorra de béisbol. Lincoln aún se acordaba de aquel artilugio que tenía en el
cuarto de la residencia, el que proporcionaba a la visera de las
gorras la curvatura perfecta.

—Mírate —dijo Justin, sonriendo. Era capaz de sonreír
y hablar sin retirarse el cigarrillo de la boca—. Pero mírate, joder.

—Cuánto me alegro de verte —lo saludó Lincoln, aunque
no en voz lo bastante alta para hacerse oír por encima del equipo de música. Estaba sonando *Welcome to the jungle* de Guns
N' Roses. Lincoln no veía los altavoces, pero intuyó que los tenía
debajo del trasero.

—¿Qué? —gritó Justin a la vez que se inclinaba hacia la ventanilla para soplar el humo al exterior. Siempre había sido muy
considerado en ese aspecto. Si te sentabas a una mesa enfrente
de Justin, echaba el humo hacia atrás.

—¿Dónde están los altavoces? —vociferó Lincoln—. ¿En los asientos?

—Joder, sí. Alucinante, ¿verdad? Es como tener a Axl Rose en el culo.

—Ya te gustaría —chilló alguien desde atrás. Había tres asientos traseros. Justin hizo una peineta y siguió hablando.

—Pasa de estos melones. He tenido que traerlos porque hoy me toca conducir a mí. No nos fastidiarán el plan, se quedarán en la sección infantil.

—No pasa nada —dijo Lincoln.

—¿Qué?

—¡Que no pasa nada!

A Lincoln le daba igual. No tenía ningún plan que fastidiar.

Se dirigieron a las afueras y se detuvieron en un centro comercial, delante de un local llamado The Steel Guitar.

—¿No es un bar de country? —preguntó Lincoln.

—Lo era, cuando a todo el mundo le dio por el baile en línea. Ahora solo dedican a ese rollo un día a la semana. Los jueves, creo.

—¿Y qué hacen el resto de los días?

—Lo normal. Las chicas vienen por aquí, así que es el local perfecto para nosotros.

El bar estaba abarrotado. Había gente bailando en la pista y de fondo sonaba un estridente tema de hip hop; de la peor especie, todo graves y berridos acerca de coches de lujo. Justin buscó una mesa cerca de la pista y llamó por gestos a una camarera, que llevaba una cartuchera cargada con vasos de chupito y dos botellas de licor prendidas al cinturón. Todo junto debía de pesarle horrores.

—Dos Jägermeister, señorita —pidió Justin—. Gracias.

Empujó un chupito en dirección a su amigo y levantó el suyo a guisa de brindis.

—Por ti, Lincoln. ¡El graduado!

Lincoln brindó y se las arregló para tragarse el lingotazo de una vez.

—Pensaba que te tocaba conducir —comentó.

—Y así es —Justin encendió otro cigarrillo.

—Pensaba que en ese caso no podías beber.

—No, significa que no te puedes emborrachar. O que debes emborracharte muy temprano, para tener tiempo de despejarte...

Justin ya estaba pidiendo dos chupitos más y oteando el bar.

Era un local grande, de altísimos techos, todo pintado de negro. Una máquina escupía humo en alguna parte y había luces negras por doquier. Sobre la pista de baile, surgiendo de la oscuridad, pendía la escultura metálica de una guitarra con pinta de ser muy cara.

Y debajo estaban ellas. Bailando solas o con amigas. Un grupo, seguramente una despedida de soltera, bailaba en corro en el centro de la pista. Era casi imposible bailar aquella música; no se prestaba a hacer nada más que cabecear y torcer el cuerpo hacia delante con el ritmo. Todas las chicas parecían estar escuchando una misma historia triste. «Sí, sí, sí, es horrible. Sí, sí, sí»

Unas cuantas se habían encaramado a los podios negros del fondo de la pista, bajo una hilera de parpadeantes luces verdes. Con las caderas pegadas, bailaban como si intentaran seducirse la una a la otra con movimientos insinuantes. Observarlas resultaba desagradablemente excitante, como masturbarse en un aseo portátil.

Justin también las estaba mirando.

—Qué horror —dijo, y sacudió la cabeza—. En nuestra época ninguna chica habría bailado así, ni siquiera con su novio... Mira allí —añadió al tiempo que señalaba una mesa situada junto la puerta—. Esas dos son las que andamos buscando. Demasiada autoestima como para frotarse contra su mejor amiga pero no tanta como para rechazar una copa.

Justin ya se había levantado y Lincoln lo siguió. Se detuvieron ante una mesa en la que dos muchachas cabeceaban al ritmo de la música. Lincoln no habría sabido decir cuántos años tenían. A esa luz, apenas si podía distinguirlas: dos chicas tirando a rubias vestidas con el típico atuendo del sábado noche: top sin tirantes, tiras de sujetador color pastel, media melena lacia y labios beige.

—Hola —estaba diciendo Justin—. ¿Os importa que nos sentemos con vosotras? Mi amigo Lincoln invita.

Las chicas sonrieron y retiraron sendos bolsos negros. Lincoln se sentó en la silla que Justin había dejado libre y devolvió la sonrisa a la que tenía más cerca. Por raro que fuese, no estaba nervioso. Aquel local y aquellas chicas tenían tan poco que ver con su vida cotidiana que ni siquiera le parecían reales. Sin duda menos reales que las mujeres que solían evitarlo, o eso le parecía, cuando se cruzaba con ellas en la calle o en algún pasillo. Además, era Justin el que llevaba la voz cantante, rompía el hielo y pedía las bebidas. ¿Por qué esa manía de pedir Jägermeister? ¿Y cuántos chupitos llevaba Lincoln encima? ¿Dos? ¿Tres? Tres, como mínimo.

—Soy Lisa —se presentó ella, y le tendió una mano pequeña y cuidada.

—Lincoln —repuso él, sonriendo—. ¿Quieres tomar algo?

—Tu amigo ya ha pedido.

—Ah, bueno, perdona...

—Aceptaré un cigarrillo si tienes uno.

—Lo siento —se disculpó él—. No fumo.

—No pasa nada. Yo tampoco. O sea, sí, pero solo en los bares y tal, de fiesta. Odio la peste. Pero como voy a oler a humo de todos modos, he pensado que, ya puestos, me podía fumar uno.

—Mi amigo tiene cigarrillos... —Lincoln se giró hacia Justin, que ya estaba llevando a su chica a la pista de baile. Maldita sea. A Lincoln no le apetecía bailar.

—No te preocupes —dijo Lisa.

—¿Quieres bailar? —preguntó él.

—Bueno. ¿Tú?

—La verdad es que no. ¿Te parece bien?

—Claro —asintió Lisa—. De todas formas, en la pista no se puede hablar.

Ahora Lincoln estaba nervioso. Justin se había llevado consigo la inercia de la noche.

—¿Y qué? —le preguntó a la chica—. ¿A qué te dedicas?

—Soy higienista dental. ¿Y tú?

—Informático.

Ella sonrió y asintió.

—Informático —repitió—. Qué bien.

Ya estaba desviando la vista. Apuraron las copas y Lincoln pidió otra ronda, por hacer algo. Debería haber cenado antes de salir. Lástima que el local ya no fuese un bar country porque ¿no había cacahuetes en todos los bares country? ¿O solo en las películas, para que los actores supieran qué hacer con las manos?

Lisa rompía en pedacitos el papel del posavasos a la vez que rapeaba en voz baja la letra de la canción. Lincoln dudó si marcharse, para darle ocasión de conocer a otra persona. No tardaría en acercarse algún chico. Era guapa…, seguramente. A esa luz verde y negra, tenía el aspecto de un hematoma en proceso de curación. Como todo el mundo.

—Es un sitio horrible para conocer gente —comentó Lincoln.

—¿Qué? —Lisa se inclinó hacia él.

—Que es un sitio horrible para conocer gente —repitió él a viva voz.

La chica sorbía el contenido de su copa con una pajita. Dejó de hacerlo y, sin retirarse la pajita de la boca, lo miró como si estuviera decidiendo si se levantaba en ese mismo instante o aguardaba el regreso de su amiga. La espera iba para largo. Justin y su compañera habían abandonado la pista de baile para trasladarse a un rincón. Cuando el foco los barrió, Lincoln advirtió que se estaban besando. Justin sostenía un cigarrillo encendido y una botella de cerveza entre los dedos.

—Perdona —se disculpó Lincoln—. No pretendía decir que tú seas horrible. Me refiero a que es un local horrible para conocer a cualquiera. —Lisa aún lo miraba con los ojos entornados—. ¿A ti te gusta este sitio? —le preguntó.

—Está bien —se encogió de hombros—. Es un bar cualquiera.

—Exacto. Todos son horribles.

—¿Has bebido mucho? —quiso saber ella—. ¿Eres de los que tienen la borrachera llorona?

—No lo sé, no me emborracho a menudo. ¿Cómo no estar triste en un sitio como este?

—A mí no me parece triste —afirmó ella.

—Será que no lo has visto bien —gritaba para hacerse oír por encima del ruido, pero los gritos prestaban a su voz un tono enfadado—. O sea, mira este sitio. Escucha la música.

—¿No te gusta el rap? Los jueves ponen country.

—No —dijo él sacudiendo la cabeza con fuerza. Se estaba enfadando. No con Lisa, en realidad. Le molestaba la situación. Se sentía como Martín Lutero, hasta las narices de todo—. No hablo de la música —se explicó—. Hablo de…, bueno, tú has venido a conocer a alguien, ¿no? A conocer a un chico.

—Sí.

—Quizás a conocer a tu media naranja, ¿no?

Ella miró su copa.

—Sí.

—Bueno, y cuando piensas en ese chico…, que, por cierto, ambos sabemos que no soy yo, cuando piensas en él, ¿te imaginas a ti misma conociéndolo en un local como este? ¿En un sitio tan feo? ¿Tan ruidoso? ¿Te apetece que apeste a Jägermeister y a tabaco? ¿Quieres que vuestro primer baile juntos sea una tema sobre *strippers*?

Ella miró a su alrededor y se encogió de hombros.

—Puede.

—¿Puede? No, claro que no.

—No me digas lo que no quiero —se enfadó Lisa mientras hurgaba en el bolso de su amiga buscando un cigarrillo.

—Tienes razón —se disculpó Lincoln—. Perdona.

Ella encontró el pitillo y se lo llevó a los labios. Lo dejó ahí, apagado.

—¿Y dónde voy a conocer a un chico si no? —preguntó. Ahora miraba a la gente que bailaba en la pista—. ¿En un parque?

—Un parque estaría bien —repuso él—. Yo pagaría por entrar a un parque de solteros.

—Ya, pues ve a las fiestas que organiza la iglesia de mi madre —volvió a rebuscar en el bolso de la otra—. Creo que si conociera a un chico, ya sabes, a mi media naranja, me daría igual estar aquí que allá, que apestara a tacaco o lo que fuera. Estaría, o sea, contenta... Mira —se levantó—, ha sido un placer conocerte. Voy a pedir fuego.

—Ah..., esto, vale... —Lincoln intentó levantarse, se golpeó la cabeza contra un neón de Budweiser y volvió a sentarse—. Lo mismo digo.

Sintió que debía volver a disculparse, pero no lo hizo.

Y no se giró para verla marcharse.

Lincoln seguía sentado a esa misma mesa una hora más tarde, cuando Justin regresó.

—Tío, necesito que me hagas un favor. Estoy demasiado tocado para conducir. ¿Te puedes llevar mi coche a casa?

—Hum, no estoy seguro de si...

—Linc, en serio. —Justin dejó las llaves sobre la mesa—. Me voy con Dena.

—Pero ¿qué pasa con los demás, tu hermano y...?

—Creo que se han marchado.

—¿Qué?

—Mañana recogeré el coche. Deja las llaves debajo de la alfombrilla y cierra las puertas.

—No creo que...

Lincoln recogió las llaves e intentó devolvérselas a su amigo. Pero Justin ya no estaba allí.

Eve se encontraba sentada a la mesa de la cocina cuando Lincoln bajó al día siguiente. Había pasado la noche en uno de los asientos traseros del coche de Justin y había regresado a casa después del alba. Tenía el cuello tan machacado como si aún siguiera hecho un cuatro sobre el reposabrazos y un regusto a regaliz y a carne podrida en la boca.

—¿Qué haces aquí? —le preguntó a su hermana.

—Eh, buenos días, cielo. He traído a los niños para que jueguen con mamá.

Lincoln miró a su alrededor y luego se desplomó en una silla, junto a su hermana.

—Están en el jardín trasero, construyendo un fuerte —explicó ella—. Hay rollitos de primavera en la sartén. Y arroz frito. ¿Tienes hambre?

Lincoln asintió, pero no se movió. Estaba planeando todo lo que haría cuando tuviera fuerzas para volver a levantarse. Como acostarse otra vez. Eso sería lo primero.

—Por Dios —exclamó su hermana mientras se ponía en pie para servirle un plato—. Te divertiste anoche, ¿eh?

Plantada junto a la cocina, removiendo el arroz, Eve parecía una versión más joven de su madre; una versión adulta de la madre en su juventud. A los 36, Eve se asemejaba a su madre a los 45. «Es lo que pasa cuando eres responsable. Te salen arrugas», decía su hermana cuando la otra no andaba cerca. «¿Verdad que Eve parece muy cansada?»», comentaba la madre tanto si Eve estaba presente como si no.

—Dice mamá que has llegado a las 7 de la mañana —comentó Eve cuando le tendió el plato—. Está furiosa, por cierto.

—¿Y por qué está furiosa?

—Porque no la llamaste. Porque se quedó levantada hasta las tantas, esperándote.

Lincoln tomó un bocado y aguardó a saber si su estómago ya le había perdonado.

—¿Qué llevan estos rollitos? —preguntó.

—Queso de cabra, creo, y quizás salmón.

—Están riquísimos.

—Ya lo sé —repuso ella—. Me he comido cuatro. Venga, deja de marear la perdiz y dime dónde has pasado la noche.

—Salí con Justin. Fuimos a un bar.

—¿Y conociste a alguien?

—¿Estrictamente? —preguntó Lincoln con la boca llena—. Sí.

—¿Has pasado la noche con una chica?

—No. He dormido la mona en el asiento trasero del coche de Justin. ¿Hay un todoterreno amarillo a la entrada de casa?

—No. —Eve parecía decepcionada.

—¿Por qué me miras así? —Lincoln ya se encontraba mejor. Puede que se duchase antes de volver a la cama—. ¿De verdad preferirías oír que he pasado la noche practicando sexo prematrimonial con una chavala que acababa de conocer en The Steel Guitar?

—¿Fuiste a un bar country?

—Solo es country los jueves por la noche.

—Ah. Bueno. —Eve echó mano de un rollito—. Me habría encantado oír que te habías pasado toda la noche charlando con la chica que conociste en The Steel Guitar.

—Vale —repuso él, y se levantó para servirse otro plato—. La próxima vez te lo diré.

13

De: Jennifer Scribner-Snyder
Enviado: Lunes, 6 de septiembre de 1999. 10:14
Para: Beth Fremont
Asunto: ¡DIOS SALVE A LOS GOLDEN VIKINGS!

Sé que devoras la sección de Deportes, así que ya te habrás enterado de que los Vikings del North High machacaron a los Bunnies del Southeast el viernes por la noche. Solo nos ha faltado explicar que los vikingos remontaron cuando la banda tocó *Whoomp! (There it is)*. Te perdiste una noche alucinante.

<<Beth a Jennifer>>

1. ¿Por qué todos los institutos de esta ciudad incluyen la dirección en el nombre? ¿Por qué no pueden llamarse John F. Kennedy o Abraham Lincoln o Butros Butros-Ghali?

2. ¿Mitch elige temas de *megamix*? ¿Acaso no tiene vergüenza?

<<Jennifer a Beth>> Bueno, son partidos de fútbol americano. Además, a los chicos les encanta esa canción. Es divertida. Las tubas tocan la parte del *whoomp*. ¿Y qué tal tu fin de semana? ¿Fuiste a ver a Chris? ¿Tocaron algún tema de *megamix*?

<<Beth a Jennifer>> Sí, deberías haber oído el solo de guitarra que hizo al comienzo de *Tootsee roll*. Mi fin de semana no ha estado mal. El viernes por la noche me pasé por el concierto de Sacajawea y acabé viéndolo entero. Tocaron unas cuantas canciones que no conocía.

<<Jennifer a Beth>> ¿Y a Chris le hizo ilusión verte allí?

<<Beth a Jennifer>> Psé.

<<Jennifer a Beth>> ¿Psé? No te hagas la interesante. Le he estado dando vueltas al asunto de por qué no me quieres contar cómo os conocisteis. Seguro que hay una historia turbia detrás. ¿Estaba casado? ¿Sois parientes?

<<Beth a Jennifer>> Sí y sí.

<<Jennifer a Beth>> Ya estamos. Otra vez te estás haciendo la interesante.

<<Beth a Jennifer>> Perdona. Es que...
Sé lo que piensas de Chris. (Sé lo que todo el mundo piensa de Chris.) Y me incomoda hablar de los momentos tórridos de nuestra relación. Percibo tu desdén.

<<Jennifer a Beth>> ¿Qué pienso de Chris? ¿Y quién es «todo el mundo»?

<<Beth a Jennifer>> No te cae bien.

Y todo el mundo es todo el mundo. Mis padres. Mis hermanos. Tú. ¿Te había mencionado ya?

<<Jennifer a Beth>> Eso no es justo. Chris me cae bien.

<<Beth a Jennifer>> Pero piensas que podría aspirar a algo mejor.

<<Jennifer a Beth>> Eso no es del todo verdad.

Te quiero. Y quiero que seas feliz. Y no eres feliz. Así que me pregunto qué aspecto de tu vida te hace infeliz. Y creo que Chris, a veces, te hace infeliz.

<<Beth a Jennifer>> Mitch también te hace infeliz a veces.

<<Jennifer a Beth>> Es verdad.

<<Beth a Jennifer>> Estás pensando: «pero...».

<<Jennifer a Beth>> Perdona. No quiero que te incomode hablarme de tu relación con Chris, tórrida o como sea. Yo te lo cuento todo, y es un consuelo enorme tener a alguien con quien compartirlo.

Además, si me contaras esos detalles tórridos, entendería por qué aguantas lo demás, todo eso que me hace poner los ojos en blanco.

<<**Beth a Jennifer**>> Buen argumento.

<<**Jennifer a Beth**>> Así pues...

<<**Beth a Jennifer**>> ¿Así pues?

<<**Jennifer a Beth**>> Así pues, cuéntame algo tórrido. Dime cómo os conocisteis.

Érase una vez, en una reunión familiar, un hombre casado...

<<**Beth a Jennifer**>> Podemos ser amigas aunque no te caiga bien. Siempre y cuando yo te caiga bien, habrá buen rollo entre nosotras.

<<**Jennifer a Beth**>> Quiero que me caiga bien.

<<**Beth a Jennifer**>> No debería haber dicho eso de que Mitch te hace infeliz. Quiero mucho a Mitch. Perdona.

<<**Jennifer a Beth**>> No pasa nada. Tienes razón. Mitch me hace infeliz a veces, y tú no se lo tienes en cuenta.

Érase una vez, en una reunión familiar...

<<**Beth a Jennifer**>> Bueno. Vale. Conocí a Chris en el centro estudiantil.

<<**Jennifer a Beth**>> No me digas.

<<**Beth a Jennifer**>> Los dos acudíamos allí a estudiar entre la clase de las nueve y media y la de las once y media.

Ya lo había visto por el campus. Siempre llevaba una sudadera amarilla y unos cascos gigantes, de esos que parecen decir: «Puede que me ponga encima lo primero que pillo. Es posible que no me haya peinado o ni siquiera me haya lavado el pelo. Pero pronuncio la palabra "música" con una M mayúscula. Como quien pronuncia el nombre de Dios».

¿Ya estás poniendo los ojos en blanco?

<<**Jennifer a Beth**>> ¿Te estás quedando conmigo? Me encantan las historias de amor. Sigue.

<<**Beth a Jennifer**>> Así que ya me había fijado en él. Llevaba el pelo a lo Eddie Vedder. Castaño rojizo, tirando a desastrado. Estaba muy flaco (mucho más que ahora) y siempre tenía ojeras. Como si fuera demasiado enrollado para comer o dormir.

A mí me parecía un príncipe azul.

Le llamaba «el chico de los cascos». Cuando me di cuenta de que compartíamos horario de estudio, no me podía creer mi buena suerte.

Bueno, yo estudiaba. Él sacaba un libro de bolsillo y leía mientras escuchaba música, siguiendo el ritmo con las piernas. Me provocaba pensamientos impuros.

<<**Jennifer a Beth**>> ¡No pares ahora! No puedes llegar a «pensamientos impuros» y detenerte.

<<**Beth a Jennifer**>> No tengo más remedio. Pam acaba de pasar por mi mesa. Un viejo cine está a punto de cerrar. El Indian Hills. Tiene una de las pocas pantallas de Cinerama que que-

dan en el país. No me puedo creer que lo vayan a cerrar. (He visto en ese cine las cuatro películas de *La guerra de las galaxias*. Tengo que verlas todas, maldita sea.) Pam quiere un artículo para la edición de mañana. Así que estoy en pleno cierre. Como una periodista de verdad. No tengo tiempo para historias de amor.

<<Jennifer a Beth>> Vale, te lo perdono. Por ahora. Pero me contarás toda la historia, ¿verdad?

<<Beth a Jennifer>> Lo haré, te lo prometo.

14

Lincoln jamás les enviaría una advertencia a Jennifer Scribner-Snyder y a Beth Fremont.

Más le valía reconocerlo ante sí mismo. Nunca las amonestaría. Porque le caían bien. Porque le parecían simpáticas, listas y divertidas. Muy divertidas; a veces se reía a carcajadas allí sentado en su escritorio. Le gustaba cómo se tomaban el pelo mutuamente y cómo cuidaban la una de la otra. Le habría gustado tener ese tipo de relación con alguno de sus compañeros.

Muy bien. Vale. Así eran las cosas. Nunca les enviaría una advertencia.

Ergo. Así pues. En consecuencia... En teoría, desde un punto de vista ético, no tenía por qué seguir leyendo sus correos.

Lincoln siempre se había dicho que no tenía por qué sentir remordimientos (podía ser un fisgón y un trol profesional sin sentirse culpable) siempre y cuando no se convirtiera en un mirón. Siempre y cuando no se divirtiera fisgando y acechando.

Pero ahora se estaba divirtiendo. Se sorprendía a sí mismo aguardando con ilusión a que el filtro interceptara los mensajes de Beth y Jennifer, sonriendo cada vez que veía sus nombres en la carpeta de WebFence. De vez en cuando, si la noche se le hacía muy larga, los leía dos veces.

Incluso había considerado la idea de abrir sus bandejas de entrada y leer cualesquiera de sus correos, cuando quisiera, si le apetecía.

Aunque querer, no quería. Ni lo haría. Sería inquietante.

Ya es inquietante, pensó.

Tenía que dejar de leer esos mensajes. Si no pensaba advertirlas, debía abstenerse.

«Vale», se dijo Lincoln. «Se acabó».

15

De: Jennifer Scribner-Snyder
Enviado: Martes, 7 de septiembre de 1999. 9:56
Para: Beth Fremont
Asunto: Un artículo precioso

Y en primera página. No has perdido garra.

<<**Beth a Jennifer**>> Vaya, gracias. Fue emocionante volver a trabajar con los redactores de noticias. Allí todo el mundo se lo toma tan en serio... Me sentí como Lois Lane.

<<**Jennifer a Beth**>> Porque normalmente te sientes como Roger Ebert, ¿verdad?

Eh, a ver si adivinas quién escribió el titular.

<<**Beth a Jennifer**>> Ahora que lo mencionas, era un titular muy inteligente. Aforístico, incluso. Debió de ser Chuck.

<<**Jennifer a Beth**>> Muy graciosa.

<<**Beth a Jennifer**>> Formamos un gran equipo, tú y yo. Deberíamos unirnos y... abrir un periódico o algo así.

<<**Jennifer a Beth**>> Mitch ha leído tu artículo a la hora del almuerzo y se ha c;breado como una mona. Le encanta ese cine. Vio *Los Goonies* seis veces allí. (La novia que tenía en primero de secundaria estaba colada por Corey Feldman.) Dice que todas las películas parecían buenas cuando las veías en Cinerama.

<<**Beth a Jennifer**>>
1. ¿Mitch tenía novia en primero? Cuenta, cuenta.
2. ¿No estaría insinuando que *Los Goonies* es mala? Me encanta Martha Plimpton, y Corey Feldman está excelente. No merecía hacer el papel de bocazas. ¿Has visto *Cuenta conmigo*? ¿*No matarás... al vecino*? ¿*Tod y Toby*?
3. Me encanta imaginaros leyendo el periódico mientras desayunáis. Es una estampa tan hogareña...

<<**Jennifer a Beth**>> No, esta mañana no lo ha sido.

Yo estaba leyendo la sección nacional, que incluía una noticia sobre un hijo que ató a su madre porque no le quería comprar una PlayStation, y he comentado:

—Ay, Dios, he aquí otra razón para no tener hijos.

Mitch ha bufado (tal cual, ha bufado) y me ha soltado:

—¿Estás redactando una lista? ¿De todas las razones por las que no debemos ser padres?

Le he dicho que no se pasara conmigo y me ha soltado:

—No te pases tú. Ya sé que no estás lista para tener hijos. Pero no hace falta que metas el dedo en la llaga.

—¿En la llaga? —le he preguntado—. ¿En qué llaga?

Y me ha dicho que estaba cansado y que lo olvidara.

—Te quiero —se ha despedido—. Me voy a trabajar.

Le he rogado que no me lo dijera en ese tono, como si se disculpara por levantarse de la mesa. Y me ha preguntado si preferiría que se marchara sin decirme «te quiero».

Yo he replicado:

—Preferiría que me dijeras «te quiero» porque te inspiro tanto amor que no te cabe dentro. Preferiría que no te marcharas enfadado conmigo.

Y me ha asegurado que no estaba molesto conmigo, sino con la situación. La situación del niño. O, más bien, de la ausencia de niño.

Pero yo soy la causa de esa situación. Y se lo he soltado.

—Estás enfadado conmigo —he insistido.

—Vale —ha reconocido—. Estoy enfadado contigo. Pero te quiero. Y me tengo que ir a trabajar. Adiós.

Y entonces he empezado a preocuparme por si sufría un accidente camino del trabajo, porque entonces tendría que pasarme el resto de mi vida maldiciéndome por no haberle dicho: «Yo también te quiero».

Y, como venganza contra los dos, no me he tomado la pastilla de ácido fólico después de desayunar.

<<**Beth a Jennifer**>> ¿Desde cuándo tomas ácido fólico?

<<**Jennifer a Beth**>> Desde la última falsa alarma. Pensé que así tendría un motivo menos de preocupación. ¿Crees que debería llamar a Mitch para disculparme?

<<**Beth a Jennifer**>> Sí.

<<**Jennifer a Beth**>> Pero no quiero hacerlo. Ha empezado él.

<<**Beth a Jennifer**>> Puede que le estés contagiando la ansiedad que te provoca el tema del embarazo.

<<**Jennifer a Beth**>> Se la estoy contagiando. Lo sé. Y no se lo reprocho. Pero no se me da bien pedir perdón. Lo único que hago es empeorarlo todo. Le diré: «Perdona», y me pondré cariñosa y tal, pero en cuanto me haya perdonado le soltaré: «Pero has empezado tú».

<<**Beth a Jennifer**>> Qué horror, no hagas eso. Es justo lo que diría tu madre.

<<**Jennifer a Beth**>> Es justo lo que mi madre me ha dicho a mí un millón de veces.

Lo he heredado de ella. Estoy programada genéticamente para ser una mala persona.

Y hablando de mi madre, el fin de semana pasado fui tan tonta como para comentarle que Mitch y yo discutimos últimamente por el asunto del niño. Y suspiró (¿alguna vez la has oído suspirar? Parece un globo que se desinfla) y dijo:

—Así empiezan esas cosas. Será mejor que lleves cuidado.

Por «esas cosas» se refiere al divorcio, claro. Está convencida de que he heredado su propensión a separarme junto con la dentadura perfecta y las disculpas maliciosas. Está esperando. Siempre anda hurgando en mi matrimonio con un palillo. «¡Ya casi lo tengo!»

Así que me puse en plan:

—No me digas, mamá. ¿Los divorcios empiezan con una pelea? Y yo que pensaba que empezaban con una maestra de tercero.

(Que fue como empezó el suyo. Aunque alguien podría alegar que el divorcio de mis padres comenzó el día de su boda de penalti, y que la aventura de mi padre con la señorita Grandy fue más un síntoma que una enfermedad.)

En fin, tras ese comentario cáustico, mi madre y yo empezamos a pelearnos, y yo seguí soltándole barbaridades, hasta que por fin me espetó:

—Tú di lo que quieras, Jennifer, pero ambas sabemos quién va a recoger los pedazos cuando todo esto se haga añicos.

Así que le colgué, y Mitch (que acababa de entrar en la habitación pero no sabía por qué nos peleábamos) me regañó:

—Me gustaría que no le hablaras así. Es tu madre.

Y no pude decirle: «Pero es que piensa que me vas a dejar, y ya se ha puesto de tu lado en el divorcio». De manera que me enfurruñé, pero me mordí la lengua.

El domingo mi madre volvió a llamarme y se comportó como si nada hubiera pasado. Quería que la acompañara al centro comercial y se empeñó en comprarme un jersey rojo en Sears, que de todos modos acabaré pagando yo la próxima vez que ella no pueda afrontar el pago de su tarjeta.

<<**Beth a Jennifer**>> ¿Te refieres al jersey que llevas puesto? ¿Te lo compraste en Sears? Es muy mono.

<<**Jennifer a Beth**>> No cambies de tema. (Gracias. Sí, ¿verdad?)

<<**Beth a Jennifer**>> Tu madre está como una cabra. Tu matrimonio no se parece en nada al suyo. Ni tampoco tu vida. Ella, a tu edad estaba casada, divorciada y tenía una hija de diez años.

<<**Jennifer a Beth**>> Ya lo sé, pero es que mi madre lo retuerce todo. Se comporta como si mi matrimonio tuviera los días contados y ya se estuviera hartando de esperar a que arruine mi vida.

Recuerdo haber dejado atrás los dieciocho, la edad a la que ella me tuvo, y haber pensado: «Uf, lo conseguí. He cumplido diecinueve sin quedarme embarazada». Ni siquiera existía la posibilidad. A los diecinueve yo no sabía lo que era un beso.

<<**Beth a Jennifer**>> ¿En serio? ¿Cuántos años tenías cuando besaste a un chico por primera vez?

<<**Jennifer a Beth**>> Veinte. Es patético. Los chicos no quieren besar a las gordas.

<<**Beth a Jennifer**>> No es verdad. En *El show de Jerry Springer* han salido un montón de chicos que afirman lo contrario. Y acuérdate del presidente Clinton...

<<**Jennifer a Beth**>> Plantéalo así: ninguno de los chicos que me gustaba quería besar a una gorda.

<<**Beth a Jennifer**>> Me juego algo a que ni siquiera les diste ocasión. Mitch dice que prácticamente lo ahuyentaste con un palo.

<<**Jennifer a Beth**>> Quería ahorrarle el mal trago.

<<Beth a Jennifer>> ¿Cómo te conquistó?

<<Jennifer a Beth>> Por pura cabezonería. Se sentaba a mi lado en clase de poesía creativa y me preguntaba si había quedado con alguien para comer. Ni en sueños iba a dejar yo que aquel rubio macizorro me viera comer.

<<Beth a Jennifer>> Me lo imagino. El típico granjero de hombros anchos y cintura estrecha... Seguro que llevaba una gorra de propaganda y unos Wrangler ajustados. ¿Te acuerdas de los adhesivos que la gente pegaba en los parachoques cuando íbamos a la universidad? «Las chicas flipan con los culos Wrangler.»

<<Jennifer a Beth>> Sí. Cuando me acuerdo de esas cosas, me gustaría haber estudiado en otro estado. En alguna parte de Filadelfia. O de Nueva Jersey.

<<Beth a Jennifer>> ¿Sabes qué? Si hubieras estudiado en Nueva Jersey, no habrías conocido a Mitch. No habrías entrado a trabajar aquí. Nunca nos habríamos conocido.

<<Jennifer a Beth>> Mitch dice que estábamos destinados a estar juntos. Dice que si pudiera volver atrás y vivir toda mi vida de nuevo, acabaría casándome con él de todos modos.

<<Beth a Jennifer>> ¿Lo ves? No se parece en nada a tu padre. Es maravilloso. Ojalá tú y yo hubiéramos sido amigas cuando estudiábamos en la universidad. ¿Por qué no nos hicimos amigas?

<<**Jennifer a Beth**>> Seguramente porque yo estaba gorda.

<<**Beth a Jennifer**>> No seas tonta. Seguramente porque yo estaba demasiado pendiente de Chris como para hacer amigos.

<<**Jennifer a Beth**>> Seguramente porque yo estaba demasiado ocupada trabajando en el *Daily*. No conocí a nadie que no estudiara periodismo hasta que empecé a salir con la gente de la banda de Mitch.

<<**Beth a Jennifer**>> Pero si yo estudié periodismo... Esa es otra de las cosas que no llegué a hacer porque estar enamorada acaparaba todo mi tiempo: nunca trabajé en el periódico de la facultad.

<<**Jennifer a Beth**>> Pues no te perdiste nada, te lo aseguro. Era un nido de víboras. Un nido de víboras borrachas.

¿Sabes...? Aquí estamos, hablando de nuestra época universitaria. Yo no tengo ningún artículo que corregir, tú estás disfrutando a tope del éxito de una brillante exclusiva de primera plana...

Me parece el momento perfecto para que me acabes de contar «los amoríos de Beth».

<<**Beth a Jennifer**>> Dirás más bien «los amoríos de Chris».

<<**Jennifer a Beth**>> Los amoríos del chico de los cascos.

Allí estaba él, con su sudadera amarilla y su libro de bolsillo. Y allí estabas tú, con tus pensamientos impuros.

<<Beth a Jennifer>> Ejem. Bueno. Pues ahí estábamos. En el centro estudiantil. Él siempre se sentaba a una esquina de la mesa. Y yo siempre me sentaba en la fila de enfrente, tres asientos más allá. Salía de clase temprano para tener tiempo de acicalarme y estar en mi sitio como quien no quiere la cosa sobre la hora a la que él entraba con sus andares lánguidos.

Nunca me miraba (ni a nadie más, menos mal) y no se quitaba los cascos. Yo empezaba a fantasear con la canción que estaría escuchando... y si la escogería para el primer baile de nuestra boda... y si las fotografías serían tradicionales o en blanco y negro... Seguramente en blanco y negro, como en las revistas. Serían instantáneas informales, una pizca desenfocadas, montones de ellas, en las que apareceríamos abrazados con una expresión romántica y soñadora.

El chico de los cascos siempre exhibía una expresión soñadora, claro, que mi amiga Lynn atribuía a sus «desayunos con María».

<<Jennifer a Beth>> Y entonces...

<<Beth a Jennifer>> Ya sé lo que estás pensando. No te puedes creer que me liara con un drogata a sabiendas.

<<Jennifer a Beth>> Yo me lié a sabiendas con un tío que tocaba la tuba. Termina la historia.

<<Beth a Jennifer>> Bueno, al principio estaba segura de que él notaría las fuerzas cósmicas que nos impelían a estar juntos. Me gustaba tanto que notaba cómo mi corazón se encogía con cada latido. Era el destino. Él era un imán y yo, acero.

Todo eso sucedió en septiembre. En algún momento de octubre, entró un amigo suyo y lo llamó «Chris». (Por fin un nombre. *«María... Si lo pronuncias en voz alta, la música empieza a sonar. Si lo pronuncias con voz queda, se parece a rezar.»*) En noviembre, un martes por la noche, lo vi en la biblioteca. Pasé allí los cuatro martes siguientes con la esperanza de que fuera una pauta. No lo era. A veces lo seguía a su clase de las once y media en el colegio Andrews y luego tenía que correr por todo el campus para llegar al edificio Temple, donde se impartía la mía.

Hacia el final del semestre, me sentía incapaz de entablar una conversación desenfadada con él. Ya no intentaba que nuestras miradas se cruzasen. Incluso empecé a salir con un Sigma Épsilon que conocí en clase de sociología.

Pese a todo, no podía renunciar a mi cita de las diez y media con el chico de los cascos. Supuse que, después de las vacaciones de Navidad, nuestros horarios cambiarían y todo habría terminado. Esperaría hasta entonces y luego seguiría con mi vida.

<<**Jennifer a Beth**>> Me encanta, estás consiguiendo que me trague eso de que no hay esperanza. Muy hábil.

<<**Beth a Jennifer**>> Yo había perdido toda esperanza.

Y entonces... una semana antes de los finales, me presenté en el centro a la hora de costumbre y encontré a Chris sentado en mi silla. Llevaba los cascos alrededor del cuello y me miró cuando caminé hacia él. Al menos, pensé que me estaba mirando. Jamás de los jamases se había girado hacia mí, y la mera idea de que me estuviera observando me hizo arder la piel. Antes de que pudiera resolver el problema de qué asiento ocupar, me habló.

<<Jennifer a Beth>> ¿Y qué te dijo? «¿Deja de acosarme, psicópata?»

<<Beth a Jennifer>> No. Me dijo: «Qué pasa».

Y: «Hola».

Y dijo:

—Mira... —Tenía los ojos verdes. Bizqueaba un poquitín cuando hablaba—. El semestre próximo tendré clase a las diez y media, así que... tendremos que cambiar de costumbres.

Me quedé muerta.

Le dije:

—¿Te estás burlando de mí?

—No —respondió—. Te estoy preguntando si te apetece que quedemos un día.

—En ese caso, sí.

—Bien —continuó—. Podríamos cenar juntos. Y tú te podrías sentar enfrente de mí. Sería como la mañana de un martes cualquiera. Pero con palitos de pan.

—Ahora sí que te estás burlando de mí.

—Sí —seguía sonriendo—. Ahora sí.

Y eso fue todo. Salimos juntos aquel fin de semana. Y el siguiente. Y el otro. Fue un romance apasionado.

<<Jennifer a Beth>> Hala, qué frescales. (O sea, qué guay.) ¿Se había dado cuenta desde el principio de que le observabas?

<<Beth a Jennifer>> Sí, creo que sí. Chris es así. No tiene prisa. Nunca enseña sus cartas. Siempre es el primero en colgar.

<<Jennifer a Beth>> ¿Qué significa que siempre es el primero en colgar?

<<Beth a Jennifer>> Pues eso. Cuando empezamos a llamarnos por teléfono, siempre era él quien colgaba. Cuando nos besábamos, se apartaba en primer lugar. Me mantenía a un paso de la desesperación. Me gustaba demasiado y eso hacía que me gustase aún más.

<<Jennifer a Beth>> Debía de ser una tortura.

<<Beth a Jennifer>> Una tortura maravillosa. Es delicioso ansiar algo hasta esos extremos. Pensar en él era igual que pensar en la cena cuando llevas día y medio sin comer. Habría vendido el alma por él.

<<Jennifer a Beth>> Nunca he pasado un día y medio sin comer.

<<Beth a Jennifer>> ¿Ni siquiera cuando has tenido gripe o algo así?

<<Jennifer a Beth>> Puede que una vez. ¿Y qué fue de tu Sigma Épsilon?

<<Beth a Jennifer>> Ay, Dios. Fue horrible. No me acordé de dejarlo hasta el domingo por la tarde. Durante nueve horas, tuve dos novios. Aunque por aquel entonces aún no consideraba a Chris mi novio. No quería asustarlo. El primer año fue raro.

Tenía la sensación de que una mariposa se me había posado en la piel. Si me movía o incluso respiraba, se marcharía volando.

<<Jennifer a Beth>> ¿Porque siempre era el primero en colgar?

<<Beth a Jennifer>> Por eso. Y por otras cosas también. Yo nunca sabía cuándo nos veríamos ni si me llamaría. A veces pasaba una semana entera sin hablar con él. Y entonces yo encontraba una nota que él había deslizado por debajo de mi puerta. O una hoja. O la letra de una canción escrita en un librito de cerillas.

O al propio Chris. Apoyado en mi portal un miércoles por la tarde, esperando mi regreso de Prensa Económica. En ocasiones se quedaba un cuarto de hora. Otras se marchaba por la noche, cuando me dormía. O me convencía de que me saltara las clases durante el resto de la semana. O no salíamos de la habitación hasta el sábado por la mañana, cuando agotábamos mi provisión de salsa, polos y Coca-Cola light.

Yo estaba de los nervios. Pasaba horas mirando por la ventana, pidiéndole telepáticamente que viniera o me llamara. Alquilaba películas de chicas que se mordían el pelo y tenían la cara congestionada.

Nunca he sido tan feliz.

<<Jennifer a Beth>> Creo que ya sé por qué no trabamos amistad en la universidad. Dabas un poco de miedo.

<<Beth a Jennifer>> No daba miedo. Solo tenía un objetivo en mente.

<<Jennifer a Beth>> Tu obsesión daba miedo.

<<Beth a Jennifer>> Estaba concentrada a tope. Sabía lo que quería en la vida. Quería a Chris. Y no quería distracciones. No podía atender a aburridas tramas secundarias.

    ¿Nunca te has sentido así con Mitch?

<<Jennifer a Beth>> Nunca hasta ese punto.

    O sea, estaba loca por él. Pero, en todo caso, él estaba más enganchado que yo, gracias a lo cual seguramente seguimos juntos. Necesitaba que Mitch me demostrara lo que sentía. Yo era tan insegura que no habría podido estar con él si no hubiera aporreado mi puerta y hubiera inundado mi habitación de flores.

<<Beth a Jennifer>> ¿Llegó a inundar tu habitación de flores?

<<Jennifer a Beth>> Sí. De claveles, pero flores en cualquier caso.

<<Beth a Jennifer>> Hhhmmm. En teoría, suena maravilloso. Pero, en la práctica, a mí me atraía Chris precisamente porque no hacía ese tipo de cosas. Porque jamás tendría un detalle romántico en un sentido tradicional. Y no solo porque se esforzara por ser distinto, sino porque no reaccionaba (reacciona) del mismo modo que los otros chicos. Era como salir con el hombre que cayó a la Tierra.

<<Jennifer a Beth>> Me alegro de que me lo hayas contado por fin. Odiaba tener la sensación de que debíamos evitar una parte tan importante de tu vida.

Dicho eso, puedes estar tranquila, porque jamás me fugaré con Chris ni le tiraré los tejos una noche de borrachera. Un tío así me volvería loca.

<<**Beth a Jennifer**>> Ídem sobre lo de alegrarme de que hayamos hablado de esto. Pero no sobre lo de tirar los tejos. Mitch está buenísimo.

<<**Jennifer a Beth**>> Ahora sí que he puesto los ojos en blanco.

16

Debían de tener su misma edad. Jennifer, Beth y el novio de Beth. Alrededor de veintiocho. Puede que todos hubieran estudiado en la misma época. Cuando Lincoln se trasladó a la universidad estatal, después de romper con Sam, siguió estudiando mucho tiempo, un grado detrás de otro. Había muchas probabilidades de que hubiera coincidido con Beth en el campus.

Menuda forma de dejar de espiar. Menuda forma de poner en práctica lo que dictaba la ética.

Tenía intención de tirar a la papelera los mensajes de Beth y Jennifer en cuando aparecieran en la carpeta de WebFence. Pero luego... no lo hizo. Los abrió, y en cuanto empezó a leerlos quedó atrapado en el toma y daca de las historias.

Me estoy colgando, pensó cuando concluyó el relato del encuentro entre Beth y su novio, después de haber leído la narración entera por segunda vez y haber dedicado un rato a pensar en ella, a darle vueltas a todo, a preguntarse cómo eran... Qué aspecto tendría ella.

«Me estoy colgando», pensó. «Eso no es bueno, ¿verdad?»

«Pero puede que no sea del todo malo...»

17

De: Jennifer Scribner-Snyder
Enviado: Viernes, 10 de septiembre de 1999. 13:23
Para: Beth Fremont
Asunto: Cazuela de arenque

Debería estar prohibido comer pescado en el trabajo. Lo juro por Dios, siempre que trabajo con Tony llego a casa oliendo a mar. Sé que es de Rhode y que allí comen pescado todo el santo día, pero debería tener en cuenta que a los demás nos asquea la peste del pescado.

<<**Beth a Jennifer**>> Yo te he visto comer varitas de pescado. Y gambas rebozadas.

<<**Jennifer a Beth**>> Tanto las unas como las otras están recubiertas. Puedo comer pescado siempre y cuando esté tan procesado que sea irreconocible, pero jamás lo haría en el trabajo. Ni siquiera como palomitas en mi mesa. No me gusta imponer a los demás mi olor alimentario.

<<**Beth a Jennifer**>> Qué considerada.

Te cambio la peste a pescado de Tony por la manía de Tim de cortarse las uñas.

<<**Jennifer a Beth**>> Pensaba que le habías robado el cortaúñas...

<<**Beth a Jennifer**>> Lo hice. Se ha comprado otro. No sé qué me molesta más, si el ruidito constante o saber que su puesto de trabajo está sembrado de recortes de uña.

<<**Jennifer a Beth**>> Si alguna vez necesitamos su ADN para un test de paternidad o para un conjuro vudú, ya sabemos dónde buscar.

<<**Beth a Jennifer**>> Si alguna vez necesitamos el ADN de Tony para un test de paternidad, una de nosotras merecerá que la tiren por un barranco.

Eh, ¿te acuerdas de cuando teníamos que levantarnos para mantener conversaciones como estas?

<<**Jennifer a Beth**>> No creo que hayamos mantenido nunca conversaciones como estas. Jamás me interné en tierra de periodistas a menos que tuviera un cotilleo increíblemente bueno o verdadera necesidad de hablar.

<<**Beth a Jennifer**>> O a menos que alguien trajera galletas.

¿Te acuerdas de aquella mujer que se sentaba en el rincón, la que siempre traía galletas caseras? ¿Qué fue de ella?

<<Jennifer a Beth>> ¿La corresponsal del ayuntamiento? Parece ser que la despidieron cuando descubrieron que llevaba una pistola cargada en el bolso.

<<Beth a Jennifer>> Pues no me parece bien. Siempre y cuando no la sacara.

<<Jennifer a Beth>> Hala. Tú no te venderías por treinta monedas de plata, ¿verdad? Tú te venderías por galletas caseras.

<<Beth a Jennifer>> No. (Sí. De canela.)

18

Aquella tarde, Greg le presentó a Lincoln a los chavales que había contratado para el asunto del efecto 2000. Eran tres, uno de Vietnam, otro de Bosnia y otro de la zona residencial. Lincoln no supo calcularles la edad. Mucho más jóvenes que él, en cualquier caso.

—Serán como una unidad de combate internacional —anunció Greg—. Y tú serás su comandante.

—¿Yo? —preguntó Lincoln—. ¿Y eso qué significa exactamente?

—Significa que debes asegurarte de que no se están rascando la barriga —repuso Greg—. Si supiera algo de programación, yo sería el comandante. ¿O acaso no te gusta estar al mando?

Los chicos del efecto 2000 se sentaron a una mesa de la esquina. Trabajaban de día principalmente, entre clases, así que Lincoln intentaba reunirse con ellos en cuanto llegaba. No comandaba gran cosa en esas reuniones. Los universitarios parecían saber lo que tenían que hacer. Y además no hablaban mucho, ni con Lincoln ni entre ellos.

Al cabo de una semana, Lincoln estaba seguro de que habían reventado los cortafuegos y habían instalado programas de mensajería instantánea y Napster en sus ordenadores. Se lo dijo a Greg, pero este respondió que le importaba un carajo, siempre y cuando el diario siguiera en pie el día 1 de enero.

Ninguno de los miembros de la unidad de combate tenía correo electrónico interno, así que nadie los controlaba. En ocasiones Lincoln se preguntaba si alguien controlaría su propio email. Puede que Greg, pensó, pero daba igual porque su jefe era el único que le enviaba mensajes.

19

De: Beth Fremont
Enviado: Miércoles, 22 de septiembre de 1999. 14:38
Para: Jennifer Scribner-Snyder
Asunto: Piiiiip-pip piiiip-pip

Piiiiip-pip

<<Jennifer a Beth>> ¿Qué es eso?

<<Beth a Jennifer>> Es una alarma. Chico mono a la vista.

<<Jennifer a Beth>> Parece un pájaro.

<<Beth a Jennifer>> Hay un chico mono trabajando aquí.

<<Jennifer a Beth>> No, no lo hay.

<<Beth a Jennifer>> Ya lo sé, esa fue también mi primera reacción. Pensé que debía de ser un externo, un técnico o un consultor quizás. Por eso he esperado al segundo avistamiento para disparar la alarma de chicos monos.

<<Jennifer a Beth>> ¿Y esa alarma es algo que inventasteis tú y tus amigos el instituto? ¿Hay que llevar un peto Guess para entenderlo?

Y además..., ¿lo has contrastado?

<<Beth a Jennifer>> Te lo confirmo yo. Sé distinguir a un chico mono cuando lo veo. ¿No te acuerdas de cuando te hablé del mensajero mono? (Y acabo de inventarme eso de la alarma. Me parecía necesario.)

<<Jennifer a Beth>> Ay, sí, qué mono era el mensajero.

<<Beth a Jennifer>> Por eso duró tan poco tiempo. Este sitio no soporta el atractivo, no sé por qué. Arrastramos una maldición en ese aspecto.

<<Jennifer a Beth>> Tú eres muy atractiva.

<<Beth a Jennifer>> Oh, lo fui. En mis tiempos. Antes de venir a esta planta *desatractivadora*. Mira a tu alrededor. Los periodistas somos gente del montón.

<<Jennifer a Beth>> Matt Lauer no es del montón.

<<Beth a Jennifer>> Bueno, eso es cuestión de opiniones. (Y no me puedo creer que hayas citado a Matt Lauer en primer lugar. ¿Has visto a Brian Williams?) Da igual, los periodistas de la tele no cuentan; les pagan por ser atractivos. No hace falta ser guapo para dedicarte a la prensa escrita. A los lectores les da igual que seas mona. Sobre todo a mis lectores. En mi caso, aparecer en público equivale a quedarme sentada entre las sombras.

<<**Jennifer a Beth**>> Ahora que lo mencionas, hace tres años que no me pinto los labios para venir a trabajar.

<<**Beth a Jennifer**>> Y sigues siendo demasiado mona para estar en el departamento de Corrección.

<<**Jennifer a Beth**>> Venga, no me hagas la pelota.
Cuéntame cosas de ese chico mono que te has imaginado.

<<**Beth a Jennifer**>> No hay mucho que contar, aparte de mencionar su monumental atractivo.

<<**Jennifer a Beth**>> ¿Monumental?

<<**Beth a Jennifer**>> Es muy, muy alto. Y con pinta de macizo. La clase de chico cuya presencia notas antes de verlo realmente, porque bloquea el paso de la luz.

<<**Jennifer a Beth**>> ¿Y por eso te fijaste en él?

<<**Beth a Jennifer**>> No, la primera vez lo vi andando por el pasillo. Y luego lo vi bebiendo de la fuente. Y pensé: «Vaya, menudo bacalao bebiendo un trago de agua». Tiene el pelo castaño, muy bonito, y los rasgos del típico héroe de acción.

<<**Jennifer a Beth**>> Explícate.

<<Beth a Jennifer>> Masculinos. Marcados. Tipo Harrison Ford. El clásico tío que imaginas negociando la liberación de unos rehenes pero también saltando para escapar de una explosión.

¿Te parece escandaloso que alguien que vive en pareja se dedique a controlar a los chicos que acuden a la fuente?

<<Jennifer a Beth>> No. ¿Cómo no fijarse en un chico mono estando aquí? Es lo mismo que desenmascarar a un polizón.

<<Beth a Jennifer>> A un polizón con el culo bonito.

<<Jennifer a Beth>> ¿Por qué has tenido que salir con esas?

<<Beth a Jennifer>> Para chincharte. Ni siquiera le he mirado el culo. Que yo recuerde, nunca le he mirado el culo a un chico.

<<Jennifer a Beth>> Será mejor que me ponga a trabajar.

<<Beth a Jennifer>> Te noto un tanto susceptible. ¿Va todo bien?

<<Jennifer a Beth>> Claro.

<<Beth a Jennifer>> ¿Lo ves? Te pasa algo.

<<Jennifer a Beth>> Vale, me pasa algo. Pero me da corte hablar de ello.

<<**Beth a Jennifer**>> Pues no hables. Escribe.

<<**Jennifer a Beth**>> Solo si no vas contando por ahí lo que estoy a punto de revelarte. Pensarían que estoy como una cabra.

<<**Beth a Jennifer**>> No lo haré. Lo juro. Palabrita del niño Jesús y todo eso.

<<**Jennifer a Beth**>> Vale. Pero es una tontería. Más que de costumbre. Ayer por la tarde fui a dar una vuelta por el centro comercial, sola. Allí estaba yo, intentando no gastar dinero y no pensar en un delicioso rollo de canela cuando... de repente pasé por delante del Gap infantil. Nunca había entrado en un Gap infantil. Y decidí echar un vistazo. En un arrebato.

<<**Beth a Jennifer**>> Vale. En un arrebato. Estoy familiarizada con ellos. Así pues...

<<**Jennifer a Beth**>> Así pues... Allí estaba yo, en pleno arrebato por el Gap infantil, mirando minúsculos pantalones pirata y jerséis que cuestan..., no sé, un ojo de la cara. Y me quedé prendada de un absurdo abriguito de pieles. El tipo de abrigo que un bebé se pondría para ir al ballet. En Moscú. En 1918. A juego con su diminuto collar de perlas.

Estaba mirando ese extravagante abrigo cuando la vendedora se acerca y me dice:

—¿Verdad que es mono? ¿Qué tiempo tiene su niña?

Y yo respondo:

—No, no. No tengo una niña. Aún no.

Y ella me pregunta:

—¿Cuándo sale de cuentas?

Y yo voy y le suelto:

—En febrero.

<<Beth a Jennifer>> Hala.

<<Jennifer a Beth>> Ya lo sé. Le mentí. Le dije que estaba embarazada. Si de verdad lo estuviera, no me encontrarías en el Gap infantil, me encontrarías en un cuarto oscuro, llorando.

Y entonces la vendedora calcula:

—Bueno, en ese caso lo necesitaría para la próxima temporada, talla 6 a 12 meses. Estos abrigos son una ganga. Hoy mismo los hemos rebajado.

Y yo convine en que un abrigo de pieles sintéticas por 32,99 pavos estaba tirado de precio.

<<Beth a Jennifer>> ¿Compraste ropa de bebé? ¿Y qué dijo Mitch?

<<Jennifer a Beth>> ¡Nada! Lo escondí en el desván. Me sentí como si estuviera ocultando un cadáver.

<<Beth a Jennifer>> Jo. No sé qué decir. ¿Eso significa que te estás empezando a ablandar con el asunto del bebé?

<<Jennifer a Beth>> Eso significa que se me están ablandando los sesos. Lo considero un trastorno concomitante de mi psi-

cosis generalizada en relación a la maternidad. Todavía me aterroriza quedarme embarazada. Y ahora compro ropa para ese niño que tanto me asusta tener. Y que, sorpresa, es una niña.

<<Beth a Jennifer>> Jo.

<<Jennifer a Beth>> Ya lo sé.

20

En algún momento pasada la medianoche, Lincoln se encaminó a la redacción. Estaba casi vacía. Quedaban unos cuantos correctores del turno de noche, que leían con suma atención el periódico del día siguiente. Alguien de la sección de Local escuchaba en un escáner las crepitantes emisiones de la policía al mismo tiempo que resolvía un crucigrama.

Lincoln se dirigió al otro extremo de la sala alargada, donde en teoría trabajaban los redactores de Ocio y espectáculos. Allí, los puestos de trabajo estaban decorados con carteles de películas, pasquines de conciertos, fotografías promocionales y juguetes.

Se detuvo ante una impresora y levantó la tapa, solo por fingir que estaba allí por trabajo. ¿Cuál era el escritorio que andaba buscando? Quizás el de los adhesivos de R. E. M. No creía que fuera el del Bart Simpson de peluche y las seis figuras de Alien totalmente articuladas, pero... a saber. A saber. ¿Tendría Beth un calendario diario de gatos? ¿Una planta? ¿Un poster de Sandman? ¿Un pase de prensa de Marilyn Manson?

Un poster de Sandman.

Se giró hacia la zona de los correctores. Apenas los veía desde allí, lo que significaba que ellos no podían verlo. Se acercó al puesto de Beth o al que suponía que era.

Un póster de Sandman. Otro de Academia Rushmore. El pasquín de un concierto de Sacajawea en la sala Sokol. Un diccionario. Otro bilingüe de francés. Tres libros de Leonard Maltin. Un premio de periodismo universitario. Tazas de café vacías. Restos de la cafetería Starburst. Fotografías.

Se sentó a su escritorio e hizo lo primero que se le ocurrió: desmontar el ratón.

Fotografías. Había una de un concierto en la que se veía a un chico tocando la guitarra. Sin duda se trataba de su novio, Chris. En otra instantánea, el mismo chico aparecía sentado en una playa. Vestido de traje en una tercera. Parecía una estrella del rock incluso cuando no llevaba la guitarra consigo. Larguirucho y desgarbado. De sonrisa desganada. Mirada huidiza. Greñudo. Gamberro. Guapo.

También había fotos familiares; angelicales niños de rizos oscuros y agradables adultos, muy arreglados..., pero ninguno parecía Beth. O bien no encajaban por edad o bien posaban junto a un marido o unos hijos.

Lincoln volvió a mirar al novio. La sonrisa incipiente, los pómulos marcados. La lánguida figura. Parecía llevar una tarjeta de «queda libre de la cárcel» en el bolsillo trasero del pantalón. Si tenías ese aspecto, las mujeres te lo perdonaban todo. Eran conscientes de que tendrían que perdonarte de vez en cuando.

Lincoln devolvió el ratón a su sitio y regresó al departamento de informática. Con andares pesados. Veía su turbio reflejo en los oscuros ventanales que se alineaban a lo largo del pasillo. Se sentía patoso y vulgar. Burdo. Grueso. Gris.

No debería haberlo hecho. Lo que acababa de hacer. Acercarse a su mesa.

Tenía la sensación de haber hecho mal, igual que si hubiera cruzado una línea roja.

Beth era divertida. Y lista. E interesante. Tenía el tipo de trabajo que presta atractivo a una persona. El tipo de trabajo que tendría el personaje de una película, una comedia romántica protagonizada por John Cusack.

Él solo pretendía saber cómo era físicamente. Quería ver dónde escribía los mensajes que él leía.

Se alegraba de no haber encontrado ninguna foto suya. Le había bastado con ver los retratos de sus seres queridos. Para comprender que él no encajaba en aquel mundo.

—Pensaba que si volvía a casa de mamá —le dijo Lincoln a Eve cuando ella lo llamó al día siguiente— maduraría.

—¿Eres retrasado o qué?

—Creí que ya no decías «retrasado» y «gay» para que tus hijos no lo aprendieran.

—No puedo evitarlo. Así de retrasado pareces ahora mismo. ¿Y por qué pensabas eso? ¿Y por qué lo llamas «volver a casa de mamá»? Nunca te has marchado.

—Sí que me marché. Me fuí hace diez años a la universidad.

—Y volvías en vacaciones.

—No siempre. A veces me matriculaba en los cursos de verano.

—Lo que tú digas —replicó ella—. ¿Y qué te hizo pensar que vivir con tu madre durante todo el año te ayudaría a madurar?

—Porque eso significaría que ya no iba a seguir estudiando. Todos mis amigos maduraron entonces, después de graduarse. Se buscaban un empleo y se casaban.

—Vale...

—Creo que he perdido el tren —se lamentó él.

—¿Qué tren?

—El tren de la madurez. Debería haber dejado esos temas resueltos en algún momento entre los veintidós y los veintiséis, y ahora es demasiado tarde.

—No es demasiado tarde —objetó su hermana—. Estás madurando. Tienes un empleo, estás ahorrando para marcharte. Has conocido gente. Saliste de fiesta...

—Y fue un desastre. En realidad, todo ha sido un desastre desde que dejé la universidad.

—No dejaste la universidad —dijo ella. Lincoln prácticamente la oyó poner los ojos en blanco—. Terminaste un máster. Y luego otro máster.

—Todo ha sido un desastre desde que decidí que mi vida no estaba bien como estaba.

—No estaba bien como estaba —arguyó Eve.

—Sí para mí.

—Y entonces, ¿por qué te esfuerzas tanto en cambiarla?

Aquel sábado por la noche, Lincoln jugó a Dungeons & Dragons por primera vez en un mes.

Christine sonrió cuando le abrió la puerta.

—¡Eh, Lincoln!

Era baja y regordeta, de cabello rubio y desordenado. Llevaba un niño pequeño en una especie de portabebés y, cuando abrazó a Lincoln, el chiquitín quedó apretujado entre ambos.

—Pensaba que nos habías cambiado por la gente de la gran ciudad —dijo Dave, que apareció por la esquina.

—Lo hice —repuso Lincoln—. Encontré un grupo de jugadores más jóvenes y guapos.

—Tenía que pasar antes o después. Todos lo sabíamos —bromeó Dave, y le propinó una palmadita en la espalda a guisa de bienvenida—. Este juego se ha convertido en un caos maléfico desde que tú no estás. La semana pasada intentamos matar a tu personaje para castigarte por abandonarnos, pero Christine no nos dejó, así que te hemos tirado a un pozo. Seguramente a un pozo infestado de serpientes. Tendrás que apañártelas con Larry; esta semana es el máster.

—Acabamos de empezar —le informó Christine—. Deberías haber llamado. Te habríamos esperado.

—Sí, deberías haber llamado —convino Troy desde la mesa del comedor—. Así no habría tenido que recorrer veinte kilómetros en bici para llegar aquí.

—Troy, te dije que podía pasar a buscarte —protestó Larry. Larry era algo mayor que los demás, de treinta y pocos, un capitán de las fuerzas aéreas que tenía familia y un trabajo secreto relacionado con la inteligencia artificial.

—Tu coche huele a envases de zumo vacíos —objetó Troy.

—¿A que no sabes a qué hueles tú? —preguntó Larry.

—A sándalo —dijo Troy.

—Hueles a tienda de zapatos mezclada con olor corporal —le soltó Lincoln a la vez que ocupaba su sitio del rincón. Se lo habían guardado. Dave le tendió una porción de pizza.

—Es un aroma masculino —alegó Troy.

—Yo no he dicho que no me guste —replicó Lincoln. La respuesta hizo reír a Rick. Este último era pálido y delgado, y siempre vestía de negro. Incluso llevaba tiras de tela y cuero negras atadas a las muñecas. De no ser por Rick, Lincoln habría sido el tímido del grupo.

Miró a los ocupantes de la mesa mientras se preguntaba en qué lugar lo dejaba eso.

Si Dave era el vehemente, Christine la chica... Y Larry era el serio (y el intimidante, y el que tenía más números de formar parte de un equipo de Operaciones Especiales)... Si Rick era el tímido y Troy el rarito, y Teddy, un cirujano residente que se parecía al padre de *Regreso al futuro*, el empollón...

¿Quién era Lincoln?

Todos los calificativos que le venían a la cabeza (despistado, alelado, el que vivía con su madre) lo deprimían.

Aquella noche le bastaba con ser uno de ellos. Con estar en un lugar donde siempre tendría un sitio a la mesa, donde todo el mundo sabía que no le gustaba la pizza con aceitunas y siempre se alegrarían de verle.

Cuando Lincoln se dio cuenta de que estaba reescribiendo la sintonía de *Cheers*, decidió dejar de pensar y limitarse a jugar.

La partida duró siete horas. Todo el mundo consideró máxima prioridad rescatar al personaje de Lincoln, un enano legal llamado Smov el Matarife. Vencieron al malvado mago de viento. Pidieron más pizza. Dave y el hijo de tres años de Christine se durmieron en el suelo, mirando *Toy Story*.

Lincoln se quedó después de que la partida hubiera terminado y todos los demás se marcharan a casa. Dave abrió una ventana y los tres se sentaron en el sofá, respirando el aire limpio y fresco y escuchando el carrillón de Christine.

—¿Sabes qué deberíamos hacer ahora? —preguntó Dave a la par que se frotaba la barbita de las dos de la madrugada.

—¿Qué? —dijo Lincoln.

—Axis & Allies.

Christine le tiró un almohadón.

—No, por Dios.

Dave lo agarró.

—A Lincoln le apetece jugar a Axis & Allies. Lo veo en sus ojos.

—Creo que a Lincoln le apetece contarnos lo que ha estado haciendo últimamente. —Christine sonrió a su amigo con cariño. Todos sus gestos eran cálidos, suaves y acogedores.

Cuando iban a la universidad se besaron en una ocasión en el cuarto de la residencia de Lincoln, antes de que Christine empezara a salir con Dave. Lincoln se ofreció a ayudarla a estudiar para el final de física. A Christine no le hacía ninguna falta estudiar esa materia; quería ser profesora de literatura. Pero le dijo a Lincoln que no quería vivir en un mundo que no comprendía, que no deseaba que su relación con temas como la fuerza centrífuga o la gravedad se basara en la fe. Mientras lo decía, se quitó las sandalias de dos patadas y se sentó con las piernas cruzadas en la cama de él. Tenía una melena larga y ondulada de color trigo que siempre llevaba despeinada.

Christine le dijo a Lincoln que él lo explicaba todo mucho mejor que su profesor de física, un tipo de gesto adusto y acento eslavo que se ofendía cada vez que ella preguntaba una tontería. Lincoln le dijo que sus preguntas no eran tontas y ella lo abrazó. Fue entonces cuando la besó. Se sintió como si besara un baño caliente.

—Ha sido bonito —dijo Christine cuando se separaron.

Lincoln no supo si debía volver a besarla. Ella sonreía. Parecía contenta, pero eso no significa nada. Siempre parecía contenta.

—¿Crees que ya estás preparada para el examen? —le preguntó.

—¿Podríamos volver a repasar el par de fuerzas?.

—Claro —asintió él—. Sí.

Christine siguió sonriendo. Retomaron el estudio, y ella acabó sacando un notable en el final de física.

De vez en cuando, Lincoln lamentaba no haber vuelto a besarla aquella noche. Habría sido tan fácil amar a Christine, enamorarse de ella... Nunca habría tenido que alzar la voz. Ella nunca se habría mostrado mezquina.

Pero no sintió celos cuando la chica empezó a salir con Dave unos meses más tarde. Christine irradiaba felicidad cuando estaba con Dave. Y este, que tendía a llevar las cosas demasiado lejos, infinitamente lejos (era de esas personas que te avasallan cuando creen llevar razón, que te siguen contestando de malos modos semanas después de que tu personaje de D&D haya vencido al suyo en un duelo a espadas), se tornaba un tipo tranquilo y comprensivo en presencia de Christine. A Lincoln le gustaba la desordenada y acogedora casa de la pareja, sus revoltosos y regordetes hijos, su sala de estar con demasiadas lámparas y cojines, el tono quedo que adoptaban sus voces cuando se hablaban.

—Me parece —anunció Lincoln— que si empezamos ahora una partida de Axis & Allies, me dormiré antes de que Rusia haya comprado todos sus tanques.

—¿Eso es un sí? —preguntó Dave.

—Es un no —dijo Christine—. Deberías dormir aquí, Lincoln. Pareces demasiado cansado para conducir.

—Sí, quédate —convino Dave—. Prepararemos tortitas con arándanos para desayunar.

Lincoln se quedó. Durmió en el sofá y, cuando despertó, ayudó a Christine a preparar tortitas y discutió con Dave sobre el argumento de una novela de fantasía que ambos habían leído. Después de desayunar, le hicieron prometer que acudiría a la partida de la semana siguiente.

—Aún tenemos que ponernos al día —le recordó Christine.

—Sí —convino Dave—. No nos has contado nada de tu trabajo.

Fue un fin de semana tan agradable que Lincoln todavía se sentía animado y reconfortado cuando acudió al trabajo el lunes por la noche. Estaba casi contento cuando su hermana lo llamó.

—¿Has leído algo más del libro del paracaídas? —le preguntó.

—No. Me intimida.

—¿Qué te intimida?

—El libro —repuso él—. El futuro.

—Entonces ¿ya has dejado de pensar en el futuro?

—Estoy ajustando la mira.

—¿A qué?

—Al futuro próximo —dijo Lincoln—. Me siento capaz de afrontar el futuro próximo. Esta noche, por ejemplo. Voy a leer por placer. Mañana me tomaré una cerveza con la comida. El sábado jugaré a Dungeons & Dragons. Y el domingo puede que vaya al cine. Ese es mi plan.

—Eso no es un plan —objetó ella.

—Lo es. Es mi plan. Y estoy muy satisfecho con él.

—Eso no son planes. Uno no planea leer o tomarse una cerveza con la comida. Son cosas que se hacen cuando las actividades que has planificado te dejan un rato libre. Contingencias.

—En mi caso, no —arguyó él—. Ese es mi plan.

—Me parece un retroceso.

—Yo lo considero un avance.

—Prefiero no hablar contigo ahora mismo —se impacientó Eve—. Llámame este fin de semana.

—Lo anotaré.

El asunto del efecto 2000 ocupaba buena parte de sus horas laborales (estaba colaborando en la codificación e intentando seguirle la pista a la unidad de combate de Greg) pero aún le quedaba un rato libre cada noche. El viernes se dijo que tenía suerte de que le pagaran por releer la serie *Fundación* de Isaac Asimov y prácticamente se lo creyó.

Tiempo y dinero, esas eran las dos cosas que la gente más echaba en falta, y él las tenía en abundancia.

Lincoln no albergaba ningún deseo que no se pudiera permitir. ¿Y qué quería, en cualquier caso? Comprar libros de tapa dura. No preocuparse por el dinero que le quedaba en la cartera cuando pedía la cena. Quizás unas zapatillas deportivas nuevas... Y no había nada que no pudiera hacer por falta de tiempo. ¿De que se podía quejar, en realidad? ¿Qué más quería?

Amor, oía decir a Eve. Sentido.

Amor. Sentido. Esas son precisamente las cosas que no se pueden planificar. Son cosas que llegan sin más. Y si no llegan, ¿qué? ¿Te vas a pasar toda la vida echándolas en falta? ¿Esperando a ser feliz?

Aquella noche, Lincoln recibió un correo electrónico de Dave en el que le decía que la partida de D&D del sábado quedaba cancelada. Uno de sus hijos había contraído un rotavirus, un termino que Lincoln nunca había oído mencionar. Sonaba fatal. Se imaginó un virus con cuchillas giratorias y un motor. Dave dijo que el niño había vomitado mucho, que habían tenido que ir a urgencias y que Christine estaba muerta de miedo.

«Seguramente nos tomaremos un par de fines de semana libres», escribió Dave.

«No hay problema —respondió Lincoln—. Espero que el chaval se mejore. Descansad.»

Pobrecito. Pobre Christine.

No pasa nada, se dijo Lincoln. El plan es flexible. Aún podía ir al cine el sábado o el domingo. Recoger los cómics que había encargado. Llamar a Justin.

La carpeta de WebFence había interceptado 23 mensajes. Puede que incluso hubiera alguno que mereciera su atención. La desplegó diciéndose que bien podía ganarse una hora de su sueldo aquella noche.

La desplegó, esperanzado.

21

De: Beth Fremont
Enviado: Jueves, 30 de septiembre de 1999. 15:42
Para: Jennifer Scribner-Snyder
Asunto: Si fueras Superman...

... y pudieras escoger el alter ego que quisieras, ¿por qué diablos ibas a dedicar las horas que pasas bajo la identidad de Clark Kent (lo que ya es un asco en sí mismo porque tienes que llevar gafas y no puedes volar) a trabajar en un periódico?

¿Por qué no hacerte pasar por un playboy rico como Batman? ¿O por el líder de una nación pequeña pero importante como Pantera Negra?

¿Por qué ibas a optar por pasarte la vida cumpliendo plazos de entrega, ganando un sueldo de mierda y tratando con editores gruñones a más no poder?

<<**Jennifer a Beth**>> Pensaba que habíamos acordado no escribir palabras malsonantes en los correos.

<<Beth a Jennifer>> Habíamos acordado que no sería mala idea dejar de escribir palabras malsonantes en los correos.

<<Jennifer a Beth>> ¿Otra vez pensando en Lois Lane?

<<Beth a Jennifer>> Más o menos. O sea, entiendo por qué Lois Lane se matriculó en la facultad de periodismo. Conozco a esa clase de chicas. Quieren cambiar las cosas, sacar conspiraciones a la luz. Es entrometida. Pero Clark Kent... ¿Por qué no elige ser Clark Kent, ese hombre del tiempo tan sexy? ¿O Clark Kent, alcalde de Cincinnati?

<<Jennifer a Beth>> ¿No te enteras o qué? Clark Kent no quiere ser famoso. No quiere que la gente se fije en él. Si lo miraran con atención, se darían cuenta de que es idéntico a Superman, pero con gafas.

Además, tiene que estar en la redacción de un periódico o algo parecido para ser el primero en enterarse de las noticias. Imagínate que leyera «Joker ataca la Luna» en el diario del día siguiente.

<<Beth a Jennifer>> Tienes toda la razón. Sobre todo para ser alguien que no sabe que Superman nunca se ha enfrentado al Joker.

<<Jennifer a Beth>> Sobre todo para ser alguien que pasa mucho. Espero que te equivoques cuando dices que la vida es un asco solo por llevar gafas y no ser capaz de volar. Esa descripción se aplica a todos los que estamos en esta sala.

¿En qué estás trabajando?

<<Beth a Jennifer>> Todos llevamos gafas. Qué inquietante.

En otro artículo del Indian Hills. Más que trabajar, estoy esperando a que suene el teléfono.

Por lo que parece, el hospital contiguo al cine ya ha comprado el terreno. Hace meses. Lo van a convertir en un aparcamiento. Estoy esperando a que la portavoz del hospital me llame y me diga: «No hay comentarios». Entonces escribiré: «Los directivos del hospital declinan hacer comentarios en relación a la venta». Y me iré a casa.

¿Sabes lo aburrido que es esperar a que alguien te llame para, oficialmente, no decirte nada? No creo que Superman lo soportase. Estaría por ahí, buscando *boy scouts* perdidos y tapando volcanes con rocas gigantescas.

<<Jennifer a Beth>> Superman trabaja en un diario para ligarse a Lois Lane.

<<Beth a Jennifer>> Seguro que gana el doble que ella.

22

El viernes por la mañana, Lincoln echó mano de un programa de los cursos universitarios de primavera. Había un profesor del departamento de antropología especializado en estudios afganos. ¿Por qué no asistir a unas cuantas clases? Tenía tiempo de sobras durante el día y podría estudiar en el trabajo. Sería genial tener algo que hacer en el diario.

—¿Qué es esto? —preguntó la madre de Lincoln cuando vio el programa.

—Una cosa que me he guardado en la mochila. —Le arrancó el folleto de las manos—. En serio, mamá, ¿por qué miras mis cosas? ¿También abres mis cartas con vapor?

—No recibes cartas. —La mujer se cruzó de brazos. Era inútil enfadarse o desesperarse con ella; nunca se daba por vencida—. Estaba mirando si llevabas ropa sucia en la mochila —explicó—. ¿Ese papel significa que vas a volver a la universidad?

—Ahora mismo, no.

El semestre de otoño ya había empezado.

—No sé qué pensar de eso, Lincoln. Es posible que tengas un problema. Con la universidad.

—Nunca he tenido un problema con la universidad —replicó él, consciente de lo penoso de la respuesta y también de que negarse a participar en la conversación no era lo mismo que evitarla.

—Ya me has entendido —insistió ella. Blandió una cuchara sucia en dirección a su hijo—. Un problema. Como esas mujeres que se hacen adictas a la cirugía estética. Se operan una y otra vez para mejorar su aspecto hasta que ya no hay nada que mejorar. Porque ya no son ellas mismas. Y entonces la gracia está en seguir cambiando, supongo. Vi a una mujer en una revista que parecía un gato. ¿La has visto alguna vez? Está forrada. Creo que es austriaca.

—No —repuso Lincoln.

—Bueno, pues parece muy desgraciada.

—Vale —dijo él con voz queda al tiempo que se guardaba el programa en la mochila.

—¿Vale?

—No quieres que vuelva a la universidad ni que me haga la cirugía estética para parecerme a un gato. Vale, lo pillo. Lo tendré en cuenta.

—Y no quieres que abra tu mochila...

—La verdad es que no.

—Muy bien —dijo ella mientras regresaba a la cocina—. Lo tendré en cuenta.

El *Courier* había empezado a convocar reuniones semanales para preparar el cambio de milenio. Todos los jefes de departamento debían asistir, incluido Greg, que en teoría debía proporcionar un informe de los avances de su sección. Solía volver de aquellas reuniones cabreado e hipertenso.

—No sé qué esperan de mí, Lincoln. ¿Qué quieren que haga? El editor piensa que debería haber previsto todo eso del efecto 2000. La semana pasada, me gritó por haber enviado las viejas máquinas de escribir Selectric a iglesias de El Salvador. Aunque la junta me entregó una placa en reconocimiento al gesto hace tres años. La tengo colgada en mi despacho... Creo que los he convencido de que compren generadores de emergencia.

Lincoln intentó decirle a Greg, otra vez, que no creía que experimentaran problemas la noche de Fin de Año. Aunque la codificación fallara, dijo Lincoln, lo que era improbable, los ordenadores no se armarían un lío y se autodestruirían.

—*La fuga de Logan* no es real —bromeó.

—Y entonces, ¿por qué me siento demasiado viejo para esta mierda? —preguntó Greg.

La respuesta arrancó una carcajada a Lincoln. Si trabajara de día, con Greg, no pensaría tan a menudo en dejar el trabajo.

23

De: Jennifer Scribner-Snyder
Enviado: Martes, 12 de octubre de 1999. 9:27
Para: Beth Fremont
Asunto: Otro precioso artículo

Por tu manera de quejarte la semana pasada, mis expectativas no eran muy altas. Pero mírate: portada, parte superior. Una foto enorme, bonita entradilla, bonito final. Me gusta especialmente la cita del manifestante: «Si hubieran construido el Taj Mahal en la esquina de la 84 con Dodge, lo derribarían para construir un aparcamiento».

<<Beth a Jennifer>>

1. Basta, te estás pasando. Pareces mi madre o algo así.
2. El manifestante era muy mono. Tenía un precioso pelo rojo. Y estudiante de farmacia, nada menos. (Ahora yo parezco mi madre.) Tuvimos una agradable conversación sobre el culto que rinde esta ciudad a los aparcamientos. Yo dije que, de seguir así, acabaríamos por derribar todos los edificios de interés e instalaríamos autobuses

lanzadera a las grandes ciudades. Tendríamos una economía basada en los aparcamientos. Me encontró muy divertida, se le notaba. Y luego, cuando le pedí un teléfono de contacto, por si tenía más preguntas, me pidió mi número. (¡¡!!)

<<**Jennifer a Beth**>> ¿Qué? ¿Todo eso pasó ayer? ¿Y por qué no me lo habías contado? Si un estudiante de farmacia pelirrojo y muy mono me diera la hora siquiera, serías la primera en saberlo. Y que conste que eso no va a pasar. Ni siquiera me silban los obreros.

<<**Beth a Jennifer**>> Solo porque proyectas a tu paso rayos letales que advierten a gritos «déjenme en paz». Y porque cualquiera que se acerque a ti en un radio de diez metros ve el pedrusco de tu dedo.

<<**Jennifer a Beth**>> Y también porque soy rechoncha. ¿Qué le dijiste al chico mono antiaparcamientos?

<<**Beth a Jennifer**>>
1. Como sigas diciendo que eres rechoncha dejaré de compartir mis desventuras románticas contigo. Tendrás que leerlas en el *Penthouse Forum*, como todo el mundo.
2. Hice una cosa rara. Le mentí.

<<**Jennifer a Beth**>> ¿No le dijiste que tienes novio?

<<**Beth a Jennifer**>> No. Le dije que estaba prometida.

«Perdona —dije—. Estoy prometida.» Entonces él me miró la mano y se ruborizó. (Un adorable rubor pelirrojo.) Y yo en plan: «Me lo he dejado en el fregadero».

Me sentí igual que tú en el Gap infantil comprando abriguitos de nena. Inventando mi vida. (En realidad, fue más patético, porque tú ni siquiera quieres tener un hijo. Yo quiero estar prometida. Desesperadamente y tal, afrontémoslo.)

Ayer por la noche, cuando Chris llegó a casa y se metió en la cama, no pude mirarlo a los ojos.

Uno, porque una parte de mí quería darle el número a aquel chico.

Y dos, porque había mentido.

<<Jennifer a Beth>> No le des más importancia a eso del número. Te sentiste halagada. Atraída. Es normal. Lo sé porque leo *Glamour* y veo *Hable con ellas*, no por propia experiencia.

¿Se dio cuenta Chris de que rehuías su mirada?

<<Beth a Jennifer>> No, no hubo tiempo para miradas. Se durmió antes de que le pudiera preguntar por el ensayo. Una larga noche dándole al *riff* te deja para el arrastre.

<<Jennifer a Beth>> Puaj. ¿Eso es un eufemismo de «m@sturbación»?

<<Beth a Jennifer>> No. Creo que es un eufemismo de «toc@r l@ guitarr@ eléctric@». O un@ expresión idiomátic@. No sé.

¿Crees que «masturbación» es una de las palabras de alerta de Tron?

<<Jennifer a Beth>> Bueno, ahora ya da igual. Si nos despiden porque insistes en meterte en la boca del lobo, nos tendrás que mantener a mí y mi cara afición al Gap infantil.

<<Beth a Jennifer>>
1. Meterse en la boca del lobo. ¿Es otra referencia a la masturbación?
2. Gap infantil. ¿Otra vez?

<<Jennifer a Beth>>
1. Ja.
2. Otra vez. El fin de semana pasado me marqué un mono color verde apio con manoplas a juego por... ¡3,99!

<<Beth a Jennifer>> El verde es una elección inteligente: apropiado para una niña imaginaria o un niño imaginario. Y la estación no es relevante cuando se trata de niños imaginarios.

<<Jennifer a Beth>> Exacto. Ya ni siquiera entro en el Gap de adultos. En cuanto eres madre imaginaria, no tienes tiempo para ti.

<<Beth a Jennifer>> Me lo imagino.

<<Jennifer a Beth>> ¿Y de qué va el artículo del Indian Hills de mañana?

ENLAZADOS

<<**Beth a Jennifer**>> No hay artículo.

<<**Jennifer a Beth**>> Pues va a ser que sí, porque te han asignado 90 picas en la edición de mañana.

<<**Beth a Jennifer**>> J∞der.

24

En fin, en eso se había convertido la vida romántica de Lincoln. En leer lo que las mujeres escribían sobre otros hombres. Sobre otros hombres atractivos. Dioses de la guitarra, héroes de acción y pelirrojos.

Aquella noche, tras tirar los mensajes de Beth y Jennifer a la papelera, Lincoln salió del *Courier* y se internó en la autopista, que dibujaba un cuadrado más o menos regular en torno a la ciudad. Una vez allí, podías viajar tanto rato como quisieras sin abandonarla y sin ir, de hecho, a ninguna parte.

Era lo que hacían Sam y él algunas noches, cuando no les apetecía estar con sus padres o salir a cenar. Lincoln conducía y Sam bajaba la ventanilla y apoyaba la cabeza en la portezuela mientras cantaba las canciones que sonaban en la radio.

Le gustaba escuchar un programa llamado *Conversaciones de alcoba* en la emisora de rock suave. Era un programa de peticiones. La gente llamaba y dedicaba canciones en directo. Siempre pedían temas sensibleros que ya contaban diez o quince años incluso en aquel entonces, canciones de Air Supply, Elton John y Bread. Sam siempre se burlaba de las dedicatorias, pero casi nunca cambiaba de emisora.

Ella cantaba y ambos charlaban. La conversación fluía espontáneamente de los labios de Lincoln cuando estaba conduciendo, quizás porque se ahorraba el contacto visual o porque tenía las manos ocupadas. Porque los envolvía la oscuridad y estaban solos en la autopista. Por las canciones de amor. Y el viento.

—Lincoln —le preguntó Sam una de aquellas noches, el verano antes del último curso—, ¿crees que algún día nos casaremos?

—Eso espero —susurró él. Él no solía pensarlo en esos términos, «casarse» o «matrimonio». Pensaba más bien que no quería perderla nunca. Que Sam le hacía sumamente feliz y deseaba sentirse así el resto de su vida. Si una boda le garantizaba eso, sin duda quería casarse con ella.

—¿No te parece que sería muy romántico —proseguía ella— casarte con tu primer amor? Cuando la gente nos preguntase cómo nos habíamos conocido, les diría: «Nos conocimos en el instituto. Fue amor a primera vista». Y ellos dirían: «¿Y nunca os ha apetecido salir con otras personas? ¿Por saber lo que se siente?». Y tú dirías... Lincoln, ¿qué dirías?

—Diría: «No».

—Pero eso no es muy romántico...

—¿A ellos qué les importa?

—Pues dímelo a mí —pidió ella mientras se desabrochaba el cinturón y le rodeaba la cintura con el brazo—. Dímelo ahora, ¿nunca te preguntas cómo sería salir con otra persona?

—En primer lugar, abróchate el cinturón —ordenó Lincoln. Ella le obedeció—. No me lo pregunto porque ya sé cómo sería.

—¿Y cómo lo sabes? —se extrañó Sam.

—Lo sé.

—Bueno, ¿y cómo sería?

—Me sabría a poco —repuso él.

—¿Poco?

Él la miró, apenas un segundo. La vio allí, ladeada cuanto le permitía el cinturón, y aferró el volante.

—Por fuerza. Porque te quiero muchísimo. Cuando te veo, siento como si algo me fuera a estallar en el pecho. No podría amar a otra mujer más de lo que te amo a ti, porque me moriría. Y no podría amarla menos porque me sabría a poco. Aunque quisiera a otra chica, no podría pensar en nada más, solo en la diferencia entre lo que supondría amarla a ella y lo que supone amarte a ti.

Sam se libró de la parte superior del cinturón y recostó la cabeza en el hombro del chico.

—Qué respuesta tan bonita.

—Es la verdad.

—¿Y si —ahora ella hablaba con una voz suave e infantil— te preguntaran si nunca has pensado cómo sería... estar con otra persona?

—¿Y quién me iba a preguntar algo así?

—Hablamos en términos hipotéticos.

—Ni siquiera sé cómo es estar contigo.

Lincoln lo dijo con voz queda y sin resentimiento.

—Aún.

—Aún —repitió él, que estaba concentrado en la carretera, y en el pedal del gas, y en respirar.

—¿Y qué? Cuando mires a otras chicas, ¿no te preguntarás qué te estás perdiendo?

—No —dijo Lincoln.

—¿No?

—Ya sé que esperas algo más que un monosílabo. Déjame pensar un minuto la respuesta, porque no quiero parecer idiota o desesperado.

—¿Estás desesperado?

Ella le besaba el cuello ahora y se inclinaba con fuerza hacia él.

—Me siento..., sí. Desesperado. Y como sigas así nos vamos a matar los dos. No puedo mantener los ojos abiertos mientras estás haciendo eso, es como estornudar. Ya casi hemos llegado a la siguiente salida. Déjame conducir tranquilo unos minutos más. Por favor.

Sam volvió a su asiento.

—No, no tomes esa salida. Sigue conduciendo.

—¿Por qué?

—Quiero que sigas hablando. Que contestes a mi pregunta.

—No —repuso él—. No, nunca me preguntaré cómo sería hacerlo con otras personas por la misma razón que no quiero besar a nadie más. Tú eres la única chica a la que he acariciado. Y tengo la sensación de que así debía ser. Cuando te acaricio, todo mi cuerpo... vibra. Como si fuera una campana o algo así. Y podría acariciar a otras chicas, y es posible que notara algo, ¿sabes?, como un ruido o algo así. Pero no sería lo mismo. ¿Y si me fuera con una y con otra y cuando volviera a acariciarte a ti descubriera que ya no vibramos? ¿Que lo nuestro ya no suena a verdad?

—Te quiero, Lincoln —dijo Sam.

—Te quiero —respondió él.

—Y te quiero.

—Te quiero —repitió Lincoln—, te quiero.

—Para el coche ahora cuando puedas, ¿vale?

147

No sucedió aquella noche, eso de estar juntos. Pero sí aquel verano. Y sucedió en el coche. Fue embarazoso, incómodo y maravilloso.

—Solo tú —le prometió él—. Solo tú, siempre.

Conversaciones de alcoba ya no se emitía. Había otro programa en su lugar, una redifusión. En este, la gente llamaba para contar sus historias de amor y la locutora, una mujer llamada Alexis, escogía una canción. Fuera cual fuera el contexto, Alexis siempre elegía un éxito adulto contemporáneo. Algún tema de Mariah Carey o Céline Dion.

Tras escuchar unos minutos a Alexis, Lincoln apagó la radio y bajó la ventanilla. Sacó la mano al viento y apoyó la cabeza contra la portezuela, y viajó alrededor de la ciudad hasta que notó los dedos fríos y entumecidos.

25

De: Beth Fremont
Enviado: Jueves, 14 de octubre de 1999. 11:09
Para: Jennifer Scribner-Snyder
Asunto: ¡Octubre, por fin!

¡Jujurujúu! ¡Jay, jay!

<<**Jennifer a Beth**>> ¿Por fin? Pero si estamos a mediados de octubre. Y además, ¿qué tiene octubre de especial?

<<**Beth a Jennifer**>> No «qué tiene» sino «qué es». Octubre. Mi mes favorito. Que, por cierto, apenas acaba de empezar.

A algunos les parece un mes melancólico. «Octubre —canta Bono—, y los árboles despojados...»

Pero a mí no. El aire transporta un frescor que me aviva el corazón y me pone los pelos de punta. Cada momento me parece significativo. En octubre, soy la estrella de mi propia película —oigo la banda sonora para mis adentros (ahora mismo es *Suite: Judy Blue Eyes*)— y tengo fe en mi propia tensión dramática.

Nací en febrero, pero en octubre cobro vida.

<<Jennifer a Beth>> Estás como una cabra.

<<Beth a Jennifer>> Como una cabra montesa. Como una gacela.

¡Octubre, bautízame con tus hojas! Envuélveme de pana y aliméntame con sopa de guisantes! ¡Octubre, lléname los bolsillos de mini chocolatinas y talla mi sonrisa en miles de calabazas!

¡Bendito otoño! ¡Bendito té calentito! ¡Bendita felicidad!

<<Jennifer a Beth>> Me encantan las mini chocolatinas.

<<Beth a Jennifer>> ¡Feliz octubre!

<<Jennifer a Beth>> ¡Vale, pues feliz octubre! ¿Por qué no?

¿Alguna otra razón que justifique tu irracional buen humor? ¿Que no sea de tipo otoñal?

<<Beth a Jennifer>> No, me parece que no. Ayer lo pasé fatal (fui a una fiesta de Sacajawea con Chris) pero creo que eso no ha hecho sino contribuir a mi buen humor de hoy. Me he despertado pensando que, por mal que vaya todo lo demás, todavía nos queda octubre.

<<Jennifer a Beth>> ¿A quién se le ocurre organizar una fiesta un miércoles por la noche?

<<Beth a Jennifer>> A los músicos.

<<Jennifer a Beth>> ¿Acaso no trabajan?

<<**Beth a Jennifer**>> Sí, pero de noche. (A veces bien entrada la noche.) Solo las novias tienen que madrugar, y mencionar que al día siguiente te tienes que levantar temprano —que no deberías estar de fiesta un día de clase, por así decirlo— se considera una blasfemia en labios de la novia de un rockero.

<<**Jennifer a Beth**>> ¿Y qué les pasa a las blasfemas?

<<**Beth a Jennifer**>> En cuanto sales por la puerta, tanto si te llevas a tu novio a rastras como si no, los otros señores agarran a sus mujeres y les dan las gracias por no ser unas aguafiestas. Ellas, por su parte, se sienten queridas y especiales, y al día siguiente se arrastran al trabajo ojerosas, resacosas y con una púa colgada al cuello como una soga.

<<**Jennifer a Beth**>> ¿Eres una aguafiestas?

<<**Beth a Jennifer**>> Uf, de la peor calaña. Una aguafiestas de marca mayor. Para empezar, no les dejo montar juergas en mi apartamento. Y me retiro temprano, hacia la medianoche. Ya ni me molesto en fingir que quedarme despierta toda la noche fumando y bebiendo no pasa factura a mi cuerpo.

Si me quedase, tampoco cambiaría nada. No se te permite declinar amablemente la invitación a participar en su desenfreno. Si lo haces, puedes estar segura de que te van a poner verde.

La noche de ayer fue especialmente mala. Stef la tomó conmigo. Estaba colocado, y creo que quería impresionar a una chica que se había ligado en el concierto.

—Beth —dijo—, ¿por qué ya no te diviertes?

Yo no le hice ni caso, algo que no puede soportar.

—Lo digo en serio, Beth, has cambiado. Antes eras una tía enrollada.

—No he cambiado. Nunca he sido una tía enrollada.

—Sí que lo eras. Cuando Chris empezó a traerte, los demás nos moríamos de envidia. Llevabas una melena larga por la cintura, camisetas ajustadas de Hüsker Dü, te emborrachabas y te pasabas toda la noche reescribiendo nuestros estribillos.

Es un canalla lo mires como lo mires:

1. Por dar a entender que alguna vez le caí bien.
2. Por recordarme que antes me miraba las tetas.
3. Por obligarme a buscar una manera de insultarlo sin insultar a Chris de pasada. O sea, no puedo decirle: «He madurado» o «No hay nada que arreglar, lleváis seis años tocando las mismas canciones...».

Así que le dije:

—Pasa de mí, Stef, estoy cansada.

Entonces fingió preocuparse por mí y sugirió que me fuera a dormir o estaría hecha polvo por la mañana. Le dije que los críticos de cine nunca llegan al trabajo antes de mediodía. Normas del sindicato.

—Me parece que eso es lo que te ha cambiado, Beth. Tu trabajo. La crítica cinematográfica. Los críticos son parásitos. Viven de la creatividad de otras personas. No aportan nada. Son como mujeres estériles que roban niños en los supermercados o en los aparcamientos. Los que no saben hacer nada, enseñan, y los que no tienen nada que enseñar, critican.

Estaba en plena perorata cuando otro de los músicos lo interrumpió:

—Eh, Chris, ¿no vas a defender a tu novia?

Y Chris le soltó:

—Beth no necesita que la defiendan. Créeme. Es una valquiria.

Lo que me consoló en parte. Que me vea fuerte e independiente. Aunque también me habría gustado que me defendiera. Y además, ¿ las valquirias no se dedicaban a robar las almas de los guerreros caídos? ¿O quizás los acompañaban al paraíso o al Valhalla o adonde sea? En cualquier caso, eso no me convierte en una guerrera. Puede que las valquirias también fueran parásitos que se apoderaban de la gloria de las almas ajenas. No sé, me habría gustado que dijera otra cosa.

Me habría gustado que dijera: «Que te den, Stef».

O: «Beth no es un percebe en mi barco. Es el viento que empuja mis velas. Y, sin ella, películas como *Armageddon* o *Aún sé lo que hicisteis el último verano* se cobrarían víctimas inocentes, también entre nuestros vecinos y amigos. El suyo es un trabajo importante, un trabajo creativo».

O: «Se acabó, dejo este estúpido grupo. Voy a volver a la universidad. Siempre he querido ser dentista».

<<**Jennifer a Beth**>> ¿Dentista? ¿En serio? ¿Dentista?

Si Chris volviera a la universidad para hacerse dentista, me parece que le darías la patada.

<<**Beth a Jennifer**>> ¡No lo haría!

<<**Jennifer a Beth**>> No te imagino casada con alguien que lleva zapatos feos y huele a flúor.

<<**Beth a Jennifer**>> Pues yo sí... Tendría una bonita clínica dental de barrio con números atrasados de *Guitar World* en la sala de espera. Algunas tardes yo pasaría por la consulta a saludarlo y él se apartaría la mascarilla para darme un beso. Los niños se pelearían encima de un enorme modelo dental, y su agradable ayudante, que podría ser su abuela, les daría una piruleta sin azúcar a cada uno...

<<**Jennifer a Beth**>> Espera un momento. ¿Los niños?

<<**Beth a Jennifer**>> Ya te digo. Un niño y una niña. Gemelos quizás. Con el pelo rizado y mi mismo promedio escolar.

<<**Jennifer a Beth**>> ¿Y qué me dices de tu trabajo?

<<**Beth a Jennifer**>> ¿Me tomas el pelo? Estoy casada con un dentista.

<<**Jennifer a Beth**>> ¿Esta fantasía dental tuya se desarrolla en, pongamos, 1973?

<<**Beth a Jennifer**>> Siempre he pensado que me gustaría quedarme en casa mientras mis hijos fueran pequeños. Si llego a tener hijos. Si me lo puedo permitir. Mi madre era ama de casa y no le hemos dado ningún disgusto. No me importaría ser ama de casa durante unos cuantos años.

<<**Jennifer a Beth**>> Hmmm... A mí no me importaría ser un ama de casa sin hijos.

<<**Beth a Jennifer**>> O sea, ¿quedarte en casa sin más?

<<**Jennifer a Beth**>> Y hacer cosas de ama de casa. Pasteles. Manualidades.

<<**Beth a Jennifer**>> ¿Qué tipo de manualidades?

<<**Jennifer a Beth**>> Pues tejer jerséis y confeccionar elaborados *scrapbooks*. Podría comprarme una pistola encoladora.

<<**Beth a Jennifer**>> Si nuestras antepasadas nos oyeran, se arrepentirían de haber luchado por la liberación sexual.

<<**Jennifer a Beth**>> Mi madre nunca ha luchado por la liberación sexual. Ni siquiera conoce su existencia. Mi padre se marchó hace veinte años, y ella no se cansa de repetir que el hombre es el cabeza de familia.

<<**Beth a Jennifer**>> Entonces, ¿te criaste en una familia sin cabeza?

<<**Jennifer a Beth**>> Exacto. Con mi madre, la esposa sin marido.

<<**Beth a Jennifer**>> Tu madre es deprimente. Voy a volver a fantasear con el dentista.

<<**Jennifer a Beth**>> Y yo voy a ponerme a trabajar.

<<**Beth a Jennifer**>> Aguafiestas.

26

Por lo visto, Beth y Jennifer habían olvidado por completo el asunto de las normas y las restricciones. Beth era tan descuidada que algunos de sus correos a otros colegas iban a parar también a la carpeta de WebFence.

Beth.

Lincoln no sabía explicar, ni siquiera a sí mismo, por qué le importaba tanto. Jennifer y ella eran divertidas, cariñosas y agudas como cuchillos. Pero el cuchillo de Beth siempre se le clavaba.

Cuando leía sus mensajes, tenía la sensación de estar oyendo su voz, de estar viéndola incluso, aunque no sabía qué aspecto tenía. Le parecía oír su risa.

Le encantaba su mano izquierda cuando Jennifer hablaba de su matrimonio con Mitch. Le encantaba cómo rajaba de sus hermanos, de sus jefes y de sí misma. Procuraba que no lo obnubilara el hecho de que fuera capaz de recitar escenas enteras de *Los cazafantasmas*, que le gustaran las películas de kung fu y conociera el nombre de todos los X-Men originales; porque esas eran las razones que llevarían a un chico a enamorarse de una muchacha en una película de Kevin Smith.

Enamorarse... ¿Se estaba enamorando? ¿O solo estaba aburrido?

De vez en cuando, antes de marcharse, quizás un par de veces a la semana, Lincoln pasaba junto a la mesa de Beth solo para ver el caos de tazas de café y libretas. Solo para comprobar que existía. A la una de la madrugada incluso los correctores se habían marchado y únicamente las farolas de la calle iluminaban la redacción. Si a Lincoln le remordía la conciencia de camino hacia allí, se decía que no estaba haciendo nada malo. No demasiado. Siempre y cuando no intentara ver a la propia Beth. Alegaba ante sí mismo que leer sus mensajes era igual que encapricharse de la protagonista de una telenovela. De una radionovela. Nada de lo que enorgullecerse, pero inofensivo al fin y al cabo. Un entretenimiento con el que llenar las noches.

En ocasiones, como aquella, se concedía permiso para demorarse un momento ante su mesa.

Una taza de café. Un Toblerone empezado. Clips de papel derramados por la mesa. Y algo nuevo, el pasquín de un concierto, prendido sobre el monitor. Era rosa fucsia con una guitarra dibujada: Sacajawea en el Ranch Bowl, el sábado por la noche. Este sábado por la noche.

Hum.

Justin se apuntó al concierto. Justin se apuntaba a todo, siempre. Se ofreció a conducir, pero Lincoln le dijo que prefería quedar en el bar.

—Ya lo pillo, colega, te gusta ir a tu bola. Tranquilo, que no te voy a atar.

Se reunieron en el Ranch Bowl alrededor de media hora antes de que Sacajawea saliera a escena. Saltaba a la vista que a Justin no le gustaba el local. Estaba sucio y atestado, no había mesas ni chupitos especiales y tenías que abrirte paso a codazos por detrás del escenario para llegar a la barra. Gran parte de la concurrencia era masculina y el grupo que estaba tocando —Razorwine, anunciaba la batería— sonaba como un disco de los Beastie Boys mezclado con una sierra de mesa. Lincoln y Justin encontraron un sitio libre junto a la pared y Justin no tardó nada en proponer que se largaran. Estaba tan agobiado que ni siquiera pidió una copa.

—Venga, Lincoln, este sitio es deprimente. Parece un cementerio. Peor. Un puto cementerio de animales. Lincoln. Tío. Vámonos. Venga. Invito yo el resto de la noche.

Un tipo que había por allí cerca, un tiarrón con camisa de franela, le dijo a Justin que se callara.

—Algunos hemos venido a ver el concierto.

—Ese es tu puto problema —le soltó Justin enfadado al mismo tiempo que le soplaba una vaharada de Camel a la cara. Lincoln agarró a su amigo por la manga para impedir que la cosa se liara.

—¿De qué tienes miedo? —le preguntó Justin—. Eres un armario. Puedes tumbar a ese tío.

—No quiero tumbarlo. Solo quiero ver al grupo, al que tocará a continuación. Pensaba que te gustaba el heavy metal.

—Esto no es heavy metal —replicó Justin—. Es una mierda pinchada en un palo.

—Media hora —prometió Lincoln—. Luego vamos adonde tú quieras.

La actuación del grupo de la sierra terminó y Sacajawea procedió a instalar sus instrumentos. No tardó en localizarlo, al novio de Beth. Era tan guapo en persona como en las fotos. Greñudo y flaco. Todos los miembros de la banda lucían melenas largas, femeninas. Llevaban pantalones de pitillo y camisas con varios botones desabrochados.

—Qué coño —dijo Justin.

El gentío que los rodeaba se estaba desplazando. Los tíos duros se dirigieron al bar y un grupo de mujeres emergió de entre las sombras. Chicas con vaqueros de tiro bajo. Muchachas con piercings en la lengua y tatuajes de mariposa.

—¿De dónde han salido todos esos ombligos perforados? —quiso saber Justin.

Las luces se atenuaron y el concierto de Sacajawea comenzó con un ardiente solo de guitarra.

Las mujeres se apretujaban contra el escenario. La mayoría, al igual que Lincoln, únicamente tenía ojos para el guitarrista. Al cantante —debía de ser Stef, pensó Lincoln— le tocaba esforzarse para atraer sus miradas. Ronroneaba como Robert Plant y pateaba el escenario igual que Mick Jagger. Hacia el final de la primera canción, Stef empezó a subir chicas al escenario para hacerles bailecitos con el soporte del micro. Pero Chris, no. Él solo estaba pendiente de su guitarra. De vez en cuando alzaba la vista hacia las chicas del público y sonreía, como si acabara de reparar en ellas. Eso las volvía locas.

—Vámonos —le dijo Lincoln a Justin. Ya ni sabía qué hacía allí. Había pasado de la partida de Dungeons & Dragons para eso.

—Que te den —replicó Justin—. Estos tíos molan.

Y molaban, reconoció Lincoln para sus adentros. Si te gustaba ese tipo de música. Rock ácido, agobiante, sexy y sudoroso. Justin y él se quedaron a ver el resto del concierto. Cuando terminó, Justin quiso ir al Village Inn, que estaba allí enfrente. Se pasó veinte minutos comentando el concierto y otras dos horas hablando de una chica, la misma que se había llevado a casa la noche que Lincoln y él estuvieron de fiesta en el Steel Guitar. Se llamaba Dena y era higienista dental. Se habían visto casi a diario desde que se conocieron, y ahora Dena quería que la relación fuera más seria, lo cual era una tontería, alegó Justin, porque él, aunque quisiera, no podría ver a nadie más. No tenía tiempo.

Pero la fidelidad en la práctica, decía Dena, no es lo mismo que una relación seria. En el primer caso, argüía ella, Justin podía acostarse con quien le viniera en gana en cuanto tuviera quince minutos libres y una pareja predispuesta. Y tenía toda la razón, reconoció Justin. No quería tener novia. Le repugnaba la idea de salir con una sola persona; casi tanto como la posibilidad de compartir a Dena con otros tíos.

Mientras lo escuchaba, Lincoln se zampó dos raciones de tarta de mousse de chocolate.

—Si de verdad quisieras estar con otras chicas —dijo por fin, mientras contemplaba la idea de pedir una tercera ración—, lo harías. No estarías aquí, conmigo, hablándome de Dena.

Justin lo meditó unos instantes.

—Eres un puto genio —exclamó al tiempo que le propinaba una palmada en el brazo y salía del reservado—. Tío. Gracias. Te llamaré.

Lincoln se quedó en el restaurante apurando el café y pensando si el universo había premiado a Justin con el amor verdadero solo para castigar a Lincoln por decir que, si Cupido se asomara al Steel Guitar, daría media vuelta.

A las tres de la madrugada, cuando el Village Inn estaba en franca decadencia, Lincoln se levantó para marcharse. No quedaba nadie en el restaurante salvo un hombre que leía en el reservado de un rincón, con unos cascos en los oídos. Aun a la luz mortecina y grasienta de la madrugada, Chris estaba deslumbrante. La camarera no le quitaba ojo mientras rellenaba botes de kétchup, pero él no se daba por aludido.

27

—¿Alguna vez has subido a la redacción? —le preguntó Greg a Lincoln cuando este llegó al periódico el lunes por la tarde.

—No. —¿Cómo lo sabía Greg? ¿Qué sabía Greg? No, espera, nada. No hay nada que saber—. Perdona —dijo Lincoln—. ¿Qué?

—La redacción —repitió Greg—. Has estado en la redacción, ¿no?

—Sí —asintió Lincoln.

—Bien. Entonces sabrás dónde se sientan los correctores...

—Sí, creo que sí.

—Necesito que instales estas torres en unos cuantos puestos.

Greg señaló un montón de cajas y le tendió a Lincoln una hoja de papel.

—¿Ahora?

—Sí. Ya saben que vas a subir. Los han cambiado de mesa.

Lincoln cargó las cajas en un carro y cogió el ascensor para subir a la planta de la redacción. La sala no parecía la misma a las cuatro de la tarde, a plena luz del día. Había gente por todas partes, escribiendo, charlando o caminando de acá para allá. Quién iba a pensar que redactando y corrigiendo se armase tal alboroto. Teléfonos que sonaban, televisores que parloteaban, niños que lloraban...

¿Niños? Había una multitud apiñada alrededor de un cochecito en un extremo del departamento de Corrección. Sentado a la mesa de alguien, un niño pequeño jugaba con una grapadora.

Lincoln empezó a desconectar cables y a desenredar hilos a la par que se esforzaba en no mirar a nadie con demasiada atención. Jennifer debía de sentarse en esa zona junto con los demás correctores diurnos. Puede que aún siguiese allí. Su escritorio podía ser este mismo. No, no a menos que estuviera obsesionada con el baloncesto de Kansas. ¿Qué sabía acerca de ella? Que estaba casada. ¿Se le notaría? Que se consideraba gorda... Pero todas las chicas lo piensan. Era posible que Beth también estuviese allí. Caminando de un lado a otro. Charlando con un redactor. Haciéndole arrumacos al pequeñín.

«No», se dijo para sus adentros, «no mires».

Tardó tres horas en instalar los ordenadores nuevos. El ambiente nocturno se apoderó de la redacción mientras Lincoln trabajaba. La sala se tornó más silenciosa y oscura. Los empleados encorbatados cedieron el paso a otros que llevaban camisetas arrugadas y pantalones cortos. Una de las redactoras nocturnas, una rubia de cabello lacio recogido en una coleta y bonitos ojos azules, trajo un bizcocho de plátano y le ofreció.

Lincoln le dio las gracias y se encaminó al desierto departamento de Tecnología de la Información sin mirar atrás.

28

De: Jennifer Scribner-Snyder
Enviado: Lunes, 18 de octubre de 1999. 16:08
Para: Beth Fremont
Asunto: Esto no es una guardería, ¿sabes?

Es la redacción de un periódico.

<<**Beth a Jennifer**>> ¿Qué insinúas...? ¿Que no debería echarme una siesta? ¿O que no debería usar un vaso de niño? Porque todo forma parte de mi idiosincrasia.

<<**Jennifer a Beth**>> Lo que insinúo es que no debería estar obligada a escuchar balbuceos y arrumacos cuando intento corregir «Querida Abby».

<<**Beth a Jennifer**>> ¿Y por qué tienes que corregir «Querida Abby»? ¿No viene con el paquete de la agencia de noticias?

<<**Jennifer a Beth**>> Alguien tiene que escribir el titular. Alguien tiene que dar el visto bueno, asegurarse de que no faltan pala-

bras o párrafos enteros. El contenido no aparece por arte de magia en los periódicos. De ahí que haya una sala llena de redactores.

<<**Beth a Jennifer**>> Conque redactores, ¿eh? Dios mío..., tienes razón. Están por todas partes. ¿Dónde estamos? ¿En el cielo?

<<**Jennifer a Beth**>> Ja.

<<**Beth a Jennifer**>> Tenías que haber respondido: «En Iowa».

<<**Jennifer a Beth**>> A lo mejor la próxima vez.

¿Por qué la gente que tiene hijos los trae al trabajo? Este no es lugar para niños. No hay juguetes. Ni cambiadores. Las fuentes están instaladas a la altura de un adulto.

Es una oficina. La gente acude aquí para alejarse de sus hijos; para librarse de las charlas de los niños. Si quisiéramos trabajar con críos, nos habríamos buscado un empleo en una escuela de primaria o en un espectáculo de marionetas. Llevaríamos barritas de caramelo en los bolsillos.

Esto es la redacción de un periódico. ¿Ves alguna barrita de caramelo?

<<**Beth a Jennifer**>> Tiendes a repetirte cuando te enfadas. Es adorable.

<<**Jennifer a Beth**>> Hoy me parto de risa contigo. Me parto.

<<**Beth a Jennifer**>> Hablando de ser adorable, la semana pasada volví a ver a mi chico mono.

<<**Jennifer a Beth**>> ¿Estás segura? Porque no oí la alarma. Y por cierto, ¿desde cuando se ha convertido en *tu* chico mono?

<<**Beth a Jennifer**>> Nadie más lo ha reclamado. Trabaja en el departamento de Publicidad. Lo vi allí sentado.

<<**Jennifer a Beth**>> ¿Y qué hacías tú en el departamento de Publicidad? Está en la otra punta del edificio.

<<**Beth a Jennifer**>> Estaba merodeando en busca de chicos guapos. (Además, Publicidad tiene la única máquina de todo el edificio que vende cerveza de zarzaparrilla.) Estaba sentado en una mesa muy mona, tecleando en un ordenador muy mono, presumiendo de ser super-supermono.

<<**Jennifer a Beth**>> Publicidad, ¿eh? Seguro que esa gente gana más que nosotras.

<<**Beth a Jennifer**>> Qué va. Solo se visten como si ganaran más.

Y no tiene pinta de vendedor de publicidad. No va por ahí con trajes y sonrisas al estilo de *Glengarry Glen Ross*. No creo que use productos para el pelo.

<<**Jennifer a Beth**>> Quiero echarle un vistazo. ¿Por qué no hacemos un descanso para tomar una cerveza de zarzaparrilla?

<<**Beth a Jennifer**>> A alguien que odia a los niños no le puede gustar la cerveza de zarzaparrilla.

29

Beth había estado allí la tarde anterior. Sentada en su escritorio. En la misma sala que él, al mismo tiempo. Pensando en otro. En alguien que trabajaba en el departamento de Publicidad, nada menos. Lincoln odiaba a los tíos que trabajaban en Publicidad. Cada vez que WebFence detectaba un chiste verde, inevitablemente procedía de ese departamento. Vendedores. Lincoln odiaba a los vendedores. Excepto a Justin. Y, francamente, si no fuera su amigo, es probable que lo odiara también.

En cierta ocasión tuvo que reparar un disco duro en el departamento de Publicidad. Tardó unas horas y, al día siguiente, cuando Lincoln fue a ponerse la sudadera, descubrió que aún olía a Drakkar Noir. «No me extraña que mi madre piense que soy gay.»

Celoso, pensó aquella noche, mientras pasaba junto a la mesa de Beth. Tazas de café, golosinas de Halloween, un Discman. Estoy celoso. Y ni siquiera del novio. Estaba tan convencido de no llegarle a Chris a la suela de los zapatos que ni siquiera le inspiraba celos. En cambio, de un tío que trabaja en Publicidad, que practica la venta sugestiva, que se dedica al telemarketing...

Lincoln cogió una barrita de chocolate y la desenvolvió. Resulta que Beth estaba allí mismo mientras él trabajaba en la zona de los correctores. La habría visto si se hubiera vuelto a mirar.

De: Jennifer Scribner-Snyder
Enviado: Martes, 26 de octubre de 1999. 9:45
Para: Beth Fremont
Asunto: Creo que estoy embarazada

Esta vez va en serio.

<<**Beth a Jennifer**>> ¿Has estado expuesta a algún tipo de radiación? ¿Has comido demasiado atún? ¿Te has chutado heroína?

<<**Jennifer a Beth**>> No, en serio, no es paranoia mía. Creo que estoy embarazada.

<<**Beth a Jennifer**>> Porque la regla se te ha retrasado tres minutos. Porque has hecho pis dos veces en una hora. Porque notas una presencia en el útero.

<<**Jennifer a Beth**>> Porque mantuve relaciones sin protección mientras estaba ovulando.

\<\<**Beth a Jennifer**\>\> ¿Se trata de una broma? ¿Hay por ahí una cámara oculta? ¿Quién eres tú y qué has hecho con mi amiga?

La Jennifer Scribner-Snyder que conozco y quiero jamás reconocería públicamente haber mantenido relaciones, y desde luego no se ensuciaría los dedos escribiendo algo así.

Además, nunca comenzaría una frase con una conjunción explicativa. ¿Dónde está mi mojigata amiguita? ¿Qué has hecho con ella?

\<\<**Jennifer a Beth**\>\> No tengo tiempo para cuidar mi estilo.

\<\<**Beth a Jennifer**\>\> ¿Por qué no? ¿Hasta qué punto estás embarazada?

\<\<**Jennifer a Beth**\>\> De cuatro días.

\<\<**Beth a Jennifer**\>\> Qué precisa. (Casi desagradablemente precisa.) ¿Y cómo es posible que lo sepas tan pronto? ¿Y cómo sabes que estabas ovulando? ¿Eres de las que notan el movimiento de sus óvulos?

\<\<**Jennifer a Beth**\>\> Sé que estaba ovulando porque me compré un monitor de fertilidad.

\<\<**Beth a Jennifer**\>\> Te informo de que mi respuesta a tus próximas doce afirmaciones va a ser: «¿Cómo dices?».

\<\<**Jennifer a Beth**\>\> Pensé que si sabía que estaba ovulando, podría evitar los contactos íntimos en esas fechas (aunque, si te soy sincera, no abundan últimamente).

En fin. Hace cuatro días descubrí que estaba ovulando. Aquel día, apenas si hablé con Mitch. Cuando se marchó al colegio, yo aún estaba durmiendo. Y cuando llegué del trabajo estaba arriba, tocando la tuba. Podría haber subido a decirle que estaba en casa, pero no lo hice. Podría haberle gritado si quería un sándwich de jamón y queso, pero no lo hice.

Cuando se acostó, yo ya estaba en la cama, mirando una reposición de *Frasier*. Lo observé ponerse el pijama sin decirme ni pío. No parecía enfadado; me trató con tanta indiferencia como si pasara en coche junto a los restos de un accidente.

Me dije para mis adentros: «Mi matrimonio es lo que más me importa en la vida. Prefiero un matrimonio feliz que cualquier otra cosa: un buen trabajo, una casa bonita, pulgares oponibles, el derecho a votar. Lo que sea. Si negarme a tener un hijo va a destruir mi matrimonio, lo tendré. Tendré diez hijos. Haré lo que haga falta».

<<**Beth a Jennifer**>> ¿Y qué opinó Mitch al respecto?

<<**Jennifer a Beth**>> No lo sé. Me callé lo de la ovulación. Le sorprendió lo de la falta de protección. No sé.

<<**Beth a Jennifer**>> Vale, puede que estés embarazada. O puede que no.

<<**Jennifer a Beth**>> Quieres decir que tal vez sea estéril.

<<**Beth a Jennifer**>> No, quiero decir que tienes otro mes, como mínimo, para pensar si de verdad quieres quedarte emba-

razada. Pocas parejas lo consiguen a la primera. Es posible que tu suerte aún no esté echada.

<<Jennifer a Beth>> Pues yo espero haberlo conseguido. Quiero acabar con esto cuanto antes.

<<Beth a Jennifer>> Anota ese comentario. Vas a tener que incluirlo en el libro del bebé. ¿Cuánto tiempo ha de pasar para que lo sepas con seguridad?

<<Jennifer a Beth>> No mucho. Ahora hay unos test de embarazo supersensibles que perciben incluso la intención de quedarte preñada.

<<Beth a Jennifer>> Entonces, ¿qué apoyamos? ¿El sí o el no?

<<Jennifer a Beth>> Tú solo apóyame a mí.

<<Beth a Jennifer>> Siempre lo hago.

—Llevas un tiempo sin quejarte del trabajo —comentó Eve—. ¿Empieza a gustarte?

Era domingo, y la hermana de Lincoln había acudido con sus hijos a almorzar después de misa. La madre de Lincoln había preparado un guiso de patatas con huevo, pavo, tomates, champiñones, cerrajas y tres tipos de queso.

—No está tan mal —repuso Lincoln al tiempo que tomaba un bocado.

—¿Ya no te aburres? —le preguntó su hermana.

—Supongo que me estoy acostumbrando —dijo él, tapándose la boca.

—¿Sigues buscando un empleo con un horario mejor?

Lincoln se encogió de hombros.

—El horario me vendrá bien si decido volver a la universidad.

Eve frunció el ceño. Aquella tarde estaba especialmente suspicaz. Cuando había entrado en casa, su madre les había preguntado a los niños si habían mantenido una buena conversación con su poder superior.

«"Jesús" —la corrigió Eve—. Lo llamamos "Jesús".»

«Responde a muchos otros nombres», repuso su madre.

—Bueno —le decía ahora Eve a Lincoln a la par que pinchaba un champiñón—, al menos tendrás suficiente dinero ahorrado para buscarte una casa que esté más cerca del campus.

—En coche, es un momento —respondió él en tono apagado.

La madre empezó a servirles a todos una segunda ración de guiso. Lincoln notó que se sentía dividida. Por una parte, no le hacía gracia que Lincoln volviera a la universidad; por otra, le molestaba que Eve la tomara con él.

—¿Por qué hacen eso? —preguntó la abuela, mirando a sus nietos con el ceño fruncido. Los chicos estaban separando en montoncitos el guiso de sus platos.

—¿Por qué hacen qué? —preguntó Eve.

—¿Por qué no comen?

—No les gustan las cosas mezcladas —le explicó su hija.

—¿Qué cosas? —se extrañó la otra.

—La comida. No les gusta que los distintos alimentos se toquen entre sí.

—¿Y cómo se la sirves? ¿En bandejas de cubitos?

—Solo comemos dos cosas juntas, abuela —aclaró el mayor, Jake Jr. de seis años.

—¿Qué dos cosas? —quiso saber ella.

—Pues salchichas y macarrones —explicó el niño—. O hamburguesas y maíz.

—No me gusta el kétchup en la hamburguesa —intervino Ben, que tenía cuatro años.

—A mí me gusta el kétchup a un lado —dijo Jake.

—Muy bien —se hartó la madre de Lincoln, que les arrebató los platos y vertió el guiso en el suyo—. ¿Aún tenéis hambre? Tengo fruta, plátanos. ¿Os gustan los plátanos?

—Entonces, ¿te vas a quedar aquí? —Eve se giró hacia Lincoln con rabia renovada—. ¿Vas a seguir viviendo en esta casa?

—De momento —repuso él.

—Lincoln siempre será bienvenido —arguyó la madre.

—No lo dudo —escupió Eve—. Si fuera por ti, se pudriría aquí el resto de su vida.

Lincoln dejó el tenedor sobre la mesa.

—Abuela —protestó Ben—, este plátano está sucio.

—No está sucio —replicó ella.

—Tiene cosas marrones —insistió el niño.

—Los plátanos son así.

—Los plátanos son amarillos —intervino Jake.

—Lincoln no se está pudriendo —objetó la abuela.

—No está viviendo su vida —insistió Eve.

—No me digas cómo tengo que criar a mi hijo.

—Tiene 28 años —arguyó Eve—. Tu trabajo ha terminado. Ya está criado.

—Como Jesús —apuntó Jake.

—No, no es lo mismo —dijo Eve.

Lincoln se levantó de la mesa.

—¿Alguien más quiere zumo? ¿Ben? ¿Jake?

Sus sobrinos no le hicieron ni caso.

—Una nunca termina de criar a sus hijos —repuso la madre de Lincoln—. Ya lo verás. La labor de una madre solo termina cuando se muere.

—Jesús murió a los 33 años —señaló Jake.

—Deja de hablar de Jesús —lo regañó Eve.

—¡Jesús! —dijo Ben.

—Sigo siendo la madre de Lincoln. Y sigo siendo tu madre. Te guste o no, no he terminado de criaros a ninguno de los dos.

—A mí nunca me has criado —objetó Eve.

—Eve... —Lincoln hizo una mueca de dolor.

—Podéis levantaros, chicos —dijo su hermana.

—Tengo hambre —protestó Ben.

—¿Podemos ir a Wendy's a tomar una hamburguesa? —preguntó Jake.

—Explícame tú cómo ser una buena madre —contraatacó la abuela.

—Te diré una cosa —replicó Eve—. Mis hijos van a vivir su propia vida. Saldrán con gente, se casarán y se marcharán de casa. No tendrán la sensación de que no puedo vivir sin ellos.

—Tú nunca has tenido esa sensación.

—Te quedaste en la guardería conmigo durante todo un mes.

—Tú me lo pediste.

—Tenía cinco años —replicó Eve—. Deberías haberme dicho que no.

—Estabas asustada.

—Tenía *cinco* años.

—No envié a Lincoln hasta los siete y me alegro. Estaba mucho más preparado.

Era verdad. Lincoln estaba preparadísimo para ir al colegio. Ya sabía leer e incluso sumar y restar. Acabó por saltarse primero.

—Ay, Dios mío. —Eve plantó el tenedor en la mesa—. Pero ¿tú te estás oyendo?

—No hables de Jesús, mamá —susurró Ben.

—Venga, chicos —dijo Lincoln—, vamos afuera. Jugaremos al fútbol.

—Es que juegas muy mal —observó Jake.

—Ya lo sé —reconoció Lincoln—. ¿Por qué no me enseñáis?

Las ventanas de la cocina estaban abiertas. Aun después de sacar a sus sobrinos al jardín, oía a su madre y a su hermana gritando en la cocina.

—Los alimentos se mezclan —decía su madre—. ¡El mundo se mezcla!

Al cabo de veinte minutos, Eve se asomó por la puerta trasera y les pidió a los niños que entraran a despedirse de la abuela. Parecía enfadada y frustrada, y había llorado.

—Vamos a Wendy's —le dijo a Lincoln—. ¿Te vienes?

—No, he comido mucho.

—No me arrepiento de nada de lo que he dicho —declaró ella—. Lo pienso de veras. Te estás pudriendo aquí.

—Puede —asintió él—. O puede que esté madurando.

Eve cerró de un portazo la puerta trasera.

32

El lunes, cuando Lincoln llegó al *Courier*, Greg se lo llevó aparte para hablarle del proyecto del cambio de milenio.

—Parece que están trabajando duro, ¿no? —preguntó Greg a la par que volvía la vista hacia los chicos del efecto 2000—. O sea, le están echando un montón de horas.

Lincoln decidió no contarle a Greg que su unidad de combate internacional se quedaba hasta las tantas jugando a Doom. (Delante de Lincoln. Como mínimo, podrían invitarlo a unirse.)

—Están siempre tan callados... —dijo Greg. Lincoln asintió—. A veces los miro, veo sus pantallas llenas de códigos y me acuerdo de cuando me extirparon el apéndice y desperté en la camilla del quirófano... O sea, podrían estar haciendo cualquier cosa ahí dentro.

—Creo que solo están escribiendo códigos —opinó Lincoln.

—Puto cambio de milenio —dijo Greg.

33

De: Jennifer Scribner-Snyder
Enviado: Miércoles, 10 de noviembre de 1999. 10:13
Para: Beth Fremont
Asunto: Positivo

Bueno, pues anoche me hice la prueba y desde entonces tengo ganas de vomitar. No porque sufra náuseas matutinas, creo que es demasiado pronto para eso.

<<**Beth a Jennifer**>> Ay, Dios mío. ¡¡¡FELICIDADES!!!
¡Felicidades, felicidades! ¡¡¡AY, DIOS MÍO!!!

<<**Jennifer a Beth**>> No me apetece mucho que me feliciten ahora mismo. Ya te lo he dicho, tengo ganas de vomitar. Me parece que he cometido un gran error. En cuando vi la rayita azul, me acordé de lo mucho que me horroriza la idea de tener un hijo, el síndrome del niño sacudido y todo eso.

<<**Beth a Jennifer**>> ¿Hablamos del síndrome real o figurado?

<<**Jennifer a Beth**>> Potencial. ¿Te parece que doy el perfil?

<<**Beth a Jennifer**>> No seas tonta. Lo vas a hacer muy bien. Serás una madre maravillosa. ¿Lo sabe Mitch?

<<**Jennifer a Beth**>> Se lo dije anoche. Estaba en éxtasis. En serio, se puso tan contento que por poco se echa a llorar. No podía parar de abrazarme. Me entraron escalofríos.

<<**Beth a Jennifer**>> Desde fuera, no parece escalofriante. Parece bonito.

<<**Jennifer a Beth**>> Dijo la mujer que no está incubando un parásito.

<<**Beth a Jennifer**>> Oyéndote, cualquiera diría que tienes la solitaria.

<<**Jennifer a Beth**>> Espera a que empiece a dar patadas.

<<**Beth a Jennifer**>> ¿Se lo habéis dicho a vuestros padres?

<<**Jennifer a Beth**>> Mitch llamó a sus padres. Su alegría también me provocó escalofríos. A mi madre no se lo pienso decir, nunca.

<<**Beth a Jennifer**>> Puede que se percate cuando se te empiece a notar.

<<**Jennifer a Beth**>> Me dirá que he engordado.

<<**Beth a Jennifer**>> Cuánto me alegro por ti. Me han entrado escalofríos de alegría. Voy a organizarte una *baby shower*.

<<**Jennifer a Beth**>> Qué mal suena eso.

<<**Beth a Jennifer**>> Horriblemente alucinante. Seré una experta en *baby shower* para cuando llegue el bebé. Voy a asistir a tres despedidas de soltera en honor a mi hermana a lo largo de las próximas seis semanas, incluida la que organizo yo misma.

<<**Jennifer a Beth**>> ¿Tres despedidas de soltera? ¿No es excesivo?

<<**Beth a Jennifer**>> Una es para las más íntimas.

<<**Jennifer a Beth**>> Buf, esas son las peores. Si es para las más íntimas, no debería ser una despedida de soltera. ¿A quién le apetece destapar prendas de lencería delante de sus parientes y amigas de infancia?

<<**Beth a Jennifer**>> La lencería es lo de menos. A mi prima le regalaron juguetes sexuales en su despedida de soltera. Y sus damas de honor la obligaron a probarse la brevísima ropa interior y a hacer un pase de modelos. Mi tía no paraba de decir: «¡Qué sexy, qué sexy!».

<<**Jennifer a Beth**>> ¿Por qué me has contado eso? Ahora me voy a pasar todo el día con cara de «puaj».

<<**Beth a Jennifer**>> Yo optaré por algo más refinado. Será una merienda. Tomaremos té. Y prepararé canapés.

<<**Jennifer a Beth**>> Me encantan los canapés.

<<**Beth a Jennifer**>> ¿Y a quién no? Sabes... Te podría organizar una merienda de bienvenida.

<<**Jennifer a Beth**>> ¿Sin juegos?

<<**Beth a Jennifer**>> Pues claro que habrá juegos. Eso no es negociable. Pero nada de lencería sexy. Te lo prometo.

<<**Jennifer a Beth**>> Lo pensaré.
    Pero ya basta de hablar de mi solitaria. ¿Cómo estás tú?

<<**Beth a Jennifer**>> No me puedes decir que estás embarazada y luego cambiar de tema.

<<**Jennifer a Beth**>> No voy a hablar de otra cosa durante los próximos nueve meses. No voy a hablar de otra cosa durante el resto de mi vida. Por favor, ¿podemos cambiar de tema? ¿Cómo estás? ¿Cómo está Chris?

<<**Beth a Jennifer**>> Pues... ya sabes como es. Está en fase distante. Sale mucho y, cuando está en casa, pone la música tan alta

que no se puede hablar. O se sienta en el dormitorio con su guitarra. Le pregunto si quiere salir y me dice que no le apetece. Pero cuando llego a casa no está.

<<**Jennifer a Beth**>> ¿Estás preocupada?

<<**Beth a Jennifer**>> En realidad, no.

<<**Jennifer a Beth**>> No crees que esté viendo a otra persona, ¿verdad?

<<**Beth a Jennifer**>> No. Quizás debería pensarlo.
Pienso que a veces le da por ahí. Que necesita poner distancia. Considero estas fases algo parecido al invierno. En invierno, el sol no desaparece (ni te engaña con otro planeta). Sigue ahí, en el cielo. Solo que está más lejos.

<<**Jennifer a Beth**>> Yo me volvería loca. Perdería los estribos (o me quedaría embarazada) solo para hacerlo reaccionar.

<<**Beth a Jennifer**>> Perder los estribos no serviría de nada. Y no quiero ni imaginar lo que pasaría si me quedara embarazada. Seguramente se marcharía.

<<**Jennifer a Beth**>> No digas eso. No se marcharía.

<<**Beth a Jennifer**>> En realidad, me parece que sí. O daría por supuesto que me lo voy a quitar de encima.

<<Jennifer a Beth>> Es horrible.

<<Beth a Jennifer>> ¿Lo piensas de verdad? Ya sabes cómo es eso de no querer hijos, desear que tu relación siga como está. No creo que Chris se sintiera responsable si me quedara embarazada. Lo consideraría mi problema, mi elección. Y lo sería, ¿no?

<<Jennifer a Beth>> Será mejor que volvamos a cambiar de tema.

<<Beth a Jennifer>> Con mucho gusto. ¡¡Felicidades!!

34

Lincoln había visto al novio de Beth en unas cuantas ocasiones. A raíz de aquel primer concierto, Justin se había vuelto incondicional de Sacajawea. Ahora llamaba a Lincoln cada vez que el grupo tocaba. Dena, la novia de Justin, los acompañaba. Casi siempre acababan la noche en el Village Inn. Todos pedían tarta y Justin analizaba al detalle el espectáculo que acaban de ver.

—No me puedo creer que esos tíos no sean unas putas estrellas del rock —preguntaba siempre—. ¿Por qué no aparecen en la MTV, en vez de esa mierda de Backstreet?

Lincoln se encogió de hombros.

—Mira —dijo Dena, y señaló con un gesto la sección de fumadores—, ahí está el guitarra otra vez.

Sentado en un reservado, Chris comía un revuelto acompañado de un libro.

—¿Cómo es posible que un chico así no tenga novia? —se extrañó Dena.

—Puede que la tenga —apuntó Lincoln.

—Ni hablar —dijo ella—. Los chicos que tienen novia no pasan las noches del viernes comiendo a solas en el Village Inn.

—Debería estar por ahí, disfrutando de las groupies —dijo Justin.

—Siempre está solo —observó Dena.

—Si yo tuviera esa cara —afirmó Justin con la boca llena de merengue—, me tiraría a una chica distinta cada noche.

—Pero si ya lo hacías —señaló Dena, poniendo los ojos en blanco—. No te hace falta cambiar de aspecto para eso.

—Tienes razón —rectificó Justin—. Si yo tuviera esa cara, me tiraría a dos chicas distintas cada noche.

—Puede que tenga novia —repitió Lincoln.

—Pues lo siento por ella —dijo Dena.

—Puede que tenga novio —apuntó Justin.

—Pues lo siento por su novio —replicó ella.

—Mañana vuelven a tocar —comentó Justin—. Deberíamos ir.

—Mañana he quedado para jugar a Dungeon & Dragons —dijo Lincoln.

—Hablando de aficiones de soltero... —se burló su amigo.

Siempre estaba pinchando a Lincoln para que saliera más. Para que hablara con chicas. Para que lo intentara. Tal vez porque Justin conocía a Sam de los tiempos del instituto. Porque recordaba la época en que Lincoln era el único de todos ellos que llevaba una chica del brazo.

«Un tanto bocazas para mi gusto —le comentó Justin en una ocasión, durante un entrenamiento de golf—, pero está más buena que comer pollo con las manos.»

Tras su estancia en California, cuando Lincoln apareció en la universidad estatal un año más tarde que todos los demás, Justin nunca le preguntó qué había sido de Sam. Lincoln intentó contárselo una vez, mientras compartían una pizza de Papa John y un pack de seis refrescos baratos, pero Justin lo cortó.

—Tío, olvídala ya. A tomar por el culo.

35

Finalmente Lincoln no llegó a contarle a nadie lo que había pasado en California (aunque su madre lo frio a preguntas y al final se lo sacó a la madre de Sam en el supermercado).

No quería hablar de ello porque hacerlo habría sido reconocer la derrota. Rendirse. Y porque si lo contaba nadie le daría demasiada importancia, lo sabía. Los demás lo considerarían el típico desengaño adolescente. Pensarían que lo más triste de toda la historia fue que Lincoln perdió un semestre y todas las becas. Y sí, habría sido lo más triste para otra persona, para un observador externo.

No le habló a su madre de ello, nunca, ni una sola vez, porque sabía lo mucho que se alegraría ella de saber que estaba en lo cierto.

Cuando Lincoln empezó a vivir en la universidad, su madre lo llamaba dos veces por semana.

—Nunca he estado en California —decía.

—Mamá, esto está muy bien. El campus es bonito. Y seguro.

—No sé cómo es aquello —se lamentaba ella—. No te imagino allí. Intento visualizarte para enviarte buenas vibraciones, pero no sé hacia dónde mandarlas.

—En dirección oeste —respondía él.

—No me refiero a eso, Lincoln. ¿Cómo voy a visualizar que te pasan cosas buenas si ni siquiera te imagino allí?

Él también la echaba de menos. Añoraba el medio oeste. Aquellos paisajes que tanto emocionaban a Sam le provocaban dolor de cabeza. El norte de California era engorrosamente hermoso. Allá donde mirases había árboles, arroyos, cascadas, montañas, mar... No podías mirar por mirar, para pensar en tus cosas. Pasaba mucho tiempo en la biblioteca del campus, una sala sin ventanas.

Y Sam pasaba largas horas en el teatro de la facultad. Aún no se había matriculado en ninguna asignatura del departamento, pero ya se había presentado a las pruebas de unas cuantas obras y había conseguido pequeños papeles. En el instituto, cuando Sam iba a ensayar, Lincoln la acompañaba. Se llevaba los deberes y se sentaba al fondo del auditorio. No tenía problemas de concentración. Era capaz de aislarse de la charla y del ruido. Le gustaba oír la voz de Sam, que de tanto en tanto se colaba en sus problemas de química.

Lincoln habría accedido encantado a estudiar en el teatro universitario mientras Sam ensayaba, pero ella pensaba que la presencia de su novio la ponía en evidencia.

—Les recuerdas que no soy una de ellos —argüía—. Que soy una estudiante de primero, que no soy de por aquí. Necesito que, cuando me miren, solo se fijen en mi intepretación. Que reparen en mi talento y nada más. Les recuerdas que tengo un pasado cursi, al estilo de *Heartland*.

—¿Y qué tiene de cursi tu pasado? —preguntaba él.

—El adorable campesino teutón que bebe los vientos por mí.

—Yo no soy un campesino.

—Para ellos, sí —insistía ella—. Para ellos, acabamos de caer del guindo. Les hace gracia que seamos de Nebraska. Les da risa la palabra «Nebraska». La pronuncian como quien dice «Tombuctú» o «Baden Baden».

—¿Algo así como «Punxsutawney»? —preguntaba él.

—Exacto. Y se parten de risa cuando se enteran de que hemos venido juntos.

—¿Y qué gracia tiene eso?

—Es tan adorable... —decía ella—. Exactamente lo que haría una pareja de campesinos recién caídos del guindo. Si sigues viniendo a los ensayos, nunca me darán buenos papeles.

—A lo mejor representan *Pollyanna*.

—Lincoln, por favor.

—Quiero estar contigo. Si no voy a los ensayos, nunca te veré.

—Sí que me verás —prometía ella.

Pero no la veía.

Solo cuando desayunaban juntos en la cafetería de la residencia. Solo cuando ella acudía a su cuarto después de los ensayos para pedirle ayuda con alguna asignatura o para llorar por alguna injusticia cometida en el teatro. No se quedaba a pasar la noche, no estando allí el compañero de cuarto de Lincoln. Este ansiaba la presencia de Sam, constantemente.

—Estábamos más tiempo a solas cuando vivíamos con nuestros padres —se quejó él una de la pocas tardes del viernes que ella pasó en compañía de Lincoln y le dejó abrazarla.

—Cuando íbamos al instituto teníamos tiempo de sobra —arguyó ella.

—¿Y por qué aquí todo el mundo parece tener tanto tiempo? —objetó él.

—¿Quiénes?

—Todo el mundo menos tú —replicó Lincoln—. Allá donde voy, veo parejas. Se cuelan en el cuarto del otro. Pasan la tarde en la sala del centro estudiantil. Salen a dar paseos. —Ese era el tipo de cosas que Lincoln tenía pensado hacer cuando estuvieran en la universidad. Se imaginaba a sí mismo tendido junto a Sam en camas estrechas, caminando de la mano en dirección a las clases, besándola en bancos y en sofás de cafés—. Yo sí tengo tiempo para eso.

—Pues pásalo con ellos —le soltó ella. Ya se estaba despegando de él, abrochándose la chaquetita negra de punto, recogiéndose el pelo.

—No. Quiero pasarlo contigo.

—Ahora mismo estamos juntos —repuso Sam.

—Y es maravilloso. ¿Por qué no puede suceder más a menudo? ¿Aunque solo sea una vez por semana?

—Porque no puedo, Lincoln.

—¿Por qué no?

Se odió a sí mismo por haber formulado la pregunta en el tono lloroso de un niño pequeño.

—Porque no he venido a la universidad para pasarme todo el día con mi novio del instituto. He venido para labrarme un futuro.

—No soy tu novio del instituto —objetó él—. Soy tu novio.

—Seguro que en esta misma planta hay media docena de chicas a las que les encantaría pasar los próximos cuatro años acurrucadas contigo. Si tanto lo deseas.

—Te quiero a ti.

—Pues sé feliz de estar conmigo.

Sam no quería volver a casa para las vacaciones de invierno. Deseaba quedarse en el campus y participar en la representación de *Un cuento de Navidad*. (Estaba bastante segura de que le iban a dar el papel de Tiny Tim.) Pero su padre canjeó unos cuantos kilómetros de viajero frecuente y le envió un billete de primera clase.

—Es la primera vez que viajo en primera —le dijo a Lincoln con emoción—. Me voy a vestir al estilo de Betty Grable, con mitones, y pediré gintonics. —Lincoln iba a coger el autobús Greyhound, algo que, según Sam, sería fascinante—. Una experiencia sumamente americana. Te prepararé bocadillos.

No lo hizo. Le dijo que no podía acompañarlo a la estación de autobuses porque aquella tarde tenía una reunión en el teatro. Él respondió que no importaba, que prefería que no fuese de todos modos. Una chica capaz de hacerse pasar por Tiny Tim no debía regresar sola de una estación de autobuses.

Sin embargo, le dolía saber que, entre el viaje en autobús y las fiestas, pasaría toda una semana sin verla. Al menos, ambos estarían en casa de sus padres. Y después de Navidad tendrían toda una semana para estar juntos, y el Año Nuevo. Puede que les viniera bien eso de verse en su entorno natural. Decidió dejarle una nota a Sam antes de tomar el autobús diciéndole que la echaría de menos. Compró un ramo de flores barato en la tienda del campus y, en una hoja pautada, escribió:

Sam:
Aunque viaje por el valle de la muerte,
mi corazón vuela en primera clase.
Te quiere, Lincoln

Suena romántico, pensó mientras se encaminaba a la residencia de su novia. Y geográfico. Y vagamente bíblico. Se detuvo al llegar a la planta de Sam, en el vestíbulo del ascensor, y añadió una postdata: «Te quiero, te quiero y te quiero». Cuando terminó de escribir el último «quiero», uno de los ascensores se abrió.

Lincoln estuvo a punto de sonreír al verla. A punto. Ella estaba de puntillas, con el cuerpo arqueado y los brazos echados al cuello de otro hombre con gesto eufórico. Y se estaban besando... con tanta pasión que ni siquiera se dieron cuenta de que el ascensor había llegado a la planta de Sam. El hombre agarraba un puñado de rizos negros con una mano, un puñado de minifalda con la otra. Lincoln no se percató de lo extraño de la escena hasta que las puertas se cerraron. «Deben de estar ensayando», llegó a pensar. Ese chico le sonaba del teatro, ¿verdad?

Lincoln pulsó el botón de bajada. Las puertas se abrieron de nuevo.

Sí, lo conocía. Marlon. Era bajito y moreno, extranjero. De Brasil. O quizás de Venezuela. El tipo de chico que siempre está rodeado de gente en las fiestas de los estrenos. El tipo de chico que se sube a una mesa para brindar. Marlon. En septiembre, Sam y él habían participado juntos en una obra, *El chivo expiatorio.*

En aquel momento, Sam descansó del beso para respirar a fondo. Lincoln alcanzó a verle la lengua.

—¿Marlon? —dijo en voz alta.

Sam se giró sobresaltada. Su rostro se descompuso según la puerta del ascensor se cerraba por segunda vez.

Lincoln empezó a pulsar el botón, con rabia. La puerta se abrió nuevamente, pero él hizo caso omiso. Quería coger otro ascensor. Quería, repentina y desesperadamente, largarse de allí.

—Lincoln —oyó decir a Sam.

No le hizo caso. Siguió aporreando el botón.

—Deja que te explique —pidió ella.

Pam, pam, pam. Abajo, abajo, abajo.

—No vendrá mientras sigamos aquí —dijo Sam. Continuaba plantada en el interior del ascensor. Marlon sujetaba la puerta.

—Pues marchaos —replicó Lincoln.

—Puedes coger este ascensor —dijo Marlon con aquella voz tan sexy, a lo Ricky Ricardo.

Pam, pam, pam.

—Lincoln, para ya, te vas a lastimar la mano —le advirtió Sam.

—Ah, claro —comprendió Marlon—, este es *Líncolon*.

Levantó las manos como si se alegrara de verlo. «Como si se dispusiera a abrazarme», pensó Lincoln. «No, como si fuera a brindar por mí. Damas y caballeros... ¡*Líncolon!*» Las puertas del ascensor se estaban cerrando una vez más. Sam se plantó en el umbral.

—Salid del ascensor —pidió Lincoln—. Dejad que me vaya.

—No —replicó ella—, nadie irá a ninguna parte. Lincoln, me estás asustando.

Él machacó el botón, con fuerza. La luz se apagó.

—Será mejor que nos tranquilicemos —dijo Marlon—. Todos somos adultos.

«No», pensó Lincoln, «tú eres adulto. Yo solo tengo diecinueve años. Y estás arruinando el resto de mi vida. La estás besando. La estás estropeando con tus diminutas y expresivas manos».

—No es lo que piensas —dijo Sam con severidad.

—¿Ah, no? —preguntó Lincoln.

—Bueno... —intervino Marlon con diplomacia.

—No lo es —le aseguró Sam—. Deja que te explique.

En otras circunstancias, puede que Lincoln hubiera accedido, pero estaba llorando. Y no quería que Marlon lo presenciase.

—Dejad que me vaya —repitió.

—Puedes bajar por las escaleras —sugirió el otro.

—Ah —dijo Lincoln—. Bien.

Intentó no correr escaleras abajo. Ya le abochornaba bastante estar llorando. Estar llorando mientras descendía las ocho plantas de la residencia de las chicas. Estar llorando mientras esperaba a solas el autobús. Estar llorando mientras atravesaba Nevada, Utah y Wyoming. Estar secándose las lágrimas con las mangas de su camisa a cuadros como el leñador más triste del mundo. Tratando de pensar en todas esas ocasiones en las que le prometió a Sam que nunca amaría a nadie más. ¿Acaso eso acababa de cambiar? ¿El gesto de Sam los había convertido a ambos en mentirosos? Si Lincoln creía en el amor verdadero, ¿no estaba eso por encima de cualquier otra cosa? ¿No era más importante que Marlon? Lincoln escucharía las razones de Sam. Cuando llegara a casa. No, ni siquiera le pediría que se explicara.

En alguna parte de Colorado, Lincoln empezó a escribirle una carta. «No me puedo creer que me hayas engañado», decía. «Y aunque lo hayas hecho, da igual. Lo único que importa es que te quiero más que a nada.»

Eve lo recogió en la estación de autobuses.

—Qué mala cara tienes —le dijo—. ¿Te han zarandeado unos vagabundos?

—¿Podemos pasar por casa de Sam?

—Claro.

Cuando llegaron, Lincoln le pidió a Eve que lo esperara en la calle. La habitación de Sam estaba encima del garaje. Tenía la luz encendida. Lincoln dudó si acercarse a la puerta, pero decidió dejar la carta en el buzón. Esperaba que Eve no le interrogase al respecto de camino a casa.

36

Lincoln llamó a Sam al día siguiente. Y al otro. Su madre siempre le decía que la chica no estaba en casa. Ella no le devolvió las llamadas hasta la noche de Fin de Año.

—Recibí tu carta —le dijo—. ¿Podemos vernos en el parque?

—¿Ahora? —preguntó él.

—Ahora.

Lincoln le pidió el coche a su hermana y se dirigió al pequeño parque que había cerca del domicilio de Sam. Era allí adonde solían ir cuando no tenían dinero ni gasolina. Estaba vacío cuando llegó, así que se sentó a esperarla en el carrusel. No habían tenido unas Navidades blancas —la tierra estaba pelada, marrón—, pero hacía frío de todos modos. Lincoln arrancó el carrusel de una patada y lo dejó girar hasta que vio a Sam caminando hacia él, a una manzana de distancia. Se había pintado los labios de rosa brillante y se había puesto un minivestido de flores sobre prendas térmicas. Sin abrigo.

Lincoln rogó para que se sentara a su lado. Lo hizo. Olía a gardenias. Él quería tocarla, abalanzarse sobre ella. Abarcarla como una granada de mano.

Sam resopló con ademán resuelto.

—He pensado que debíamos hablar —dijo—. He pensado que debía explicarte...

—No tienes que hacerlo —la interrumpió Lincoln, que ya negaba con la cabeza.

Ella se acomodó la falda por debajo de las piernas.

—¿Tienes frío? —le preguntó él.

—Quiero que sepas que lo siento —empezó Sam.

—Ponte mi chaqueta.

—Lincoln, escucha —se giró para mirarlo a los ojos. Él se obligó a mantener la mirada—. Lo siento —repitió ella—. Pero tengo la sensación de que lo sucedido ha sido para bien. Lo ha sacado todo a relucir.

—¿Todo?

—Todo lo nuestro —se impacientó ella—. Nuestra relación.

—Ya te lo dije, no hace falta que hablemos de eso.

—Sí, sí que hace falta. Me viste con otro hombre. ¿No te parece conveniente hablar de ello?

Dios mío. «Con otro hombre.» ¿Por qué tenía que expresarlo así?

—Lincoln... —dijo Sam.

Él negó con la cabeza y pateó el suelo otra vez hasta que el columpio empezó a girar.

—No quería que pasara esto —empezó ella tras un par de vueltas—. Conocí a Marlon en los ensayos de *El chivo expiatorio*. Estábamos juntos constantemente y la relación pasó a ser algo más.

—Pero representasteis esa función en septiembre —protestó Lincoln. Presa de un nuevo sentimiento de angustia.

—Sí.

—Justo después de que llegáramos a California.

—Debería habértelo dicho antes.

—No —replicó Lincoln—. Deberías... No deberías haberlo hecho.

Ambos guardaron silencio unos instantes. Lincoln seguía pateando el suelo para que el columpio girara más deprisa, hasta que Sam le agarró el brazo.

—Para —dijo—. Me estoy mareando.

Él clavó los talones en la tierra fría y abrazó uno de los asideros de metal.

—¿Cómo creías que terminaría nuestra relación? —le preguntó Sam cuando se detuvieron. Ahora parecía molesta—. Y no me digas que pensabas que no terminaría. No eres tan ingenuo.

Lo era.

—Esas cosas se acaban —arguyó ella—. Siempre se acaban. Nadie se casa con su primer amor. El primer amor no es más que eso. El primero. Implica que vendrán otros después.

—Nunca pensé que te oiría argumentar contra *Romeo y Julieta* —manifestó Lincoln.

—Habrían roto si hubieran llegado a la secuela.

—Te quiero —dijo Lincoln. Casi gimoteando—. Di que no me quieres.

—No lo diré.

Sam lo miraba con expresión inflexible.

—Pues di que me quieres.

—Siempre te querré —le aseguró ella. No lo miraba.

—Siempre —dijo Lincoln—, pero no ahora. No lo suficiente...

—Si estuviera destinada a estar contigo —repuso Sam—, no me habría enamorado de Marlon.

En cierta ocasión, mientras jugaba al croquet con su hermana, ella le golpeó la sien con un mazo sin querer. Instantes antes de caer al suelo, Lincoln pensó: «Puede que muera. Este podría ser el fin». Así se sintió cuando Sam le dijo que estaba enamorada de Marlon.

—Oyéndote, cabría pensar que sucedió sin más —observó Lincoln—. Que no tuviste nada que ver en ello. Planteas la infidelidad como si fuera un bache en el camino. Tenías elección.

—¿Infidelidad? —Sam puso los ojos en blanco—. Muy bien. En ese caso, supongo que escogí ser infiel. ¿Todavía quieres estar conmigo, a pesar de todo?

—Sí.

Ella echó la cabeza hacia atrás, desesperada.

Lincoln se aproximó. Había una fría barra de acero entre los dos. (De esas que, en teoría, no tienes que chupar.)

—¿Por qué quisiste que te acompañara a California? —le preguntó—. ¿Si sabías que íbamos a romper?

—No tenía previsto que sucediera así —alegó ella. Menos enfadada ahora y quizás un tanto más avergonzada—. No sabía cuándo romperíamos.

—Yo ni siquiera sabía que nuestra relación estaba condenada —arguyó Lincoln—. Si me hubieras dicho que el final estaba cantado, no te habría seguido a la otra punta del país... —se interrumpió para mirarla. Aun a oscuras, en pleno enero y decidida a romperle el corazón, estaba sonrosada y radiante. Le recordaba a un capullo de rosa que se abriera fotograma a foto-grama—. Dios mío... —dijo— ¿Sabes qué? Seguramente lo ha-bría hecho igualmente.

Guardaron silencio otra vez. Lincoln no se atrevía a hablar. Cualquier cosa que dijese sería un error. Cualquier cosa que di-jese la alejaría aún más.

—Quise que me acompañaras —confesó Sam por fin— porque me daba miedo ir sola. Y me dije que no pasaba nada por acceder a que vinieras... porque era lo que tú querías. Y porque no tenías ningún plan mejor. Y... porque supongo que no estaba preparada para decirte adiós.

Ahora el silencio fue más largo.

—La cuestión no es que me haya desenamorado de ti —prosiguió Sam—. La cuestión es que no soy la misma que se enamoró.

Silencio.

—La gente cambia —añadió ella.

—Deja de hablarme así —dijo él.

—¿Cómo?

—Como si yo fuera lord Greystoke y tuvieras que explicar-me cómo funcionan las personas. Ya sé que la gente cambia. Yo pensaba..., pensaba que cambiaríamos juntos. Creí que eso significaba estar enamorado.

—Lo siento.

Más silencio. Sam observaba cómo su aliento mudaba en vaho. Se apoyó sobre los codos y adoptó una expresión distante. Luego apenada. Luego dolorida. Eligió esta última. Lincoln la había visto hacerlo tantas veces, ensayar distintas expresiones, que ni siquiera le molestó.

—Antes —empezó a decir él— has dicho que no tenías previsto que sucediera así. ¿Cómo tenías previsto que sucediera?

—No lo tenía previsto —repuso ella—. Esperaba que ambos lo comprendiéramos llegado el momento... Que pasaría algo. Igual que en las películas, en las películas extranjeras, cuando sucede algo sin importancia, algo casi imperceptible, que lo cambia todo. Como esas escenas en las que un hombre y una mujer están desayunando... y el hombre coge la mermelada y la mujer dice: «Pensaba que no te gustaba la mermelada», y el hombre responde: «Y no me gustaba. Antes».

»A veces ni siquiera es algo tan obvio. Sencillamente, él coge la mermelada y ella lo mira como si no lo reconociera. Como si, en el instante en que lo ve alargar la mano hacia ese frasco, ella comprendiera que ya no es el mismo.

»Después de desayunar, él sale a dar un paseo, y ella sube a su habitación y saca una pequeña maleta marrón. Se detiene un momento en la acera y se pregunta si debería despedirse, si debería dejarle una nota. Pero no lo hace. Sencillamente se sube a un taxi y se marcha.

»En cuanto él llega a casa, comprende que ella se ha ido. Pero no se lamenta. No se arrepiente de haber compartido con ella ni un solo día, incluido ese. Puede que encuentre algo en las escaleras, quizá un pañuelo...

Sam se tendió de espaldas en el carrusel. Se había dejado llevar por sus pensamientos. Lincoln se tumbó a su lado, sus cabezas casi en contacto en el centro.

—¿Y qué actor haría mi papel en la película? —preguntó él con suavidad.

—Daniel Day-Lewis —repuso ella. Sonrió. Lincoln habría podido besarla ahora si hubiera querido. Seguramente. Pero se inclinó hacia ella para susurrarle:

—No ha habido ni un solo instante —musitó apenas— en que no te reconociera.

Ella se enjugó los ojos. Se le emborronó la máscara de pestañas. Lincoln empujó el tiovivo. Podría besarla ahora. Si quisiera.

—Te reconocería en la oscuridad —dijo—. A miles de kilómetros de distancia. Estoy enamorado de todo cuanto eres y llegarás a ser.

Podría besarla.

—Te conozco —dijo.

Aunque Sam se giró hacia él, aunque le posó la mano en la mejilla, Lincoln sabía que Sam no había cambiado de idea. Que estaba diciendo que sí a aquel instante, no a él. Quiso decirse que aquello bastaba, pero no pudo. No era verdad. Ahora que la tenía entre los brazos, necesitaba oír que todo iría bien.

—Dime que me quieres —le pidió entre beso y beso.

—Te quiero.

—Siempre —dijo. Como si fuera una orden.

—Siempre.

—Solo a mí.

Ella lo besó.

—Solo a mí —repitió Lincoln.

—No me hagas esto —suplicó ella.

—Sam... —dijo él.

—No puedo.

Lincoln se incorporó. Se levantó a trompicones del carrusel.

—Lincoln —lo llamó Sam—. Espera.

Él negó con la cabeza. Se le saltaban las lágrimas, pero no quería llorar delante de ella. Otra vez, no. Echó a andar hacia su coche.

—No quiero que te vayas —gritó Sam. Estaba disgustada—. No quiero que esto acabe así.

—No tienes elección —replicó Lincoln—. Ha sucedido sin más.

37

Ella le dejó. Nada más. No era para tanto. No debería haberlo sido. Al fin y al cabo, no estaban casados. No lo había plantado en el altar ni se había largado con el mejor amigo de Lincoln y los ahorros de ambos.

Las parejas rompen constantemente. Sobre todo en la universidad. Y nadie deja la facultad por eso. Nadie renuncia a la vida. Nadie se pasa los siguientes diez años pensando en ello a la mínima ocasión.

Si el primer curso de Lincoln hubiera sido un episodio de *A través del tiempo*, Scott Bakula habría tomado el Greyhound después de Navidad, habría terminado el curso como un hombre y habría llamado a la oficina de ayuda económica de la Universidad de Nebraska. O puede que ni siquiera hubiera pedido el traslado. Es posible que Scott Bakula se hubiera quedado en California y le hubiera preguntado a alguna chica guapa de latín si le apetecía ver una peli de Susan Sarandon.

—¿Te gustan los perros basset?

Estaba sentado en la salita de descanso del *Courier* dando cuenta de una sopa de patata casera y aún pensando en Sam y en Scott Bakula cuando Doris lo interrumpió. Introducía latas de Pepsi light en la máquina que había detrás de Lincoln.

Él no acababa de entender cuál era el trabajo de Doris. Siempre la veía rellenando las máquinas expendedoras, pero aquel no podía ser un empleo a jornada completa. Doris tenía unos sesenta años, el cabello corto y rizado, y llevaba un chaleco rojo, como una especie de uniforme, y grandes gafas.

—¿Perdona? —preguntó él, con la esperanza de haberlo dicho en un tono más educado que confundido.

—Los perros basset —repitió ella, y señaló el periódico abierto delante de Lincoln. Mostraba una foto de un basset sentado en el regazo de una mujer—. Yo jamás tendría un basset si viviera tan cerca del mar —declaró.

Lincoln miró la foto. No vio el mar por ninguna parte. Doris debía de dar por sentado que había leído el artículo.

—No nadan, ¿sabes? —explicó Doris—. Son los únicos perros que no saben nadar. Están muy gordos y tienen las patas muy cortas.

—Como los pingüinos —respondió Lincoln con voz ronca.

—Estoy segura de que los pingüinos saben nadar —repuso ella—. Pero un basset se ahogaría hasta en la bañera. Tuvimos una llamada Jolene. Uf, era una monada. Me pasé toda la noche llorando cuando murió.

—¿Se ahogó? —preguntó Lincoln.

—No —dijo Doris—. Leucemia.

—Oh. Lo siento.

—La incineramos. Está en una bonita urna de cobre. De este tamaño —comentó Doris mostrándole una Pepsi de cereza—.

¿Te lo puedes creer? ¿Que un perro adulto como Jolene quepa en una urna tan pequeñita? No queda gran cosa cuando quitas toda el agua. ¿Qué quedará de una persona? ¿Qué crees tú?

Aguardaba una respuesta.

—Seguramente menos de dos litros —repuso Lincoln. Tenía la sensación de que sería feo actuar como si aquello fuera algo distinto a una conversación normal y corriente.

—Apuesto a que tienes razón —asintió Doris con tristeza.

—¿Cuándo murió? —se interesó Lincoln.

—Bueno, Paul aún estaba vivo, así que... hace dieciséis años. Tuvimos dos bassets después de aquel, pero no eran tan cariñosos... Cielo, si necesitas cambio, aprovecha ahora que tengo esto abierto.

—No necesito, gracias —repuso Lincoln.

Doris cerró la máquina de Pepsi. Charlaron un poco más sobre Jolene y el difunto marido de Doris, Paul, al que añoraba pero que no le arrancó lagrimillas como cuando habló de Jolene. Paul fumaba, bebía y se negaba a comer verdura. Ni siquiera maíz.

Para cuando llegó a Dolly, su primer basset, y a Al, su primer marido, Lincoln ya había olvidado que estaba charlando con ella solo por educación.

Al día siguiente no fue a trabajar. En lugar de eso, pasó por casa de su hermana y la ayudó a bajar los adornos de Navidad del desván.

—¿Por qué no estás en el trabajo? —le preguntó Eve mientras desenredaba una guirnalda de arándanos de plástico—. ¿Te apetecía descansar?

Lincoln se encogió de hombros y tomó otra caja.

—Sí. Un descanso del descanso.

—¿Qué te pasa? —quiso saber ella.

Había acudido a casa de Eve porque sabía que le haría esa pregunta. Y albergaba la esperanza de que, cuando la formulase, él sabría qué contestar. Las cosas tendían a ponerse en su lugar en su presencia.

—No sé —repuso Lincoln—. Me apetecía hacer algo.

—¿Hacer qué?

—No lo sé. Ese es el problema. O parte del problema. Me siento como si fuera sonámbulo de acá para allá.

—Pareces un sonámbulo —asintió ella.

—Y no sé cómo despertar.

—Haz algo —le propuso.

—¿Hacer qué?

—Cambia algo.

—Ya lo he hecho —arguyó Lincoln—. He vuelto. He buscado trabajo.

—Puede que aún no hayas hecho el cambio adecuado.

—Si esto fuera una película —dijo él—, lo arreglaría haciendo un voluntariado con niños con necesidades especiales o con ancianos. O puede que me buscara un empleo en un centro de jardinería…, o me marcharía a Japón a enseñar inglés.

—¿Sí? ¿Vas a hacer alguna de esas cosas?

—No. No sé. Puede.

Eve lo miró con frialdad.

—A lo mejor deberías apuntarte a un gimnasio —concluyó.

38

De: Beth Fremont
Enviado: Martes, 16 de noviembre de 1999. 14:16
Para: Jennifer Scribner-Snyder
Asunto: Mi chico mono

Vamos a dejar de llamarlo «mi chico mono».

<<**Jennifer a Beth**>> Nunca lo he llamado así, que yo sepa.

<<**Beth a Jennifer**>> A partir de ahora lo vamos a llamar «mi chico monísimo». O quizás «mi chico monísimo, amable y compasivo, y bastante divertido».

<<**Jennifer a Beth**>> No sé si me acordaré. ¿Eso significa que tienes nueva información que compartir sobre el chico mono?

<<**Beth a Jennifer**>> Pues claro. Ayer me quedé trabajando hasta tarde y, hacia las nueve, cuando fui a la sala de descanso a buscar un delicioso paquete de Cheetos, adivina quién

estaba allí sentado para que todo el mundo lo viera: mi chico mono. Cenando y charlando con Doris.

<<Jennifer a Beth>> ¿Doris? ¿La mujer de las máquinas expendedoras?

<<Beth a Jennifer>> La misma. Ella le estaba hablando de un perro. De su perro, que murió, me parece. En realidad, puede que estuviera hablando de un niño que murió, pero no lo creo. Da igual. Doris hablaba de su perro y mi chico mono la escuchaba atentamente, le hacía preguntas y asentía con la cabeza. Estaban muy ensimismados. No creo que se enteraran de que me lo estaba comiendo con los ojos. Fue amabilísimo con ella.

<<Jennifer a Beth>> Puede que le guste hablar de perros muertos.

<<Beth a Jennifer>> Y mono. Fue monísimo.

<<Jennifer a Beth>> ¿Y divertido? ¿También fue divertidísimo?

<<Beth a Jennifer>> Es difícil de explicar. Doris le estaba preguntando si un cadáver cabría en una lata de Pepsi y él le respondió que seguramente haría falta una botella de dos litros.

<<Jennifer a Beth>> Qué mal rollo. ¿Alguien ha visto hoy a Doris?

<<Beth a Jennifer>> En contexto, no daba mal rollo. Creo que ella hablaba de incinerar a su perro. Yo estaba espiando, no tomando apuntes. Lo que importa es que fue amable; muy, muy amable.

<<Jennifer a Beth>> Y muy, muy mono.

<<Beth a Jennifer>> Ay, Dios mío, sí. Tienes que ver a ese chico. Te dije que se parece a Harrison Ford, ¿verdad? Pues ahora lo he visto mejor. Es una mezcla de Harrison Ford y el primo de zumosol. Es un tiarrón.

<<Jennifer a Beth>> ¿Un tiarrón al estilo de míster Universo?

<<Beth a Jennifer>> No... Más bien como el tío al que habrían escogido para el papel de Hulk si hubieran rodado una película de Hulk con actores en los cuarenta o los cincuenta, cuando ser fuerte no implicaba marcar músculo. O sea, si John Wayne se quitara la camisa, no exhibiría una tableta de chocolate, pero igualmente querrías tenerlo de tu parte en una pelea. Puede que este chico, mi chico mono, haga pesas. Con mancuernas en el garaje o algo así. Pero jamás tocaría un batido de proteínas.

¿Sabes qué? Deberíamos empezar a llamarlo «mi chico guapo». Es más que mono.

<<Jennifer a Beth>> Vale, ahora me lo imagino. Harrison Ford más John Wayne más Hulk más el primo de zumosol.

<<**Beth a Jennifer**>> Más Jason Bateman.

<<**Jennifer a Beth**>> ¿Quién es Jason Bateman?

Y otra cosa, ¿qué hacías tú aquí a las nueve de la noche?

<<**Beth a Jennifer**>>

1. Jason Bateman era el mejor amigo en la serie *Silver Spoons*.
2. Ya sabes que me gusta quedarme hasta tarde.

<<**Jennifer a Beth**>>

1. ¿El que salía en *El príncipe de Bel Air*?
2. No entiendo por qué no prefieres estar en casa.

<<**Beth a Jennifer**>>

1. El otro mejor amigo. El blanco. De ojos risueños y nariz interesante. Su hermana salía en *Enredos de familia*.
2. Me quedo hasta las tantas porque no me gusta venir a trabajar temprano... y en algún momento tengo que trabajar. Si llego a primera hora, tengo la sensación de que pego el cante. Pero hacia las dos, a nadie le importa que lleve la ropa sin planchar. Y hacia las siete, ya no queda nadie. (Bueno, excepto los correctores, y esos solo cuentan a medias.) Además, es bastante guay estar aquí por la noche. Como estar en un centro comercial después de la hora del cierre. O en el colegio en domingo. Y, para colmo, a veces de verdad tengo trabajo. O sea, redactar críticas la noche del estreno y cosas así.

<<**Beth a Jennifer**>> Es que a mí no me gustaría quedarme hasta tan tarde. El año que pasé trabajando en el turno de noche fue el más solitario de toda mi vida.

Y creo que sí sé quién es Jason Bateman. Pero nunca me ha parecido mono.

<<**Beth a Jennifer**>> Bueno, pues vuelve a pensarlo. Y mi chico mono es aún más mono.

39

«No, no, no», pensó Lincoln.

40

«No.»

«No es posible...»

«No se puede referir a...»

Se levantó de su mesa y empezó a recorrer de un lado a otro el desierto departamento de Tecnología de la Información. Volvió a sentarse. Releyó el correo. «Mono», decía. «Un tiarrón», decía. «Ay, Dios mío», decía.

«Guapo.»

No. Tenía que ser un error, no podía referirse a... «No.»

Se levantó de nuevo. Se sentó. Se levantó. Echó a andar hacia el baño de hombres. ¿Había un espejo allí? ¿Y qué pretendía mirar, de todas formas? ¿Comprobar si su cara seguía siendo la misma? Había un espejo. De cuerpo entero. Miró su reflejo. ¿Un tiarrón?, se preguntó. ¿De verdad? ¿Un tiarrón?

Grandote, sin duda. En el instituto, el entrenador de fútbol americano siempre intentaba reclutarlo, pero la madre de Lincoln se lo había prohibido. «No, no te vas a unir al equipo de los tarados», decía. Se posó la mano en la barriga. Se podría llamar «tripa cervecera» si Lincoln bebiera más de una cerveza al mes. Un tiarrón.

Pero «mono», había dicho. «Guapo», había dicho. «Ojos risueños.»

Apoyó la frente contra el espejo y cerró los ojos. Le avergonzaba su inmensa sonrisa.

41

Al día siguiente, Lincoln se apuntó a un gimnasio. La persona que corría en la cinta de al lado ya estaba viendo *A través del tiempo* en uno de los grandes televisores. Lo consideró una señal.

De camino a casa, pasó por el banco en el que trabajaba Eve. Tenía uno de esos despachos que están a la vista, en un cubículo de cristal.

—Eh —le dijo—, ¿quieres abrir una cuenta de ahorro? Puaj. ¿Por qué estás tan sudado?

—Me he apuntado a un gimnasio.

—¿Ah, sí? Bueno, pues bien hecho. ¿Eso significa que ahora sigues mis consejos? Ojalá te hubiera dicho que alquilaras un piso. ¡Alquílate un piso!

—¿Te puedo hacer una pregunta rara?

—Si te das prisa... —repuso ella—. Todas esas personas que ves ahí sentadas sí que quieren abrir cuentas de ahorro.

—¿Me parezco a Jason Bateman?

—¿Quién es Jason Bateman?

—El actor. Salía en *Silver Spoons* y *La familia Hogan*.

—¿El que hacía de Teen Wolf en *De pelo en pecho*?

—Ese es Michael J. Fox —dijo Lincoln—. Da igual. No pretendía mantener toda una conversación al respecto.

—¿El que hacía de Teen Wolf en la segunda parte?

—Sí —asintió su hermano—. Ese.

Eve entornó los ojos.

—Sí —concluyó—. La verdad es que te pareces un poco a él. Ahora que lo dices, sí.

Lincoln sonrió. No había dejado de sonreír en todo el día.

—¿Y eso es bueno? —se extrañó Eve—. ¿Quieres parecerte a Jason Bateman?

—No es bueno ni malo. Confirma una cosa.

—Pero tú estás más gordo.

—Me marcho —dijo Lincoln, y se dio media vuelta.

—Gracias por escoger el Second National —le gritó Eve.

El departamento de Tecnología de la Información tardó siglos en quedarse vacío aquella noche. Todo el mundo estaba frenético con el asunto del cambio de milenio. Kristi, su compañera de mesa, quería organizar un fin de año de prueba, para comprobar si el parche funcionaba. Pero Greg dijo que si iban a enviar el periódico al carajo y quizás provocar un apagón en seis manzanas, más les valía esperar al fin de año de verdad, para que no fuera tan bochornoso. Los miembros de la unidad de combate internacional permanecieron al margen de la discusión. Estaban sentados en su rincón, escribiendo códigos, o quizás accediendo ilegalmente al Mando de Defensa Aeroespacial.

Lincoln aún intentaba supervisar su trabajo y echarles una mano, pero ellos lo evitaban. Se habían percatado de que no era uno de ellos, que jamás había hecho un curso de informática y, en el examen de la selectividad, había sacado mejor nota en letras que en ciencias. Los informáticos usaban polo y zapatillas de tenis New Balance, y todos exhibían un mismo aire petulante. Lincoln se negaba a pedirles ayuda con la impresora digital a color del piso superior, aunque el cacharro lo sacaba de quicio. Cada pocos días se le cruzaban los cables y empezaba a escupir una página de brillante color magenta tras otra.

—¿Cómo nos vamos a preparar para el peor de los casos —estaba diciendo Kristi— si no sabemos cuál es el peor de los casos?

Lincoln estaba deseando abrir la carpeta de WebFence. Se moría por abrirla.

Greg replicó que no le hacía falta saltar con su Nissan al río para saber que sería un puto desastre.

—No compares —dijo Kristi, y luego añadió que le gustaría que Greg dejara de decir palabrotas. Mientras tanto, Lincoln estaba pensando que ojalá el sistema fallase el 1 de enero a las 00:01. Que fallase de un modo espectacular. Y que lo despidieran y lo remplazaran por un chico de la unidad de combate, quizás el bosnio. Pero antes quería echar un vistazo a la carpeta del WebFence. Ahora.

¿Y si no esperaba a que todo el mundo se marchara? No era ningún secreto que revisaba los mensajes. «No pasa nada», se dijo, «revisar el WebFence es mi trabajo». Lo cual, como racionalización, era tan penoso que decidió no concederse permiso para leer los mensajes, ni siquiera cuando todo el mundo se hubiera marchado.

Cuando por fin abrió la carpeta, poco después de la media noche, se recordó que no debía esperar una revelación comparable a la de la noche anterior. ¿Qué posibilidades había de que Beth volviera a hablar de él? ¿Qué posibilidades de que lo hubiera visto otra vez? Y si lo había visto, ¿se habría fijado en que Lincoln llevaba una camisa bonita y se había pasado veinte minutos peinándose aquella tarde?

42

De: Beth Fremont
Enviado: Jueves, 18 de noviembre de 1999. 10:16
Para: Jennifer Scribner-Snyder
Asunto: Tú

Eh, ¿cómo te encuentras?

<<**Jennifer a Beth**>> Bien. Normal. Igual.

<<**Beth a Jennifer**>> ¿De verdad?

<<**Jennifer a Beth**>> ¿De verdad? No.

En realidad, me siento como un hombre bomba. Como si fuera de acá para allá fingiendo que no pasa nada cuando en realidad soy consciente de llevar algo encima que va a cambiar —posiblemente a destruir— el mundo tal como lo conozco.

<<**Beth a Jennifer**>> «Destruir» me parece un verbo bastante fuerte.

<<Jennifer a Beth>> La gente no para de decirme que todo cambiará cuando llegue el bebé, que toda mi vida será distinta. Eso, creo yo, significa que mi vida tal como es ahora desaparecerá. Se destruirá.

<<Beth a Jennifer>> Cuando te enamoraste de Mitch, toda tu vida cambió, ¿no? Pero Mitch no la destruyó.

<<Jennifer a Beth>> Pues claro que lo hizo, pero no me importó. Antes de conocer a Mitch, mi vida era un asco.

<<Beth a Jennifer>> Qué pesimista. Si hubieras compartido litera con Annie, la huerfanita, *Annie* no sería un musical.

<<Jennifer a Beth>> ¿Y crees que alguien lo lamentaría?

43

Vale, no había escrito nada sobre él. Pero al menos no había escrito: «He tenido ocasión de ver bien a ese chico y no es tan mono como pensaba. Ni mucho menos».

Lincoln siguió sonriendo durante el resto de la noche. Jugó al Scrabble en línea hasta que concluyó su turno y se durmió en cuanto apoyó la cabeza en la almohada.

—Qué pronto te has levantado —le dijo su madre cuando lo vio bajar a las nueve del día siguiente.

—Sí, me apetece hacer un poco de ejercicio.

—En serio.

—Sí.

—¿Y dónde lo vas a hacer? —le preguntó con recelo, como si temiera oír «en el casino» o «en una casa de masajes».

—En el gimnasio —respondió Lincoln.

—¿Qué gimnasio?

—«Tu mejor físico».

—¿Tu mejor físico? —siguió preguntando ella.

—Está en esta misma calle.

—Ya lo sé. Lo he visto. ¿Quieres un panecillo?

—Claro —sonrió él. Porque últimamente se pasaba la vida sonriendo. Y porque ya había renunciado a pedirle que no le preparara la comida, sobre todo después de la pelea con Eve. Su madre y él se entendían en ese aspecto. No provocaba tensiones—. Gracias.

Ella procedió a rellenarle el panecillo con crema de queso, salmón ahumado y cebolla roja.

—Tu mejor físico —repitió—. ¿No será un gimnasio de ligoteo?

—No lo sé —dijo Lincoln—. Solo he estado una vez, y había ancianos principalmente. A lo mejor el ligoteo empieza cuando la gente sale de trabajar.

—Hmmm —murmuró la madre, no muy convencida. Lincoln fingió no percatarse.

—Lo digo —prosiguió ella— por el nombre. Pone mucho énfasis en el físico. Igual que si la gente hiciera ejercicio por eso, para tener un buen cuerpo. No solo un buen cuerpo. El mejor. Como si la gente fuera por ahí pensando: «Mi físico es mucho mejor que el tuyo».

—Te quiero, mamá —respondió él. Lo decía de veras—. Gracias por el desayuno. Me voy al gimnasio.

—¿Te duchas allí? No utilices la ducha. Aquello debe de estar lleno de hongos, Lincoln. Imagínate.

—A partir de ahora no podré evitarlo.

No le daba pereza ir al gimnasio, siempre y cuando lo hiciera nada más levantarse, antes de plantearse la posibilidad de abstenerse. Cuando hacía ejercicio por la mañana, empezaba el día como una bola de pinball, con un impulso tremendo. A veces la sensación le duraba hasta las seis o las siete de la tarde (cuando lo abrumaba el sentimiento de que rebotaba sin ton ni son de una situación a otra).

A Lincoln le gustaban las máquinas del gimnasio. Las pesas, las poleas y los diagramas de instrucciones. Podía dedicar fácilmente un par de horas a ir de una máquina a otra. Estuvo sopesando si probar el banco de pesas, solo para estar a la altura de lo que Beth opinaba de él. Pero habría tenido que pedir ayuda y Lincoln no quería hablar con el personal del gimnasio. En particular, con los entrenadores personales, que siempre estaban cuchicheando en la recepción cuando acudía a buscar una toalla.

Le agradaba lo limpio que se sentía al salir. Lo ligeras que notaba las piernas y los brazos. Lo fresco que parecía el aire cuando llevaba el pelo mojado. Se sorprendía a sí mismo haciendo ejercicio cuando no hacía falta, corriendo para cruzar la calle, aunque no viniera ningún coche, subiendo las escaleras de dos en dos, porque sí.

Aquel fin de semana, durante la partida de Dungeons & Dragons, Lincoln hizo reír a Rick con tantas ganas que el Mountain Dew se le subió a la nariz. Fue una broma de orcos, difícil de explicar, pero Christine soltó risitas durante toda la noche e incluso Larry lanzó una carcajada.

Puede que Lincoln fuera «el divertido».

44

De: Beth Fremont
Enviado: Lunes, 29 de noviembre de 1999. 13:44
Para: Jennifer Scribner-Snyder
Asunto: La próxima vez que mi hermana se case...

Recuérdame que odio las bodas. Y a mi hermana.

<<**Jennifer a Beth**>> Resulta que sé que las bodas te encantan; que les das una estrella más a las películas solo por incluir una escena de boda. ¿No fue por eso por lo que le diste cuatro estrellas a *Cuatro bodas y un funeral* aunque pensabas que Andie Mac-Dowell estaba fatal por muy guapa que sea?

<<**Beth a Jennifer**>> Tienes toda la razón. Me encantan las bodas. Odio a mi hermana.

<<**Jennifer a Beth**>> ¿Por qué?

<<**Beth a Jennifer**>> En resumidas cuentas..., porque se va a casar antes que yo. Eso me convierte en la susceptible hermana mayor de

un drama de época. «Pero papá, no se puede casar antes que yo. Soy la mayor.»

<<Jennifer a Beth>> Ay, me encantan los dramas de época, sobre todo si aparece Colin Firth. Soy como Bridget Jones si de verdad estuviera gorda.

<<Beth a Jennifer>> Ay... Colin Firth. Solo debería hacer películas de época. Y las películas de época únicamente deberían estar protagonizadas por Colin Firth. (Una estrella más si aparece Colin Firth. Dos estrellas si Colin Firth lleva chaleco.)

<<Jennifer a Beth>> Sigue escribiendo su nombre. Hasta eso es bonito.

<<Beth a Jennifer>> Creo que acabamos de descubrir al único hombre por el que nos pelearíamos en un bar de aeropuerto.

<<Jennifer a Beth>> Te olvidas de Ben Affleck.
Y también te has olvidado de quejarte de la boda de tu hermana.

<<Beth a Jennifer>> ¡Ben Affleck! ¿Estás segura de que no quieres cambiarlo por Matt Damon? Podríamos salir en parejas...
Y no me he olvidado. Pensaba que querías cambiar de tema porque estaba diciendo tonterías. En realidad no tengo motivos de queja. Mi única queja es: siempre pensé que ya estaría casada a estas alturas.

<<**Jennifer a Beth**>> No me parece tan tonto.

<<**Beth a Jennifer**>> Sí que lo es. Tenía planeada toda mi vida a partir de la graduación.

Iría a la universidad, saldría con unos cuantos chicos y conocería al hombre de mi vida a finales de primero o quizás a principios de segundo. Para cuando me licenciase, estaríamos prometidos y nos casaríamos al año siguiente. Y luego, después de viajar un tiempo, formaríamos una familia. Cuatro hijos, con intervalos de tres años. Habría terminado para cuando cumpliese los 35.

<<**Jennifer a Beth**>> ¿Cuatro hijos? ¿No crees que te estás pasando?

<<**Beth a Jennifer**>> Da igual. Matemáticamente ya no es posible.

No estoy casada. Ni mucho menos. Y aunque rompiera con Chris mañana mismo y conociera a alguien al día siguiente, mi plan sería impracticable. Tardaríamos un par de años en averiguar si estamos hechos el uno para el otro, un mínimo de seis meses en prometernos... Me habría plantado en 31 o 32 años antes de poder pensar siquiera en quedarme embarazada.

Y eso siendo optimista. Si rompiera con Chris mañana mismo, pasaría un año hecha polvo (30). Puede que tardase otro año en conocer a alguien (31). O seis años (36). ¿Cómo voy a hacer planes a partir de esas variables?

<<**Jennifer a Beth**>> Me confundes. Pensaba que tenías 28.

<<Beth a Jennifer>> Puede que mi plan nunca fuera posible. Quizás habría hecho estos cálculos hace tiempo si no hubiera dedicado las clases de trigonometría a pasarme notitas con mi novio de cuarto de secundaria.

Eso es lo malo. Lo realmente patético. Tengo la sensación de que esto no me debería estar pasando. No puedo evitarlo. Nunca he tenido problemas para encontrar novio.

En sexto, salí con el chico más mono de la clase. Hablamos por teléfono dos veces en seis meses e hicimos manitas una tarde en el cine, viendo *Superman III*. Nunca me quedé sin pareja, sin una pareja decente, en un baile. Me enamoré por primera vez en cuarto de secundaria del chico del que en teoría tenía que enamorarme. Rompí con él al cabo de un año, y también eso estaba previsto.

Estaba segura de que nunca tendría que preocuparme por encontrar al amor de mi vida. Pensaba que me sucedería, igual que les había sucedido a mis padres y a mis abuelos. Alcanzaron la edad precisa, conocieron a la persona adecuada, se casaron, tuvieron hijos.

<<Jennifer a Beth>> Estoy empezando a cogerte manía.

<<Beth a Jennifer>> ¿Por ser una de esas chicas que siempre tenían novio?

<<Jennifer a Beth>> Más o menos... A mí nadie me invitaba a los bailes. Jamás di por sentado que algún chico se enamoraría de mí. Y menos aún el amor de mi vida.

<<**Beth a Jennifer**>> No te reprocho que me tengas manía. Pero el sentimiento es más o menos mutuo. Tú conociste al amor de tu vida en el momento preciso. Te casaste con el chico más mono de la clase. Y ahora estás embarazada.

<<**Jennifer a Beth**>> Pero tú también conociste al amor de tu vida, ¿no?

<<**Beth a Jennifer**>> Ni siquiera sé si aún me lo creo. El amor de mi vida. El chico perfecto. El único. He perdido la fe en el artículo determinado.

<<**Jennifer a Beth**>> ¿Y qué sentimiento te inspira el indeterminado?

<<**Beth a Jennifer**>> Indiferencia.

<<**Jennifer a Beth**>> Entonces, ¿te estás planteando vivir sin artículos?

<<**Beth a Jennifer**>> Y sin verdadero amor.

45

Últimamente, Lincoln cenaba en la sala de descanso cada noche a la misma hora, pensando que eso aumentaba sus posibilidades de ver a Beth. Doris se alegraba de tener compañía. Solía hacer una pausa a las nueve en punto. Siempre se traía un bocadillo de pavo de pan blanco y se compraba una naranjada light de máquina.

—¿Es tu novia la que te prepara esas cenas tan ricas? —le preguntó una noche cuando lo vio calentarse una pizza de espinacas y patatas.

—No, mi madre —repuso él con timidez.

—No me extraña que hayas crecido tanto —dijo Doris.

Lincoln sacó el plato del microondas y lo miró. La pizza era enorme. Había oído decir que cuando hacías mucho ejercicio perdías el apetito, pero él tenía más hambre que nunca. De un tiempo a esta parte, se llevaba plátanos al gimnasio para poder comer algo en cuanto salía.

—Debe de ser buena cocinera, tu madre. Cuando estás aquí, siempre huele a restaurante de lujo.

—Ya lo creo. Cocina de maravilla.

—Yo nunca he sido aficionada a la cocina. Sé preparar pastel de carne, chuletas de cerdo y judías con patatas, pero si Paul quería algo especial, tenía que cocinárselo él. ¿Eso qué es? Parece un bocadillo gigante.

—Es pizza —aclaró Lincoln—. De masa doble, de espinacas y patatas. Al estilo italiano. ¿Quieres probarla?

—Si no la quieres toda... —aceptó Doris a toda prisa. Lincoln le cortó una porción. Quedaba muchísima en el plato.

—Mm, qué buena —comentó Doris tras probar un bocado—. Y ni siquiera me gustan las espinacas. ¿Eres italiano?

—No —repuso él—. De origen alemán, con algo de sangre irlandesa. Es que a mi madre le gusta cocinar.

—Qué suerte —opinó ella antes de tomar otro bocado.

—¿Tienes hijos?

—No... Paul y yo nunca tuvimos hijos. Hacíamos lo mismo que todo el mundo, supongo, pero no llegaron. En aquellos tiempos, si no tenías hijos, pues no los tenías. No ibas al médico para ponerle remedio. Mi hermana estuvo casada quince años antes de quedarse embarazada. Pensé que a lo mejor seguíamos sus pasos, pero no fue así... Mejor, supongo.

Masticaron en silencio. Lincoln no se atrevió a hacer más preguntas. No había tenido intención de formular una tan personal.

—Mi madre ha preparado tarta de zanahoria esta mañana —dijo—, y me ha dado mucho. ¿Quieres que la compartamos?

—Si no la quieres toda...

Estaban dando cuenta de la tarta cuando una mujer joven entró en la sala de descanso. Lincoln se irguió cuanto pudo hasta que reconoció a una de las correctoras, la chica bajita que le había ofrecido bizcocho de plátano. Ella le sonrió nerviosa.

—Eres el informático, ¿verdad?

Él asintió.

—Perdona por molestarte mientras cenas. Te hemos estado llamando al despacho, pero no estabas. Tenemos problemas para acceder al servidor. Y estamos en pleno cierre. Lo siento. —La chica miró a Doris—. Ya sé que es vuestra hora de descanso.

—No te disculpes, cielo —dijo Doris—. No es la primera vez que me plantan por una mujer más joven.

Lincoln ya se estaba levantando.

—No te preocupes. Vamos a ver si te puedo ayudar.

—Lo siento muchísimo —volvió a disculparse la chica mientras se encaminaban a la redacción.

—No pasa nada —le aseguró él—. De verdad. Es mi trabajo.

—Perdona por haberte preguntado si eras el informático. Yo no..., nadie sabe cómo te llamas.

—Puedes llamarme «el informático», tranquila.

Ella asintió, incómoda.

—Pero me llamo Lincoln —prosiguió él, y le tendió la mano.

—Encantada —repuso ella, ahora aliviada. Se la estrechó—. Yo soy Emilie.

Habían llegado al ordenador.

—¿Me enseñas lo que te pasa? —preguntó él. Emilie se sentó e intentó cargar el servidor. Apareció un mensaje de error.

—Sucede cada vez que lo intento —explicó ella.

—Tiene fácil arreglo —dijo él, y se inclinó para tomar el ratón. Los dedos de ella seguían allí. Las manos de ambos se separaron como si hubieran saltado chispas y Lincoln se ruborizó. Si reaccionaba así ante una chica que no le atraía, ¿qué pasaría cuando tuviera que arreglar el ordenador de Beth? Puede que le vomitase encima.

—Será mejor que me siente —opinó Lincoln.

Emilie se levantó para cederle la silla. Había fijado el asiento en una posición tan alta que los pies no debían de llegarle al suelo. Ahora Emilie aguardaba detrás de él, y las cabezas de ambos quedaban prácticamente a la misma altura. Sin poder evitarlo, Lincoln pensó en Sam. Sam, tan menuda que podría haberla levantado en vilo con un solo brazo. Sam, acurrucada a su lado en el autocine. Sam, bailando un lento, con la mejilla apoyada en el tercer botón de la camisa de Lincoln.

—Ya está —le dijo a Emilie—. Estás dentro. No creo que vuelvas a tener problemas. Pero si te pasara otra vez, llámame. O... supongo que ya sabes dónde encontrarme. ¿Has dicho que a más gente le pasa lo mismo?

Lincoln ayudó a otros dos correctores a acceder al servidor. Cuando se dispuso a marcharse, Emilie le estaba esperando junto a una impresora. Era guapa a su manera, pálida y sencilla.

—Eh —dijo—. Lincoln.

Él se detuvo.

—Casi siempre cenamos a esta hora —comentó ella—. En las mesas. Los viernes, pedimos pizza. ¿Por qué no te pasas el viernes y cenas con nosotros? O sea, no para que te libres de cenar con Doris, ¿eh? Es muy simpática.

—Claro —repuso Lincoln, y se imaginó a sí mismo charlando con los correctores. Miró nervioso a su alrededor—. Gracias.

46

De: Beth Fremont
Enviado: Viernes, 3 de diciembre de 1999. 13:35
Para: Jennifer Scribner-Snyder
Asunto: Los bajitos no deberían tener derecho a existir

¿Por qué a los chicos altos siempre les atraen las chicas bajitas? Ni siquiera las de mediana estatura. Las menuditas. Las Polly Pockets. Los chicos más altos siempre, siempre, siempre se fijan en las más bajitas. Siempre.

Se diría que se sienten tan orgullosos de su estatura que se buscan a alguien que realce su altura. A alguien que les haga descollar. Una muñequita que les haga sentir todavía más grandes y fuertes si cabe.

Cada vez que veo a un chico alto con una chica pequeñita, me entran ganas de llevármelo aparte y decirle: «Eres consciente de que tus hijos no podrán jugar al baloncesto, ¿no?».

No me molestaría tanto si los bajitos se sintieran enormemente atraídos por las mujeres altas. Pero no es así. No quieren saber nada de nosotras.

<<Jennifer a Beth>> ¿Lo dices por Chris? ¿Tiene un *affaire* con Holly Hunter?

<<Beth a Jennifer>> ¿Holly Hunter?

<<Jennifer a Beth>> Es la única mujer bajita que se me ocurre. ¿O quizás Rhea Perlman?

<<Beth a Jennifer>> «¿Tiene un *affaire*?». Nadie dice: «Tener un *affaire*».

<<Jennifer a Beth>> No la tomes conmigo. No soy yo la que ve el lado bueno de Crystal Gayle.

<<Beth a Jennifer>> Crystal Gayle no es bajita.

<<Jennifer a Beth>> Pensaba que por eso su melena parecía tan larga.

<<Beth a Jennifer>> No hablo de Chris. A Chris no le interesa nadie, ni siquiera yo. Hablo de mi chico mono.

<<Jennifer a Beth>> ¿El cachas? ¿Te engaña con Mary Lou Retton?

<<Beth a Jennifer>> Peor. Ayer lo vi hablando con Emilie, la del turno del noche.

<<Jennifer a Beth>> ¿La pequeñita rubia?

<<Beth a Jennifer>> Esa misma, sí señor.

<<Jennifer a Beth>> Yo no la definiría como bajita. Parece una persona de talla normal que hubiera menguado a escala para seguir siendo perfecta en proporción. Parece la figurita de una exquisita casa de muñecas, minúscula pero sumamente realista.

¿Te has fijado en su cintura? Es infinitesimal.

<<Beth a Jennifer>> Podría rodearle la cintura con las manos. Si yo, a su lado, me siento fuerte y masculina, imagínate cómo se sentirá mi chico mono. Como un dios.

<<Jennifer a Beth>> Es liliputiense.

<<Beth a Jennifer>> No la dejarían montar en la Splash Mountain.

<<Jennifer a Beth>> ¿Sabes lo que no me gusta de ella? Que escriba su nombre con «ie» al final. Todo el mundo sabe que Emily se escribe con i griega. No eres más mona por llamarte «Emilie», acabado en «ie». Ni más especial. No te hace destacar sobre el resto de las «Emilys» del mundo. Sencillamente les complicas la vida a los demás.

<<Beth a Jennifer>> A sus padres les debió de parecer gracioso. Ella no tiene la culpa, en realidad.

<<Jennifer a Beth>> No claro, ni tampoco de tener un cuerpo minúsculo y perfecto.

¿Cuándo los viste juntos?

<<**Beth a Jennifer**>> Ayer por la noche. Terminé una reseña y me acerqué a la zona de los correctores para decirles que ya la podían coger. Y allí estaban. Charlando. Delante de todo el mundo.

<<**Jennifer a Beth**>> A lo mejor hablaban de trabajo.

<<**Beth a Jennifer**>> ¿De qué trabajo? Él no es corrector. ¿Qué demonios hace? No creo que trabaje en Publicidad; lleva pantalones de camuflaje. ¿Qué otro departamento trabaja de noche? Es posible que sea un guardia de seguridad. O un conserje.

<<**Jennifer a Beth**>> Puede que trabaje en la imprenta. Los de la imprenta hacen turno de noche.

<<**Beth a Jennifer**>> No es un trabajador de la imprenta. Esos llevan monos azules y todos tienen bigote. Además, no estaban hablando de trabajo. Emilie se reía. Y se retorcía la coleta rubia como una colegiala.

<<**Jennifer a Beth**>> ¿Y él también se reía?

<<**Beth a Jennifer**>> No exactamente. Descollaba, más bien. Y sonreía.

Grrr, maldita seas, pequeña Emilie, retorcida seductora.

<<**Jennifer a Beth**>> ¿Eso significa que a partir de ahora lo llamaremos el chico mono de Emilie?

<<Beth a Jennifer>> ¡Jamás!

<<Jennifer a Beth>> Por suerte para ti, ya hay un hombre altísimo en tu vida que no sufre el síndrome de Pulgarcita.

<<Beth a Jennifer>> ¿Qué quieres? ¿Qué me sienta culpable? Chris ni siquiera te cae bien.

<<Jennifer a Beth>> Perdona. Lo he heredado de mi madre. En cuanto se me presenta la ocasión de hacer que alguien se sienta culpable, no me puedo resistir. Por otro lado, reconocerás que Chris es tu novio.

<<Beth a Jennifer>> Venga ya. Esto no es lo mismo que tener un *affaire*.

<<Jennifer a Beth>> Yo me sentiría herida si descubriera que Mitch se refiere a una compañera de trabajo como «mi chica mona».

<<Beth a Jennifer>> Eso es distinto. Mitch trabaja en un instituto. Con chicas de verdad.

<<Jennifer a Beth>> Ya me has entendido.

47

—¿De qué te ríes? —le preguntó Doris a la par que hurgaba en sus canelones. Había dado saltos de alegría al enterarse de que Lincoln había traído para los dos.

—No me río —dijo Lincoln—. Estoy sonriendo. Como una persona normal.

—Seguro que tanta sonrisa guarda relación con una chica.

Lincoln hizo una mueca y tomó un bocado.

—Lo entiendo. Esa Emilie es una monada. He notado que le gustas.

—No es Emilie —soltó Lincoln con la boca llena.

—¿Ah, no? —se extrañó Doris—. Y entonces, ¿quién es?

—No lo sé —repuso Lincoln, lo que en parte era verdad.

—Bueno, Emilie no está tan mal. Es una chica lista. Y muy sana. Come muchas zanahorias.

—No es mi tipo —comentó Lincoln, contento. Embargado por una alegría estúpida. ¿Qué importancia tenía en el gran orden del universo que Beth lo hubiera visto con Emilie, que estuviera celosa...?

Significaba que la chica en la que pensaba todo el tiempo y que más le gustaba del mundo también estaba pensando en él.

—¿Ah, no? —preguntó Doris.

—Es demasiado bajita —se rio Lincoln.

—Vaya, qué quisquilloso. Oye, ¿qué queso le pone tu madre a esto?

—Parmesano.

—Hmmm. Huele fatal, pero sabe de rechupete.

El día siguiente era sábado y Lincoln tenía todo el gimnasio para él solo. Podía elegir la cinta corredora y la revista de *fitness* masculino que quisiera. Aunque no estaba para muchas revistas ahora mismo; era incapaz de concentrarse en nada. No podía dejar de pensar en el mensaje de Beth.

Beth.

A Beth le gustaba Lincoln.

No lo conocía, pero le gustaba. Lo encontraba físicamente atractivo. Su envergadura le llamaba la atención.

Y estaba celosa. ¿Alguna vez había puesto celosa a una chica? A Sam, no, desde luego, pensó, y sacudió la cabeza para ahuyentar el pensamiento.

Beth no lo conocía. No estaba celosa de verdad. Nada de todo aquello era real.

Pero quizás pudiera serlo. Beth le gustaba mucho, y a ella le agradaba él. Bueno, al menos le agradaba su aspecto, lo cual era un buen comienzo. Tenía que encontrar el modo de que sucediera algo, ingeniárselas para acercarse a ella, para captar su atención o conocerla.

Estaba corriendo más que la cinta. Aumentó la velocidad de la máquina para no tropezar.

Pero Beth tenía novio, ese era el problema. Sin embargo, saltaba a la vista que la suya no era una relación sana. (Lincoln y Justin pasaban más noches de fin de semana con su novio que la propia Beth.) Lincoln podía acercarse a su mesa cuando ella estuviera allí...

¿Y si la cosa cuajaba? ¿Qué pasaría si Beth mostraba genuino interés en él? ¿Si de verdad le gustaba?

Jamás podría contarle lo de los correos electrónicos. Tendría que guardarlo en secreto. Aunque se casasen y tuvieran hijos. ¿Acaso la gente no se calla ese tipo de cosas todo el tiempo? Un tío de Lincoln no supo que su esposa había estado casada anteriormente hasta el día de su funeral, cuando aparecieron sus tres exmaridos...

Lincoln tendría que confesárselo a Beth.

Pero no se lo podía decir. Si lo hacía, la relación nunca funcionaría. Era absurdo planteárselo siquiera.

Y sin embargo..., Beth pensaba en él a menudo. Estaba celosa.

A Lincoln le sobraba aún tanta energía después de correr en la cinta que se acercó a la sala de pesas. No había nadie usando las máquinas y la instructora estaba allí leyendo una revista.

—Perdona —dijo—. ¿Tengo que pedir hora para usar el banco de pesas?

Ella cerró la revista.

—Normalmente sí —dijo, y abarcó con la mirada la sala vacía—. Pero hoy no.

Se llamaba Becca y estaba estudiando nutrición. Lincoln ni siquiera sabía que la nutrición fuera un objeto de estudio. Becca era demasiado musculosa para su gusto y estaba excesivamente bronceada. Pero tenía una paciencia infinita. Le repitió una y otra vez que no parecía un idiota.

Lo ayudó a confeccionar un programa de pesas y se lo anotó todo en una carpeta especial.

—Cuando tengas controlada esta rutina, deberías añadir algo de peso —sugirió Becca—. Eres de complexión grande. Lo sé por el tamaño de tus codos.

—¿De mis codos?

—En los codos no hay grasa —explicó—, así que son una buena muestra del tamaño de la estructura ósea y de la cantidad de masa muscular que puedes adquirir. Mis codos son medianos tirando a pequeños, por lo que estoy muy limitada. Nunca podré competir.

Cuando terminaron, Lincoln agradeció sinceramente a Becca su ayuda. La instructora le dijo que no dudara en acudir a ella si se cansaba de aquel programa.

Cuando se encaminó al coche, a Lincoln le dolía todo el cuerpo. Varias veces intentó mirarse los codos, pero resultaba complicado sin un espejo.

Aquella noche, cuando llegó a casa de Dave y Christine, esta última acudió a recibirlo a la puerta. Oía a los demás discutiendo en la sala.

—¿Ya habéis empezado la partida?

—No, estamos esperando a que Teddy salga del trabajo. Dave y Larry están jugando a las cartas de Star Wars mientras esperamos. ¿Tú juegas?

—No, ¿es divertido?

—Sí, si te quieres gastar los ahorros para la universidad de tus hijos en un juego de cartas coleccionables.

—¡Nuestros hijos conseguirán becas! —gritó Dave desde la sala—. Lincoln, ven a mirar. Estoy machacando la rebelión.

—No —dijo Christine, sonriendo—. Ven a hacerme compañía. Estoy preparando pizza.

—Claro —asintió Lincoln, y la siguió a la cocina.

—Corta las cebollas si quieres —propuso ella—. Odio cortar cebollas. Me hacen llorar, y cuando estoy llorando empiezo a pensar en cosas tristes y ya no puedo parar. Trae, dame la cazadora.

El tufo del ajo impregnaba la cocina. Christine había esparcido los ingredientes de la cena —y todo lo demás— por la encimera. Le tendió un cuchillo afilado y una cebolla.

—Hazte un hueco donde puedas.

Lincoln apartó dos sacos de patatas, una jarra de vino tinto y una yogurtera eléctrica. «Esta es la chica que a mi madre le habría gustado ver por casa», pensó mientras se lavaba las manos. «O más bien la chica que le habría gustado ver por casa si de verdad hubiera querido ver alguna chica. Una mujer como esta, que fabrica su propio yogur y da el pecho a su bebé mientras te cuenta lo que ha leído en un libro de hierbas medicinales.»

Observó cómo Christine le preparaba a su hijo un plato de pasas y rodajas de plátano. ¿Qué defecto le encontraría su madre a Christine?, se preguntó. Algo se le ocurriría. Eve diría que Christine sonreía demasiado y que debería usar un sujetador más firme.

Cortó la cebolla en cuadrados regulares y empezó con los tomates. Tenía agujetas en los brazos de todas esas pesas y también en la cara de tanto sonreír.

—Estás distinto, Lincoln —dijo Christine, mientras despejaba la encimera para estirar la masa con el rodillo. Lo miraba como si estuviera haciendo cálculos mentales—. ¿Qué es?

Él se rió con ganas.

—No sé. ¿Qué es?

—Te veo diferente —repuso ella—. Me parece que has adelgazado. ¿Has adelgazado?

—Seguramente —reconoció Lincoln—. Estoy haciendo ejercicio.

—Hmmm —caviló ella, que lo estudiaba mientras golpeaba la masa—. Puede ser. Pero no es eso. Te brillan los ojos. Y caminas más erguido. Como si estuvieras en la flor de la juventud.

—¿Eso no se les dice a las chicas de dieciséis años?

—¿Tiene esto algo que ver con una chica de dieciséis años?

—Pues claro que no —replicó Lincoln, otra vez entre risas—. ¿De dónde iba a sacar yo a una chica de dieciséis?

—Pero es una chica —se entusiasmó Christine—. ¡Es una chica!

—¿Quién es una chica? —preguntó Dave, que entraba en aquel momento. Se encaminó a la nevera para echar mano de dos cervezas—. ¿Lincoln está embarazado?

Lincoln negó con la cabeza, lo que no hizo sino aumentar la curiosidad de Christine, advirtió.

—¿Ya has terminado de machacar la rebelión? —preguntó ella.

Dave se enfurruñó.

—No —repuso lacónico, y echó a andar hacia el salón—, pero lo haré.

—¡Es una chica! —susurró Christine en cuanto Dave hubo salido—. ¡Nuestras oraciones han sido escuchadas! Háblame de ella.

—¿De verdad has estado rezando por mí? —preguntó Lincoln.

—Pues claro —asintió ella—. Rezo por todas las personas que me importan. Y también rezo por las cosas que me parecen posibles. Rezo por tantas cosas que ni siquiera Dios debe de dar abasto. Es gratificante rezar por cosas que pueden suceder fácilmente. Me ayuda a seguir en la brecha. A veces rezo para pedir una cosecha de calabacines alucinante o una buena noche de sueño.

—Entonces, ¿te parece posible que conozca a una chica?

Le halagaba sinceramente que Christine estuviera rezando por él. Si él fuera Dios, escucharía las oraciones de esa mujer.

—Al amor de tu vida —Christine sonrió—. Más que posible. Probable, incluso. Háblame de ella.

Lincoln deseaba hacerlo. Tenía ganas de contárselo a alguien. ¿Por qué no a Christine? Era la persona más comprensiva del mundo.

—Lo haré —dijo Lincoln— a condición de que no se lo cuentes a nadie. Ni siquiera a Dave.

La sonrisa de ella se esfumó.

—¿Por qué no? ¿Te has metido en un lío? ¿Es algo malo? Ay, Dios mío, ¿tienes una aventura? No me digas que tienes una aventura con una mujer casada. O que has hecho algo ilegal.

—No he hecho nada ilegal... —arguyó él—. Pero mi ética laboral deja bastante que desear.

—Ahora me lo tienes que contar —insistió ella— o me volveré loca.

Lincoln se lo explicó todo, de principio a fin, procurando suavizar las partes más turbias, pero sin obviarlas. Hacia el final, Christine había estirado nerviosa la primera masa de pizza hasta convertirla en papel de seda.

—No sé qué decir —declaró ella antes de hacer una bola con la masa. Lincoln se sintió incapaz de interpretar su expresión.

—¿Piensas que soy una persona horrible? —le preguntó, convencido de que la respuesta sería afirmativa.

—No —repuso ella—. No, claro que no. No sé cómo ibas a leer los correos de otras personas sin, bueno, leerlos, si te pagan para eso.

—Pero no debería estar leyendo el suyo —admitió él—. Lo sé perfectamente.

—No. —Christine frunció el ceño. Incluso con el ceño fruncido parecía a punto de sonreír—. No, esa es la parte complicada. ¿De verdad nunca la has visto? ¿Sabes al menos qué aspecto tiene?

—No —repuso Linclon.

—Es una de las cosas más románticas que he oído en mi vida. Todas las mujeres sueñan con un hombre que se enamore de su alma y no solo de su cuerpo. Pero, ¿y si la conocieras y su físico no te gustara?

—La verdad es que su aspecto me da igual —afirmó Lincoln. Aunque pensar en ello, sí había pensado. Y también le parecía emocionante, por alguna razón, no saber cómo era, poder fantasear.

—Hala, eso sí que es romántico —exclamó Christine.

—Bueno —añadió Lincoln, que tenía la sensación de haberse librado con demasiada facilidad—. Sé que es guapa. Su novio es el típico tío que solo sale con mujeres atractivas. Y sé que ha tenido otros novios...

—Sigue siendo romántico —sostuvo ella— enamorarse de alguien por ser quien es, por lo que dice y por sus valores. En realidad, eso es más romántico si cabe que el hecho de que tú le gustes. Lo suyo es atracción física y poco más. Podrías no parecerte en nada a la persona que imagina.

Lincoln nunca lo había pensado así.

—No, no digo que la vayas a decepcionar —lo tranquilizó Christine—. ¿En qué cabeza cabe?

—Yo me conformo con que me siga considerando mono —dijo él.

—Lincoln —repuso ella con vez queda—. La falta de atractivo nunca ha sido tu problema.

Él no supo qué decir. Christine sonrió y le tendió dos pimientos verdes.

—Tu problema —prosiguió ella—, al menos a corto plazo, es que tienes que dejar de leer los correos de esa mujer.

—Si lo hiciera, ¿crees que podría tratar de conocerla?

—No sé —respondió Christine, que ahora volvía a estirar la masa—. Tendrías que contarle lo de los correos y es posible que nunca te lo perdone.

—Si fueras tú, ¿me lo perdonarías?

—No lo sé..., lo encontraría un tanto inquietante. David me robó los dados un verano, antes de que empezásemos a salir, para tenerme más cerca durante las vacaciones. Los llevaba en el bolsillo. Me pareció un gesto romántico pero también perturbador, y esto es aún más raro. Tendrás que decirle que has ido a los conciertos de su novio y que pasabas por delante de su mesa. No sé...

Dibujando remolinos rojos, Christine untó salsa de tomate en la masa, directamente con los dedos.

—Tienes razón —admitió Lincoln. Daba igual que Christine no fuera tan crítica como Eve, su madre o cualquier otra persona con la que hubiera podido compartir lo de Beth. Nadie le iba a decir, nadie que él respetase, que aquello podía funcionar—. Supongo que lo estropeé todo en el momento que decidí seguir leyendo sus correos. Lo curioso del caso es que, en realidad, nunca lo decidí. No fue una decisión meditada.

—Piénsalo así —propuso Christine mientras introducía la primera pizza en el horno—. Si nunca hubieras leído sus mensajes, a ella le gustarías de todos modos. Seguiría cotilleando acerca de ti con su amiga. Eso te hará sentir mejor.

Pero no fue así.

Aquella noche, Lincoln jugó tan mal que el pobre enano perdió tres dedos del pie y acabó ciego por culpa de una maldición. Lincoln comió demasiada pizza, bebió demasiadas jarras de la cerveza casera de Dave y durmió fatal en el sofá.

Al día siguiente, Christine le preparó gachas de avena e intentó convencerlo de que aprovechara aquel impulso vital, que lo canalizara hacia un objetivo más sano.

—Recuerda —dijo—. «*No todos los que vagan están perdidos.*»

Lincoln le dio las gracias por el desayuno y por todo lo demás y se marchó a toda prisa, con la esperanza de que no se percatara de lo enfadado que estaba. Le parecía una frase tan vacía... Aunque fuera su cita favorita de *El señor de los anillos*.

48

De: Jennifer Scribner-Snyder
Enviado: Lunes, 6 de diciembre de 1999. 9:28
Para: Beth Fremont
Asunto: Apuesto a que eres la clase de chica que ya tiene pensado qué nombres les pondrá a sus hijos

---

¿Tengo razón? ¿Cuáles son?

<<**Beth a Jennifer**>> Si esperas que te lo diga, lo tienes claro. A una mujer embarazada, ja.

<<**Jennifer a Beth**>> No te los voy a robar.

<<**Beth a Jennifer**>> Eso dicen todas. ¿Estás buscando nombres?

<<**Jennifer a Beth**>> Yo no. Mitch. En realidad, ya sabe el nombre que le gusta: Cody.

<<**Beth a Jennifer**>> ¿Para chico o para chica?

<<**Jennifer a Beth**>> Ambos.

<<**Beth a Jennifer**>> Hmmm.

<<**Jennifer a Beth**>> Dilo. Ya sé que es horrible.

<<**Beth a Jennifer**>> La verdad es que sí. Tanto para chico como para chica.

<<**Jennifer a Beth**>> Ya lo sé.

<<**Beth a Jennifer**>> Ese nombre se escala el flequillo.

<<**Jennifer a Beth**>> Lo sé.

<<**Beth a Jennifer**>> Colecciona atrapasueños.

<<**Jennifer a Beth**>> Lo sé.

<<**Beth a Jennifer**>> Pide a gritos Dawn como segundo nombre.

<<**Jennifer a Beth**>> Lo sé, lo sé, lo sé.

<<**Beth a Jennifer**>> En ese caso, ¿le dijiste: «Ningún hijo mío se llamará Cody, ni en esta reencarnación ni en las futuras»?

<<**Jennifer a Beth**>> Le dije: «Esperemos a saber si es niño o niña».
Y él me respondió: «Esa es la gracia de Cody. Sirve para todo».

<<**Beth a Jennifer**>> Ya sé que está mal burlarse de alguien que tal vez tenga que llamar Cody a su primogénito, pero no puedo evitarlo. «Sirve para todo.»

¿Qué nombres te gustan a ti?

<<**Jennifer a Beth**>> No sé. Ni siquiera soy capaz de pensar en él en esos términos, como alguien que necesita un nombre y todo eso.

Opino que el nombre debería escogerlo Mitch, puesto que es él quien está más implicado. Igual que cuando sales a cenar y te da igual un sitio que otro, pero a tu acompañante le apetece muchísimo ir a un bufé de comida china. Puede que a ti no te encante la comida china, pero sería feo por tu parte ponerte a discutir, cuando en realidad te trae sin cuidado.

<<**Beth a Jennifer**>> Hum. Yo creo que sí estás implicada. Eres tú la que lo lleva dentro.

<<**Jennifer a Beth**>> Pero Mitch está más apegado a él.

<<**Beth a Jennifer**>> Tu cordón umbilical lamenta disentir.

<<**Jennifer a Beth**>> ¿Tú crees que ya tengo un cordón umbilical? Solo estoy de seis semanas.

<<**Beth a Jennifer**>> ¿No es eso lo que alimenta al bebé?

<<**Jennifer a Beth**>> Sí, pero no aparece de la nada. No llevamos un cordón en el útero esperando una toma de corriente.

<<Beth a Jennifer>> Creo que se forma a la vez que el bebé. ¿No lo explican en *Qué puedes esperar cuando estás esperando*?

<<Jennifer a Beth>> Y yo qué sé. No soporto esos libros. ¿Por qué se supone que todas las embarazadas tienen que leer el mismo libro? ¿O algún libro sobre el embarazo? Estar embarazada no es tan complicado. *Qué puedes esperar cuando estás esperando* no debería ser un libro. Debería ser un pósit: Acuérdate de tomar las vitaminas. No bebas vodka. Acostúmbrate al corte imperio.

<<Beth a Jennifer>> Tendré que buscar si existe un libro llamado *Qué puedes esperar cuando la gruñona de tu mejor amiga está esperando*. Quiero saber cómo funciona eso del cordón umbilical.

<<Jennifer a Beth>> Gracias por decir que soy tu mejor amiga.

<<Beth a Jennifer>> Pero si eres mi mejor amiga, boba.

<<Jennifer a Beth>> ¿De verdad? Tú eres mi mejor amiga. Pero siempre he dado por supuesto que tú tenías alguna otra, y me parecía perfecto. No te sientas obligada a decir que soy tu mejor amiga solo para consolarme.

<<Beth a Jennifer>> Eres patética.

<<Jennifer a Beth>> Ya. Por eso dudaba de que me consideraras tu mejor amiga.

49

Aquella noche, cuando Lincoln estaba cambiando el tóner de la impresora que había en la zona de los correctores, oyó a uno de los redactores quejarse de que las cifras de un artículo podrían estar mal calculadas.

—Si en la carrera de periodismo enseñaran mates, podría comprobarlo —protestó, y tiró la calculadora a la mesa, frustrado.

Lincoln la recogió y se ofreció a ayudarlo. El redactor, Chuck, estaba tan agradecido que lo invitó a salir con un grupo de correctores después del trabajo. Fueron a un bar del otro lado del río. En Iowa, los bares abrían hasta las dos de la madrugada.

«Mírame», pensó Lincoln. «He salido. Con gente. Gente nueva.»

Incluso quedó para jugar al golf con unos cuantos al día siguiente. Chuck le dijo a Lincoln que los correctores salían juntos porque «la mierda de horario te impide conocer a gente normal». Y también, añadió otro, descubrir que tu esposa se acuesta con un tío que ha conocido en la iglesia.

Los correctores bebían cerveza barata y parecían un tanto amargados. Respecto a todo. Pero Lincoln se sentía a gusto entre ellos. Leían con voracidad, veían demasiada televisión y discutían acerca de las películas como si hablaran de acontecimientos reales.

Emilie, la rubita, se sentó junto a Lincoln en el bar e intentó enzarzarlo en una conversación sobre *La guerra de las galaxias*. Funcionó. Sobre todo cuando lo invitó a una Heineken y le dijo que no veía ninguna diferencia entre la película original y la edición especial.

Todo en Emilie —la nariz respingona, los hombros delicados, la coleta— evocaba en la mente de Lincoln lo que Beth había escrito sobre ella. Y eso le hacía reír y sonrojarse más de lo que pretendía.

En la partida de D&D del siguiente fin de semana, Christine se llevó a Lincoln aparte para preguntarle por su situación en el trabajo.

—¿Has dejado de leer los correos de esa mujer? —le preguntó.

—No —repuso Lincoln—, pero esta semana no he pasado por su escritorio.

Christine se mordió el labio y meció al niño con ademán nervioso.

—No estoy segura de que se pueda considerar un progreso.

50

De: Jennifer Scribner-Snyder
Enviado: Lunes, 13 de diciembre de 1999. 9:54
Para: Beth Fremont
Asunto: ¿Qué tal la despedida de soltera?

Celebrabas la merienda en honor a Kiley este fin de semana, ¿verdad?

<<**Beth a Jennifer**>> Uf. Sí. No preguntes.

<<**Jennifer a Beth**>> Me lo tienes que contar. Solo para demostrar que tienes lo que hace falta para organizar mi *baby shower*.

<<**Beth a Jennifer**>> No me apetece pensar en eso ahora mismo. Puede que no vuelva a ducharme.

<<**Jennifer a Beth**>> ¿Qué pasó? ¿Derramaste el té en el regazo de alguien?

<<**Beth a Jennifer**>> Ja. No. Eso solo habría sido posible si alguien me hubiera concedido la oportunidad de servir un té. Por

lo que parece, las Tri Delta no beben té. Beben Coca-Cola light, Pepsi light si no hay más remedio. ¿Pero té caliente? No, señor.

Había comprado cinco clases distintas de té, sacado las tazas de porcelana de mi abuela, preparado terrones de azúcar y crema de verdad. Pero no se me ocurrió comprar Coca-Cola light cuando estaba haciendo la compra para la merienda.

Tuve que enviar a Chris a la tienda de abajo.

<<Jennifer a Beth>> ¿Chris estaba invitado?

<<Beth a Jennifer>> En realidad, no. Sencillamente estaba en casa. Lo cual me vino de perlas porque no había tenido en cuenta que los canapés son unas ocho veces más complicados que los bocadillos normales. Chris cortó los pepinos ingleses, escaldó los espárragos y pasó cosa de una hora retirando corteza.

Una vez más, para nada. ¿Sabes que otra cosa no les gusta a las Tri Delta, aparte del té caliente? El pan. Una de las damas de honor de Kiley llegó a decir: «Nunca como pan en fin de semana. Reservo los carbohidratos para la fiesta».

<<Jennifer a Beth>> ¿Y a qué tipo de fiestas va? ¿De magdalenas?

<<Beth a Jennifer>> Me parece que hablaba de la cerveza.

<<Jennifer a Beth>> Ah, claro. Y entonces, ¿qué hiciste?

<<Beth a Jennifer>> ¿Qué querías que hiciera? Mandar a Chris a comprar Coca-Cola light. Las conquistó a todas, por cierto.

Les pareció lo más normal del mundo rechazar mi té, desdeñar mis canapés y ligar con mi novio.

<<Jennifer a Beth>> ¿Y Chris trató de ligar con ellas?

<<Beth a Jennifer>> No exactamente. Estuvo muy atento. Trajo hielo, copas, una botella de ron y toda la verdura que teníamos en la cocina. Y de vez en cuando les rellenaba las copas mientras se peinaba con los dedos, así que estaban locas con él. Si no se hubiera escabullido mientras Kiley desenvolvía los regalos, esas chicas aún seguirían en el salón de mi casa.

<<Jennifer a Beth>> Fue muy amable por su parte echarte una mano. Siento que la fiesta fuera un desastre.

<<Beth a Jennifer>> Sí que fue amable. Estuvo simpatiquísimo todo el día. Volvió a casa alrededor de una hora después de que las chicas se marcharan, y yo seguía sentada en el sofá compadeciéndome de mí misma y pensando que todas y cada una de esas idiotas se casarán antes que yo, y que el ron con Coca-Cola light es la bebida más tonta del mundo. Deberían llamarla «tonta», para que las chicas que la beben se insultaran a sí mismas cuando la piden en la barra.

Chris entró, se sentó a mi lado y se puso en plan «no te preocupes» y «no está hecha la miel para la boca del asno» y «a ti te da igual quedar bien con chicas como esas». Yo señalé que él, en cambio, las había impresionado.

—¿Y eso qué dice en mi favor? —dijo—. ¿Qué atraigo a mujeres que beben ron con Coca-Cola light?

—¿No te parece la bebida más idiota del mundo? —le pregunté—. Se les ha iluminado la cara cuando se la has ofrecido.

—Distingo a una bebedora de ese brebaje en cuanto la veo.

Y yo me quedé en plan: «Ah. ¿Así que tiene nombre y todo?».

Él me recordó que había montones de canapés en la cocina, casi todos con crema de queso. Así que bebimos té y comimos suficientes emparedados para alimentar a toda una fraternidad.

<<Jennifer a Beth>> A veces me cae fenomenal.

<<Beth a Jennifer>> Y a mí también. Si siempre se comportara como el sábado, mi vida sería un camino de rosas.

<<Jennifer a Beth>> ¿Y cómo se comporta normalmente?

<<Beth a Jennifer>> Pues... No sé decirte. Normalmente es como si no estuviera. Como si no hubiera nadie ahí.
Qué mal ha sonado eso. No debería decir esas cosas.

<<Jennifer a Beth>> ¿Tienes la sensación de que te ignora?

<<Beth a Jennifer>> No, tengo la sensación de que no me ve. Ni ve nada de lo que tiene alrededor. Diría que es como vivir con un fantasma, pero los fantasmas te atormentan, ¿no? Chris no suele hacer nada tan participativo.

<<**Jennifer a Beth**>> ¿Y piensas que es así con todo el mundo?

<<**Beth a Jennifer**>> No. Pienso que se esfuerza más con los desconocidos. Cuando actúa, intenta comunicarse mínimamente con el público... Y creo que eso le agota. Me parece que le alivia volver a casa y estar con alguien con quien no tiene que fingir. Con alguien que no espera nada.

Da igual. ¿Cómo estás tú? ¿Qué tal tu fin de semana?

<<**Jennifer a Beth**>> Tengo noticias: le he dado a Mitch las malas noticias sobre Cody.

<<**Beth a Jennifer**>> Pensaba que ibas a obviar el tema y cruzar los dedos para que se le olvidara.

<<**Jennifer a Beth**>> Iba a hacerlo, pero Mitch empezó a llamar a mi barriga «pequeño Cody». No pude soportarlo y tuve que decirle que dejara de hacerlo. Le juré que ninguna parte de mi cuerpo —ni nada que saliera de mi cuerpo— se llamaría nunca «Cody».

—¿Y qué te parece Dakota? —me preguntó.

—Jamás. Lo siento.

—Bueno, no tiene por qué llamarse Cody... —accedió—. ¿A ti qué nombres te gustan?

Le confesé que no lo sabía, pero que me gustan los nombres clásicos, distinguidos, como Elizabeth para chica. O Sarah, con hache al final. O Anna. Y para un chico John o Andrew. Incluso Mitchell. Le dije que me encanta Mitchell.

No le sentó mal ni nada, se lo noté. Me aseguró que le gustaban todos esos nombres. Qué alivio. Ya me cae mejor el bebé, ahora que sé que no se llamará Cody.

Mitch está tan contento con todo esto que me dejará escoger el nombre que quiera, creo yo. Fue tan atento que estuve a punto de aceptar «Dakota» como segundo nombre...

Y entonces decidí que ya iba siendo hora de que me comportara como una madre que tiene un hijo al que proteger.

<<**Beth a Jennifer**>> Sabía que tu instinto maternal acabaría por manifestarse.

51

Lincoln leyó aquella conversación más de una vez. Y más de dos. Más de las que habría debido. Y cada vez que lo hacía, el estómago se le anudaba un poco más.

Aún no podía visualizar a esa mujer. A esa chica. Pero visualizaba a Chris con claridad y por primera vez desde..., bueno, desde que todo aquello había empezado, Lincoln estaba enfadado.

Detestaba imaginar a Chris tratando a Beth con ternura. Preparándole un té, tranquilizándola. Queriéndola. Y también detestaba imaginar a Chris tratándola con indiferencia, comportándose como si no estuviera allí con ella. Lincoln detestaba pensar que, aunque pudiera hablar con Beth, si acaso fuera posible, aunque no se hubiera colocado a sí mismo en aquel callejón sin salida, ella seguiría amando a otro.

Estuvo tan alterado durante la cena que le cedió a Doris toda la tarta de calabaza.

—Este glaseado de limón está delicioso —comentó ella—. Muy ácido. ¿Quién iba a pensar que el glaseado de limón combinaría tan bien con la tarta de calabaza? Tu madre debería abrir un restaurante. ¿A qué se dedica?

—No trabaja —repuso Lincoln. Su madre nunca había trabajado, que él supiera. Todavía le quedaba algo de dinero del padre de Eve, del que se divorció años antes de que Lincoln naciera. Y era masajista terapéutica titulada. Durante un tiempo, se sacaba una pasta con eso. Y de vez en cuando, durante los meses de verano, ofrecía masajes en los mercadillos. Su madre nunca se quejaba de falta de dinero. Pero Lincoln debería pagarle algo de alquiler, pensó, o como mínimo ayudarla con los gastos de la comida..., sobre todo ahora que también alimentaba a Doris.

—¿Y tu padre? ¿Qué hace?

—No sé —respondió Lincoln—. No lo conozco.

Doris se atragantó con la tarta. Le posó la mano en el hombro. Lincoln esperaba que Beth no escogiese aquel momento para entrar.

—Pobrecito —se compadeció Doris.

—No es para tanto —dijo él.

—¿Que no es para tanto? Es horrible crecer sin padre.

—Para mí, no —alegó Lincoln, pero puede que sí. ¿Cómo iba a saberlo?—. Todo fue bien.

Doris le propinó unas cuantas palmaditas antes de retirar la mano.

—No me extraña que tu madre te prepare la comida.

Después de cenar, Lincoln regresó a su mesa y se puso a pensar en su padre. (Al que en realidad nunca había conocido. Que tal vez ni siquiera sospechase la existencia de Lincoln.) Y acabó pensando en Sam. Ella siempre le decía que debía «trabajar la ausencia del padre».

—Es muy romántico —suspiraba. Estaban en el parque. Sentados sobre el trepador—. Muy James Dean en *Al este del Edén*.

—James Dean es huérfano de madre en *Al este del Edén*.

Lincoln no había visto la película, pero había leído el libro. Había leído toda la obra de Steinbeck.

—¿Y qué me dices de *Rebelde sin causa*?

—Creo que en esa tiene padre y madre.

—Minucias —alegó Sam—. James Dean tiene toda la pinta de ser huérfano de padre.

—¿Y qué tiene eso de romántico? —quiso saber Lincoln.

—Te convierte en una persona potencialmente impredecible —repuso ella—. Podrías sufrir una crisis de personalidad en cualquier momento.

En aquel entonces se rio con ganas, pero ahora no le parecía divertido. Puede que fuera por eso por lo que se había quedado atascado. Porque sufría una crisis de personalidad.

—Mamá dice que te comportas de manera extraña —comentó Eve cuando se reunieron para almorzar al día siguiente en el Kentucky Fried Chicken. (Elección de Eve.)

—¿En que sentido?

—Dice que vagas por ahí como un fantasma y que has perdido peso. Piensa que podrías estar tomando pastillas para adelgazar. Te comparó con Patty Duke.

—Estoy adelgazando porque me he apuntado a un gimnasio —repuso él al tiempo que dejaba el *cuchador* en el plato—. Ya te lo dije. Voy antes de acudir al trabajo.

—En realidad —observó ella—, se te nota. Tienes buen aspecto. Caminas más erguido. Y estás perdiendo la tripa cervecera.

—No bebo tanta cerveza.

—Es una forma de hablar —dijo ella—. Estás guapo.

—Gracias.

—¿Y qué, por qué te comportas de manera extraña?

Lincoln estuvo a punto de decir que eso no era verdad, pero le pareció inútil y mentira en parte.

—No sé —optó por responder—. A veces tengo la sensación de ser feliz. Físicamente me siento mejor de lo que me he sentido en mucho tiempo. Y socialmente también. Como si empezara a conectar con los demás. O sea, estoy conociendo a gente nueva y no me cuesta tanto charlar como antes.

Era verdad, aunque dudaba de que las personas con las que charlaba fueran del agrado de Eve si las conociera.

Doris.

Y Justin y Dena, que no eran desconocidos precisamente.

Y los correctores, que parecían una pandilla de aficionados a D&D que no jugaran a D&D. Pero contaban como nuevos. Y muchos eran chicas; no la clase de chicas que le interesaban a Lincoln, pero chicas al fin y al cabo.

Beth y Jennifer deberían contar. Aunque obviamente no era así.

—Tengo la sensación de que por fin me estoy recuperando —dijo Lincoln—. Qué tontería, ¿verdad?

Su hermana le estudiaba el rostro con atención.

—No —respondió—. Es fantástico.

Él asintió.

—Pero a veces aún me invade el desaliento. No me gusta mi trabajo. Y ya he renunciado a buscar otro empleo. Y aunque ahora casi nunca pienso en Sam, me parece imposible volver a vivir algo así. Volver a tener una relación, supongo.

Si le confesaba eso a su madre, la mujer se echaría a llorar. Pero Eve miraba a Lincoln igual que él miraba a la gente cuando le explicaban las cosas raras que hacía el ordenador. Se sintió responsable en parte de la arruga que le surcaba el entrecejo.

—Vale —le dijo su hermana—. Me parece que eso es bueno.

—¿Cómo va a ser bueno?

—Bueno, me acabas de contar que tu vida ha experimentado un montón de cambios positivos —se explicó ella—. Son grandes mejoras si comparamos tu situación actual con la de hace seis meses.

—Sí.

—Estonces... ¿y si, en lugar de empeñarte en transformar toda tu vida, te concentras en hacer pequeños cambios? Uno a uno. Tú deja que aumente tu montón de cosas buenas, nada más.

—Es un consejo de inversora, ¿no? Me estás diciendo cómo invertir mi capital.

—Es un buen consejo —afirmó ella.

Lincoln guardó silencio un momento.

—Eve, ¿crees que crecer sin padre nos afectó de algún modo?

—Seguramente —reconoció ella, y le robó la galleta—. ¿Es eso lo que te preocupa?

—Solo intento averiguar qué demonios me pasa.

—Pues deja de intentarlo —le ordenó Eve—. Ya te lo he dicho, averigua qué es lo que va bien.

Antes de marcharse, lo convenció de que llevara a su hijo mayor a ver la película de Pokémon el siguiente fin de semana.

—Yo no puedo llevarlo —dijo Eve—. Soy alérgica a Pikachu.
—Y añadió—: ¿Lo pillas? ¿Pikachu? Pikachús. Como si estuviera
estornudando.

Cuando salieron del KFC, Lincoln obligó a Eve a detenerse
para abrazarla. Ella se lo permitió durante unos instantes. Luego
le propinó unas suaves palmadas en la espalda.

—Vale, ya está bien —le dijo—. Guárdaselo a mamá.

Lincoln se reunió con Justin y Dena en el Ranch Bowl aquella
noche. Llevaba puesta su nueva cazadora vaquera. Esa misma semana se había visto forzado a comprarse unos pantalones más es-
trechos, y se encaprichó de la chaqueta. Tenía una igual cuando iba
al instituto, y fue entonces cuando estuvo más cerca de sentirse el
rey del mundo. Olvidó retirarle el precio de la etiqueta y Justin
se pasó toda la noche tomándole el pelo y llamándolo «XXL». Se
quedaron hasta tan tarde que Lincoln se durmió al día siguiente y no tuvo tiempo de ducharse antes de pasar a buscar a su
sobrino por la tarde.

—Hueles a humo de cigarrillos —lo acusó Jake Jr. cuando
subió al coche de Lincoln—. ¿Fumas?

—No, es que ayer fui a un concierto.

—¿Y la gente fumaba? —preguntó el niño, de seis años—.
¿Y bebía?

—Algunas personas fumaban y bebían, sí —dijo Lincoln—,
pero yo no.

Jake sacudió la cabeza con tristeza.

—El tabaco te matará.

—Es verdad —asintió Lincoln.

—Espero que no me pegues el humo. Mañana tengo que ir al colegio.

La película de Pokémon era todavía peor de lo que Lincoln esperaba. Casi fue un alivio acompañar al pequeño Jake al baño cada vez que lo pedía.

—Mi mamá dice que no puedo ir solo —susurró Jake—. Dice que, como soy tan mono, alguien podría secuestrarme.

—Mi madre me decía lo mismo —repuso Lincoln.

52

De: Beth Fremont
Enviado: Lunes, 20 de diciembre de 1999. 13:45
Para: Jennifer Scribner-Snyder
Asunto: Mi chico mono tiene un hijo

¿Te lo puedes creer? ¡Un hijo! Y seguro que también está casado. ¿Cómo ha podido hacerme eso?

<<**Jennifer a Beth**>> ¿???

<<**Beth a Jennifer**>> Eso mismo pienso yo.

<<**Jennifer a Beth**>> He aquí lo que he querido decir con eso: haz el favor de compartir conmigo esa información que tú tienes y yo no; la misma que te empuja a hablar como si estuvieras loca.

<<**Beth a Jennifer**>> Lo (los) vi ayer en el Cinema Center. Yo iba a ver *El club de la lucha* por segunda vez, y estaba comprando la entrada cuando divisé a mi chico mono en la cola de las palomitas. Así que (no me mires mal) me coloqué tras él (ellos) en la

fila, justo a su espalda, y me pasé allí plantada tres minutos y medio dando pena en su presencia.

<<**Jennifer a Beth**>> Sigo confusa. ¿Lo viste con su mujer y su hijo? ¿Y entonces diste pena en su presencia? ¿Eso qué significa, si se puede saber?

<<**Beth a Jennifer**>>

1. Solo con el niño. De unos cinco a diez años.

2. Y «dar pena en su presencia» significa:

Estar allí de pie. Exhalar. Inspirar. Hacer esfuerzos por no morderle el hombro.

Darme cuenta de que mi boca está a la altura exacta de su hombro.

Memorizar lo que llevaba puesto: pantalones de camuflaje, botas de montaña y una cazadora vaquera Levi's. (O sea, una cazadora Levi's rollo 1985. Es difícil de explicar, pero iba muy, muy mono.)

Darme cuenta de que tiene los hombros más anchos que he visto en mi vida, sin contar a los leñadores. Descubrir, para mi sorpresa, que soy una de esas chicas que consideran los cuellos anchos increíblemente atractivos. (¿Los cuellos anchos en general? ¿O solo el suyo? No lo sé.)

Imaginar que si estuviéramos tan cerca en cualquier otra parte, como en una tienda de comestibles o en un restaurante, la gente podría pensar que vamos juntos.

Calcular que su pelo es tres tonos más claro que el mío. Color chocolate Cadbury. Pensar que podría tropezar con él y fingir que había sido un accidente. Preguntarme cómo se llama. Y si es tan simpático como parece. Y si le gusta la piña colada y mojarse bajo la lluvia...

<<**Jennifer a Beth**>> Hmmm. Te estoy mirando mal. No puedo evitarlo.

<<**Beth a Jennifer**>> Pero en realidad no hice nada. Estaba allí. Y yo también. Y a los dos nos gustan la palomitas...

<<**Jennifer a Beth**>> Nadie te obligaba a admirarlo.

<<**Beth a Jennifer**>> *Au contraire, mon frère*. Habría sido imposible no hacerlo.

<<**Jennifer a Beth**>> ¿Y cómo sabes que era su hijo? A lo mejor era su hermano pequeño. O su ahijado.

<<**Beth a Jennifer**>> No, se comportaban como padre e hijo. Tuve 75 minutos para sacar conclusiones. Acabé (acuérdate, no me mires mal) siguiéndolos al interior de la sala en la que echaban *Pokémon, la película* y sentándome dos filas por detrás de ellos. MCM se pasó todo el rato rodeando al niño con el brazo. Incluso se levantó tres veces para acompañarlo al cuarto de baño. Y cuando la película terminó, le ató la bufanda con sumo cariño.

<<**Jennifer a Beth**>> Entonces, ¿te tragaste la película entera? ¿No fuiste a ver *El club de la lucha*? (Ahora te estoy mirando fatal.)

<<Beth a Jennifer>> ¿Cómo iba a desperdiciar la ocasión de sentarme en una habitación a oscuras con mi chico mono durante una hora y media? Ya sé quién es Tyler Durden. (Y vi el último pase de *El club de la lucha* después de seguir a mi chico mono a su casa.)

<<Jennifer a Beth>> Retíralo. No es verdad que lo siguieras.

<<Beth a Jennifer>> Lo intenté. Lo perdí en la autopista.

<<Jennifer a Beth>> ¿Sabes que los psicópatas hacen ese tipo de cosas?

<<Beth a Jennifer>> ¿En serio? Me pareció más propio de una cotilla que de una perturbada.

<<Jennifer a Beth>> ¿Y cómo lo perdiste? ¿Intentaba despistarte?

<<Beth a Jennifer>> No. ¿Nunca has seguido a un coche? Es muy difícil, aunque su coche se ve a la legua, un Toyota Corolla. (Un Corolla antiguo, de los que tenía todo el mundo cuando nadie se atrevía a comprarse un coche japonés.) Espero que eso signifique que está divorciado y no se puede permitir un coche como Dios manda. Aunque ese razonamiento es de mala persona; hay un niño de por medio. Ojalá supiera si lleva alianza...

<<Jennifer a Beth>> No creo que Emilie le estuviera tirando los tejos si llevara alianza.

<<**Beth a Jennifer**>> Bien pensado. De todos modos..., no sé si estoy preparada para hacer de madrastra.

<<**Jennifer a Beth**>> Eso es mucho pensar.

<<**Beth a Jennifer**>> Lo es.

<<**Jennifer a Beth**>> Pero no volverás a seguirlo, ¿verdad? Ahora que has visto su coche.

<<**Beth a Jennifer**>> Hmmm. Seguramente no. Pero pienso pasar a menudo por la sala de descanso, a ver si me tropiezo con él.

<<**Jennifer a Beth**>> Me parece bien. No creo que te vayan a detener por eso. ¿Y qué harías si te tropezaras con él?

<<**Beth a Jennifer**>> ¿Si me tropezara literalmente? No estoy segura. Pero algo que implique no volver a lavarme el jersey.

<<**Jennifer a Beth**>> ¿Hablarías con él? ¿Intentarías ligar con él?

<<**Beth a Jennifer**>> ¿Lo dices en serio? ¿Me tomas por una frescales? Tengo novio. Más que eso. Vivo en pecado.

<<**Jennifer a Beth**>> Eres una mujer complicada.

<<**Beth a Jennifer**>> No me digas.

53

Aquella noche Lincoln no se acercó a la mesa de Beth. Cuando volviera a ver a Christine le gustaría ser capaz de decirle que no había roto su promesa. Pero al final de la noche, antes de marcharse, imprimió el párrafo que Beth había escrito sobre él. Supuso que acababa de cruzar otra línea roja. (¿Cuántas hay?) Pero aquello era lo más parecido a una carta de amor que Lincoln había recibido nunca —aunque en realidad no la había recibido, la había robado— y quería volver a leerla. Se guardó la hoja en la cartera.

La noche siguiente, Lincoln aparcó el Corolla delante de la puerta principal del *Courier*. «Estoy aquí», pensó. «Encuéntrame. Sígueme. Haz que esto sea inevitable.»

54

De: Beth Fremont
Enviado: Martes, 21 de diciembre de 1999. 11:46
Para: Jennifer Scribner-Snyder
Asunto: En marzo derriban el Indian Hills

Acabo de recibir una llamada del antiguo dueño. Celebran un fin de semana por todo lo alto antes de que empiecen a arrancar los asientos. Esperan gente de todas partes, también de fuera de la ciudad. Fans del Cinerama.

<<**Jennifer a Beth**>> Qué lástima. Cada vez que pasaba por delante y veía que el edificio seguía en pie, pensaba que tal vez cambiasen de idea.

<<**Beth a Jennifer**>> Yo también.
     Como mínimo, celebrarán una gran fiesta de despedida. Eso está bien. Y los beneficios se donarán a alguna fundación en pro de la preservación del cine. Estoy escribiendo un artículo sobre eso.

<<**Jennifer a Beth**>> ¿Habrás terminado hacia la hora de comer?

<<**Beth a Jennifer**>> Seguramente. ¿Por qué?

<<**Jennifer a Beth**>> Quería preguntarte si me podías llevar a un sitio. He quedado con Mitch en la consulta de la comadrona. Para la primera visita de control prenatal. En teoría, oiremos el corazón del bebé.

<<**Beth a Jennifer**>> Pues claro que te llevo. ¡Qué emocionante! Esto empieza a tomar visos de realidad. ¿No estás emocionada? ¿Ni un poquito?

<<**Jennifer a Beth**>> Debo de estarlo, porque por fin le dije a mi madre que estoy embarazada. Solo una persona que estuviera emocionada (o que fuera idiota) lo haría.

<<**Beth a Jennifer**>> ¿Se alegró? Seguro que se alegró un montón.

<<**Jennifer a Beth**>> Pues sí. La había acompañado a pagar la factura de la luz y estábamos comiendo en Hardee's. Se lo solté a bocajarro y ella se atragantó con una espiral de patata frita. Se quedó en plan: «¿Un niño? ¿Vamos a tener un niño? Oh, un niño. Nuestro propio niño». Su reacción me pareció un tanto posesiva pero positiva, eso sí. Cada vez que me descuidaba intentaba abrazarme.

Entonces dijo: «Ay, espero que sea una niña, será mucho más divertido». Creo que olvidó añadir «fastidiarla», pero da lo mismo.

Pasaron nada menos que 45 minutos antes de que hiciera un comentario malintencionado: «Procura no recuperar todo el peso. Mitch no te conoció cuando estabas gorda». Lo cual ni siquiera es verdad. Cuando empezamos a salir, usaba una 48. No adelgacé hasta varios años después. Se lo dije, y respondió: «¿Usabas una 48? ¿Con tu altura? Uf, no me di cuenta de la magnitud de la tragedia».

<<**Beth a Jennifer**>> A veces tu madre me da mucha pena... y otras sencillamente la odio.

<<**Jennifer a Beth**>> Bienvenida a los últimos veinte años de mi vida. Seguro que piensa que me hizo un favor al enseñarme a creer que el mundo entero era una trampa y asegurándose de que nunca me hiciera demasiadas ilusiones.

Cuando llegué a casa, Mitch estaba arreglando la luz del dormitorio de invitados. (Sé que lo está convirtiendo en el cuarto del bebé, pero aún no me siento preparada para hablar de ello.) Siempre me resulta muy raro separarme de mi madre para reunirme con Mitch. Me parece imposible que mi antigua vida haya conducido a esta, como si no pudiera haber puentes entre las dos.

El caso es que entré y Mitch, que obviamente no sabía el infierno que acababa de cruzar, me dijo algo amable, y yo me olvidé de todo lo demás.

<<**Beth a Jennifer**>> ¿Qué te dijo?

<<**Jennifer a Beth**>> Es más bien personal.

<<**Beth a Jennifer**>> Estoy segura de que es muy personal, pero no me puedes soltar: «Y entonces Mitch me dijo algo tan mara-

villoso que me curé de la tuberculosis que es mi madre» sin contarme qué te dijo.

<<Jennifer a Beth>> Nada demasiado trascendente. En lugar de saludarme, me dijo que estaba preciosa... y que, cuando nos casamos, no se dio cuenta de que me volvería más hermosa cada día que pasara. Me aseguró que eso no tenía nada que ver con el hecho de que estuviera radiante. «Aunque estás radiante.» Estaba encaramado a una escalera cuando lo soltó, lo que otorgó un aire shakesperiano a su declaración.

<<Beth a Jennifer>> Si por casualidad mueres atropellada por un tractor, me casaré con Mitch y viviré feliz por siempre. (Viviré feliz por siempre porque Mitch es el mejor marido del mundo. Mitch, sin embargo, pasará el resto de su vida añorando a su verdadero amor. Tú.)

<<Jennifer a Beth>> Tengo la visita a las doce y media.

<<Beth a Jennifer>> Hacia las doce estaré lista para salir.

55

Chuck, el corrector, invitó a Lincoln a unirse a los almuerzos del turno de noche. Unos cuantos editores y otros tantos maquetistas se reunían cada miércoles a mediodía en una cafetería del centro. Chuck le dijo que los maquetistas eran una mezcla de correctores y artistas, pero armados con cuchillos. Una noche llevó a Lincoln a la sala de producción para que los viera trabajar.

El *Courier* todavía no se compaginaba en los ordenadores, así que los artículos se imprimían en largas columnas, que se cortaban y se pegaban con cera en los originales, distintos para cada edición. Lincoln vio cómo un maquetista reconstruía la portada en el último momento, cortando y pegando columnas y redistribuyéndolas como las piezas de un puzle.

Los maquetistas y los correctores estaban seguros de que conseguirían sacar el diario a tiempo el día de Año Nuevo, aunque los ordenadores fallasen.

—¿Cuándo han funcionado bien? —dijo Chuck con la boca llena de sándwich—. No te ofendas, Lincoln.

—No me ofendo —le aseguró este.

—¿Van a fallar los ordenadores? —le preguntó una maquetista lamiéndose al mismo tiempo el kétchup del pulgar. Lo preguntó como si albergara la esperanza de oír que sí. Lincoln no recordaba su nombre, pero era peluda y tenía unos enormes ojos castaños. Le aterraba imaginarla armada con una navaja de precisión.

—No creo —repuso Lincoln—. Requieren una corrección muy sencilla y tenemos un equipo estrella de expertos internacionales trabajando en ello.

Pretendía ser una pulla, pero el comentario sonó sincero.

—¿Hablas del chaval croata que arregló la impresora a color? —preguntó Chuck.

—¿Alguien ha arreglado la impresora a color? —se sorprendió Lincoln.

—Yo solo sé que no me voy a sofocar si el director no puede leer el periódico mientras se come su huevo pasado por agua la mañana de Año Nuevo —declaró Chuck—. Para entonces, cobraré una pensión alimentaria.

Incluso Doris estaba preocupada por el efecto 2000.

Esa misma semana le había preguntado a Lincoln si debía molestarse en ir a trabajar siquiera el día de Año Nuevo. Cuando los ordenadores se estropearan, preguntó, ¿las máquinas expendedoras seguirían funcionando? Lincoln le respondió que no creía que nada se estropease. Le ofreció una porción de tarta de boniato.

—Creo que me quedaré en casa de todos modos —decidió ella—. Compraré una buena provisión de productos básicos.

Lincoln imaginó una nevera llena de bocadillos de pavo y armarios repletos de productos Pepsi.

—No había comido una tarta de boniato tan buena desde que era una niña —se admiró Doris—. Tendré que escribirle a tu madre una nota de agradecimiento.

La madre de Lincoln se sentía incapaz de decidir si todo aquello del cambio de milenio era bueno o malo. Estaba segura de que cundiría el caos, pero quizás, opinaba, al mundo le vendría bien volver atrás en el tiempo.

—No necesito una red global —decía—. No me hace ninguna falta que me envíen productos de otros continentes. Aún tenemos una lavadora manual en el sótano. Nos apañaremos.

Mientras tanto, su hermana había llenado una habitación del sótano de alimentos enlatados.

—No tengo nada que perder —afirmaba Eve—. Si todo va bien, tendré comida para un año. Si va mal, mamá tendrá que venirse a mi casa y alimentarse a base de pasta de lata; y le gustará sí o sí.

Lincoln tenía pensado trabajar la noche de Fin de Año con el resto de informáticos. Pero Justin y Dena querían que los acompañara a la fiesta que se celebraba en el Ranch Bowl. Sacajawea era cabeza de cartel y habría barra libre de champán. Justin lo llamaba «la juerga del nuevo milenio».

Y Christine había llamado para invitarlo a una «fiesta de renacimiento» la misma noche.

—No la vas a llamar así, ¿no?

—No te burles, Lincoln. Fin de Año es mi fiesta favorita. Y este Fin de Año es trascendental.

—Pero si es una fiesta de nada, Christine. Un cuentakilómetros que se pone a cero.

—A todo el mundo le gusta ver cómo los cuentakilómetros se ponen a cero —alegó ella.

—Solo es un número.

—No lo es —replicó Christine—. Es una oportunidad de volver a empezar.

56

De: Beth Fremont
Enviado: Miércoles, 22 de diciembre de 1999. 11:36
Para: Jennifer Scribner-Snyder
Asunto: Y bien...

¿Qué tal la visita?

<<Jennifer a Beth>> Bah. Ya he engordado el doble de lo que debería, a pesar de los vómitos. No pudimos oírle el corazón porque el bebé estaba mal colocado y Mitch no paraba de hacerle preguntas a la comadrona. Quería saberlo todo acerca de epidurales, episiotomías y algo llamado «desgarro del cuello uterino». Suena asqueroso, ¿verdad? Ahora la pobre mujer pensará que ambos estamos locos.

<<Beth a Jennifer>>
1. ¿Por qué la comadrona piensa que *tú* estás loca?
2. ¿Cómo se sabe si se te ha desgarrado el cuello uterino? ¿Te lo palpas con el pulgar?

<<Jennifer a Beth>>
1. Mis peores manías salieron a relucir en aquella consulta. Sexo. Maternidad. Desnudarme delante de otras personas.
2. No lo sé. Procuré no prestar atención. Pero salta a la vista que Mitch ha estado leyendo acerca del parto a mis espaldas y le hace gracia la idea de un parto natural, algo que a mí me parece absurdo. No me importaría someterme a anestesia general.

<<Beth a Jennifer>> Lástima que Mitch no pueda hacerse cargo del embarazo.

<<Jennifer a Beth>> Oh, Dios mío. Le encantaría.

57

La gente estaba tan pendiente del nuevo año que la Navidad pasó casi inadvertida.

A Lincoln le tocó trabajar en Nochebuena.

—Alguien tiene que estar aquí —dijo Greg— y no voy a ser yo. He alquilado un traje de Papá Noel.

Daba igual. Eve pasaba la Navidad con la familia de Jake en Colorado, y la madre de Lincoln no sentía especial predilección por esa fecha «ni por ninguna otra fiesta judeocristiana».

Lincoln trabajó en Nochebuena y luego salió a cenar con un puñado de correctores. Había un casino al otro lado del río con un bufé-restaurante abierto las 24 horas.

—Y esta noche sirven patas de cangrejo —anunció Chuck—, con motivo del nacimiento de Cristo.

La minúscula Emilie se apuntó también. Lincoln notaba que estaba pendiente de él, pero procuró no animarla. No quería traicionar a Beth. «No te dejarían montar en la Splash Mountain», pensaba.

Pasó el día de Navidad con su madre, comiendo galletas de jengibre fresco y mirando películas de Jimmy Durante en la televisión pública.

Cuando bajó a la mañana siguiente, su madre estaba al teléfono, hablando de mantequilla.

—Pfff —dijo—, es comida de verdad. La comida de verdad no te hace ningún daño. Lo que nos está matando es todo lo demás. Los colorantes. Los pesticidas. Los conservantes. La margarina. —La madre de Lincoln sentía un especial desdén por la margarina. Descubrir que una familia guardaba margarina en la mantequera la escandalizaba tanto como enterarse de que no educaban a sus mascotas. Si la margarina es tan buena, decía, ¿por qué Dios no la puso en este mundo? ¿Por qué no les prometió a los israelitas que los guiaría a la tierra de la margarina y la miel? Los japoneses no comen margarina, decía. Los escandinavos no comen margarina—. Mis padres eran fuertes como mulas —le dijo a quienquiera que estuviera al otro lado— y tomaban crema de leche a cubos.

Lincoln echó mano de la última galleta de jengibre y entró en el salón. Eve le había regalado a su madre un reproductor de DVD para Navidad, y él había prometido instalarlo. Cuando le pareció que funcionaba (no tenían ningún DVD para comprobarlo), entró su madre.

—Bueno —dijo, y se sentó despacio en el sofá.

—¿Qué pasa? —preguntó Lincoln. Advirtió que la mujer estaba esperando esa pregunta.

—Bueno —repitió ella—. Acabo de hablar por teléfono con una mujer llamada Doris.

Lincoln alzó la vista rápidamente, Su madre ya lo estaba mirando de arriba abajo, igual que si acabara de mostrarle las pruebas incriminatorias de un crimen. Como si fuera obvio que lo había cometido con el candelabro en el porche, y tuviera el candelabro para demostrarlo.

—Le ha sorprendido que no reconociera su nombre —prosiguió—. No paraba de darme las gracias.

Lincoln la miró con desaliento. ¿Cómo se le había ocurrido a Doris llamarlo a casa?

—Te lo puedo explicar —se defendió.

—Doris ya lo ha hecho —replicó la madre. Él no pudo adivinar si estaba enfadada o no—. Dice que compartes la cena con ella casi todas las noches.

—Bueno —respondió Lincoln con cautela—. Es verdad.

—Ya sé que es verdad. Esa mujer está al corriente de todo lo que ha salido de mi cocina durante este último mes. Quiere la receta de los medallones de salmón de tu abuela.

—Perdona —se disculpó él—. No he podido evitarlo. Deberías ver lo que se lleva para cenar: un sándwich de pavo cada noche. Y tú me preparas cada banquete... Me sentía culpable comiendo delante de ella.

—No me importa que compartas tu comida —le aseguró su madre—. Es que no entiendo por qué no me has contado que le ofrecías mi comida a... una desconocida...

Lo miró con los ojos entornados.

—No entendía cómo era posible que adelgazaras comiendo tanto. Pensé que quizás estuvieras tomando esteroides.

—No tomo esteroides, mamá.

La idea le provocó a Lincoln una carcajada.

Y a ella se le contagió la risa.

—Entonces, ¿eso es todo? —preguntó la mujer. Su voz aún dejaba traslucir algo. Preocupación.

—¿Qué quieres decir?

—¿Lo haces porque te da pena?

—Bueno —repuso Lincoln. No le podía contar a su madre que cenaba con Doris para aumentar sus probabilidades de toparse con una chica a la que en realidad no conocía—. Supongo que somos amigos. Doris es muy divertida. No siempre a conciencia...

La madre de Lincoln inspiró hondo, como si hiciera esfuerzos por tranquilizarse. Lincoln dejó la frase en suspenso.

—No, mamá, no. No es eso. No es para nada lo que estás pensando. Mamá. Por Dios.

Ella se llevó la mano a la frente y exhaló.

—¿Por qué siempre te estás preparando para que te suelte algo raro? —preguntó él.

—¿Y qué quieres que piense si me dices que cenas cada noche con la misma mujer? Y tampoco sería tan raro, ¿sabes? Varias de mis amigas disfrutan de la compañía de hombres jóvenes.

—Mamá.

—¿Estás seguro de que Doris es consciente de tus intenciones?

—Sí.

Ahora Lincoln se había llevado las manos a la frente.

—Siempre has sido demasiado generoso —se ablandó ella, a la vez que le posaba una mano en la cabeza—. ¿Te acuerdas de cuando donaste tus muñecos de colección al Ejército de Salvación?

Lincoln se acordaba. Snaggletooth y Luke Skywalker, piloto de caza estelar. Fue un impulso. Acabó llorando hasta caer dormido cuando comprendió las repercusiones de su gesto.

—¿Te apetecen unos gofres? —le preguntó su madre de sopetón al tiempo que se ponía en pie—. Ya he preparado la pasta. Ah, y no te comas el cordero que queda. Le he dicho a Doris que le llevarías una costilla...

—¿Por eso ha llamado? —preguntó Lincoln—. ¿Para darte las gracias?

—No, no —repuso su madre, que alzó la voz de camino a la cocina—. Ha preguntado por ti. Se muda. ¿Sabías que se muda? Dice que los mozos han ido a recoger los muebles y estaban tirando las cosas de un lado a otro como King Kong. No quiere que toquen la vitrina de su madre y lo entiendo. Le he dicho que irías en seguida, le vendrá bien una espalda fuerte y joven como la tuya, pero ha dicho que puede esperar unos días. ¿Con qué prefieres los gofres, con nata batida o con sirope de arce? ¿O las dos cosas? Tenemos las dos cosas.

—Las dos —dijo Lincoln. La siguió a la cocina, sonriendo pero aturdido. Aunque su madre y él estaban en la misma onda, Lincoln tenía la sensación de que tenía que correr mucho para alcanzarla.

58

Todo el departamento de informática se quedó trabajando hasta bien entrada la noche aquella semana, incluidos aquellos que no colaboraban directamente en el parche al código. Greg se subía por las paredes. Estaba convencido de que los chavales del efecto 2000 lo iban a estafar. Le dijo a Lincoln que el médico le había recetado Paxil. Lincoln seguía atento a cualquier signo de miedo o evasión por parte de la unidad de combate internacional. Pero ellos continuaban sentados en su rincón, mirando pantallas repletas de códigos, pulsando teclas tranquilamente y bebiendo Mountain Dew.

Con tanta compañía y tanto trabajo Lincoln no tuvo ocasión de sumergirse en la carpeta de WebFence ni de pasearse por la redacción. Ni siquiera paró para cenar como Dios manda hasta el jueves. (H menos 27 horas.) Doris se alegró muchísimo de verlo y aún más si cabe de descubrir que Lincoln había traído tarta de chocolate.

—Tu madre te comentó lo de la vitrina, ¿verdad? ¿Seguro que no te importa?

—Claro que no —respondió Lincoln, desenvolviendo la tarta—. Dime qué día te viene bien.

—Eso fue justo lo dijo tu madre. Caray, es todo un personaje... —comentó mientras él desenvolvía la tarta—. Un motor de cien caballos, salta a la vista, además de una buena cocinera. Seguro que también es guapa. ¿Por qué no se ha vuelto a casar?

—No estoy seguro —dijo Lincoln.

No se imaginaba a su madre casada, aunque sabía que lo estuvo, durante poco tiempo, con el padre de Eve. Había visto una foto de la boda. Su madre aparecía con un minivestido de encaje blanco y una burbuja de cabello rubio. Ni siquiera se la imaginaba saliendo con alguien. Eve decía que su madre era distinta antes del nacimiento de Lincoln. Recordaba hombres, fiestas y extraños a la hora del desayuno...

—Yo no pude ni considerar la idea de salir con nadie durante los años posteriores a la muerte de Paul —comentó Doris—. Pero luego me di cuenta de que tal vez me quedasen unos cuarenta años de vida. Más tiempo del que Paul y yo pasamos juntos. Él no habría querido que me pasara cuarenta años deprimida, lo sé.

—¿Y empezaste a salir?

—Pues claro —dijo Doris—. Veo a un par de caballeros con regularidad. Nada serio de momento, pero nunca se sabe.

Lincoln empezaba a preguntarse si cenaba con Doris solo por ser amable o si sería a la inversa.

—Mi madre quiere que te diga que no te preocupes por la presión arterial —informó a Doris, a la par que le tendía un cuchillo de plástico—. Lo ha preparado con aceite de oliva.

—¿Aceite de oliva en una tarta? —se extrañó ella—. ¿Es ecológica?

—Es deliciosa —le aseguró Lincoln—. Ya me he comido tres trozos.

Doris tomó un buen bocado.

—Ay, madre —dijo con la boca llena de migas—. Qué rica está. Tan jugosa. Y el glaseado... ¿Crees que también lo prepara con aceite de oliva?

—Creo que el glaseado está hecho con mantequilla —dijo él.

—Ah, bien.

Una mujer entró en la sala de descanso y se acercó a la máquina de tentempiés que Lincoln tenía detrás. Era joven, de su edad, y alta. Llevaba un grueso moño oscuro y tenía una nube de pecas en la cara. Era guapa...

—Hola, Doris —saludó la mujer al entrar.

—Hola, cielo —respondió ella—. ¿Trabajando hasta tarde?

La mujer, la chica, sonrió a Doris y asintió. Luego sonrió a Lincoln. Tenía los hombros anchos, el pecho alto y generoso. A Lincoln se le anudó la garganta. Sonrió a su vez. Ella se giró hacia la máquina. Nunca la había visto, ¿verdad? La chica se inclinó para sacar algo. Suaves rizos habían huido del moño en la zona de la nuca. Se encaminó a la puerta con paso vivo. Llevaba una camisa blanca ajustada y pantalones de pana color fresa. La cintura tirando a estrecha. Caderas tirando a anchas. Una suave curva al final de la espalda. Qué guapa.

—Lástima que esa tenga novio —comentó Doris cuando la mujer cerró la puerta tras ella—. Es buena chica... y además de tu tamaño. No tendrías que romperte la espalda para darle un beso de buenas noches.

Lincoln notó un cosquilleo en las mejillas y el cuello. Doris soltó una risita.

—Hablando de eso —se disculpó él al tiempo que se levantaba—, tengo que volver al trabajo.

—Gracias por la tarta, cariño —se despidió ella.

Con andares inseguros, Lincoln recorrió la redacción de camino al departamento de informática.

Puede que fuera ella. Beth. Era posible. Tal vez aquella fuera la noche, su noche, la ocasión de hablar con ella. La víspera de la víspera del nuevo milenio. Ella le había sonreído. Bueno, seguramente había sonreído a Doris, pero cuando lo había mirado a él seguía sonriendo.

Puede que fuera ella. Su Beth.

Y puede que esa noche estuviera sentada en su escritorio, y Lincoln se detendría a saludarla, igual que hacen los hombres de todo el mundo constantemente. «Vuelve a empezar», se ordenó a sí mismo mientras el nudo de su estómago se agrandaba.

No llegó a la mesa de Beth.

La chica de la sala de descanso estaba sentada en la sección de Local, junto al escáner de la policía, hablando por teléfono. Debía de ser la nueva periodista de sucesos, Megan no sé cuántos; había visto su nombre en los artículos. No era Beth. Seguía sin conocer a Beth.

Se permitió mirar a la chica unos instantes, aunque no fuera ella. Era tan guapa... Más que guapa. Pensó en los mechones de la nuca. Pensó en su sonrisa.

59

De: Beth Fremont
Enviado: Viernes, 31 de diciembre de 1999. 16:05
Para: Jennifer Scribner-Snyder
Asunto: Efecto 2000

Esta es mi propuesta para el concurso del titular de la primera plana, ¿qué te parece?

<<**Jennifer a Beth**>> Mec@chis. Es mucho mejor que el mío: Malenium.

<<**Beth a Jennifer**>> ¿Te estás quedando conmigo? «Malenium» es excelente. Derek ha propuesto: «¿Año nuevo? Vida vieja», que es peor que no poner ningún titular en absoluto.

¿Está mal reconocer que en parte me siento decepcionada de que aún no haya sucedido nada horrible?

<<**Jennifer a Beth**>> ¡No, tienes razón! Menudo chasco. Tengo la sensación de que los países que nos llevan ventaja han arruinado el suspense.

<<**Beth a Jennifer**>> La CNN debería haber escrito «advertencia: *spoiler*» en sobreimpresión.

<<**Jennifer a Beth**>> Es menos emocionante que un fin de año normal y corriente, la verdad. Ni siquiera me voy a quedar levantada para oír las campanadas.

<<**Beth a Jennifer**>> Yo me quedaré levantada, tengo que trabajar. Los turnos especiales del efecto 2000 no han sido cancelados. Además, espero pasar casi toda la noche en la sala de descanso.

<<**Jennifer a Beth**>> Conque la sala de descanso... ¿Eso tiene algo que ver con tu chico mono?

<<**Beth a Jennifer**>> Ejem... Ajá.
   ¿Te acuerdas de que te dije que si alguna vez me tropezaba con MCM no le hablaría? ¿Porque no soy una frescales o alguna chorrada por el estilo?

<<**Jennifer a Beth**>> Perfectamente.

<<**Beth a Jennifer**>> Ya... Pues me equivocaba. Si alguna vez me tropiezo con él, ya lo creo que le hablaré. A lo mejor hasta me quedo allí, sonriendo y poniéndole ojitos, con la esperanza de que no se percate de que estoy metiendo tripa.

<<**Jennifer a Beth**>> Frescales. ¿Has vuelto a seguirlo?

<<**Beth a Jennifer**>> Solo a la sala de descanso.

Lo he visto salir de un despacho del primer piso, el que tiene un dispositivo de seguridad. Debe de ser un segurata, al fin y al cabo. Lo que explica por qué trabaja de noche. Y por qué lo he visto en distintos departamentos. Y su tremendo tamaño. (En realidad, no explica su talla, pero su talla explica por qué alguien lo contrataría como guardia de seguridad. Me siento más segura cuando él anda cerca.) Me pregunto por qué no lleva uniforme como los guardias de la recepción. ¿Crees que será un policía vestido de paisano? ¿Un secreta? ¿Cómo Serpico?

<<Jennifer a Beth>> ¿Serpico no era un camello?

<<Beth a Jennifer>> Me parece que lo confundes con Scarface.
      Da igual. Lo he seguido a la sala de descanso y luego he recorrido el pasillo una docena de veces mientras intentaba decidir si entraba o no y qué haría en caso de hacerlo. Y al final he decidido mandar a paseo toda precaución.

<<Jennifer a Beth>> Precaución y fidelidad. Frescales.

<<Beth a Jennifer>> He entrado como si tal cosa, en plan «no me hagáis caso, solo he venido a sacar algo de la máquina» y allí estaba él, sentado con Doris. Estaban comiendo tarta de chocolate. Y yo: «Hola, Doris». Les he sonreído a ambos, he establecido contacto visual con los dos, le he puesto ojitos a uno, he comprado un aperitivo de cecina y me he largado.

<<Jennifer a Beth>> ¿Cecina?

<<Beth a Jennifer>> A esas alturas, solo estaba pulsando botones al azar. Y, como ya te he dicho, metiendo tripa.

<<Jennifer a Beth>> ¿Y han estallado fuegos artificiales cuando vuestras miradas se han cruzado?

<<Beth a Jennifer>> ¿Por mi parte? Sí, con mayúsculas. Candelas romanas. ¿Por su parte? Bueno, me ha mirado con simpatía, como diciendo: «Los amigos de Doris son mis amigos».

<<Jennifer a Beth>> ¿Y comían tarta de chocolate? ¿Compartían tenedor?

<<Beth a Jennifer>> No seas tonta.

<<Jennifer a Beth>> Vaya, así que yo soy tonta. Muy bien. Pensaba que habías decidido no volver a perseguir a tu chico mono porque te habías dado cuenta de que te encontrarías en un apuro si se percataba e intentaba hablar contigo.

<<Beth a Jennifer>> No puedo renunciar a él. Mi vida perdería todo su aliciente.

<<Jennifer a Beth>> Me niego a seguir hablando de esto. Solo sirve para alentarte.

Mitch acaba de llamarme para pavonearse. Ayer por la noche quise convencerlo de que fuéramos a unos grandes almacenes a comprar provisiones para el cambio de milenio, pero se negó. Dijo que prefería el Armagedón a unos grandes almacenes.

¿Tú has comprado provisiones?

<<**Beth a Jennifer**>> Uf, no. Si la civilización se desploma a media noche, lo último que quiero es quedarme encerrada en mi casa, sobreviviendo a base de agua mineral y alubias envasadas.

60

Cuando Lincoln entró en la redacción (porque fue allí adonde se dirigió, porque fue aquel lugar el que lo atrajo como un imán en cuanto leyó las palabras «tremendo», «candelas romanas» y «no puedo renunciar a él»), encontró la sala sumida en una actividad frenética. Casi todos los periodistas debían de estar haciendo un turno especial. Reían y charlaban agrupados en corrillos por toda la planta. Lincoln inspiró hondo y el aire burbujeó como champán en sus pulmones.

Allí estaba. La chica de la sala de descanso. Beth. Allí, sentada a su mesa. Ahora llevaba el pelo suelto, las gafas en la frente, y hablaba por teléfono enredando los dedos con el cordón. Allí. Lincoln estaba decidido a saludarla.

No, esperaría a que colgara. Y entonces le diría «hola».

No, la besaría.

No, la besaría directamente. No iba a esperar. Y ella le devolvería el beso. Estaba completamente seguro de que ella le devolvería el beso.

Y entonces él le confesaría que la amaba.

Y le diría su nombre.

Y entonces y entonces y entonces..., ¿qué?

—Si todo se va al garete esta noche, quiero que te unas a mi banda de saqueadores.

—¿Qué?

Lincoln se giró. Chuck se encontraba a su espalda. Llevaba un rotulador azul entre los dientes y estaba mirando un gráfico circular.

—¿Estos porcentajes tienen sentido? —le preguntó Chuck al mismo tiempo que le alargaba el gráfico.

—No sé —dijo Lincoln.

—Te estoy pidiendo que los compruebes.

—¿Has dicho algo de saquear?

—Sí —asintió Chuck—, pero era más bien una invitación. Si las cosas se ponen en plan *Mad Max*, te quiero en mi equipo. No me preguntes qué ganarás con ello. Aún no lo he pensado.

—Ahora mismo no puedo —se disculpó Lincoln, y apartó el papel.

—¿Por qué no?

—Tengo que... Tengo que marcharme.

—¿Te encuentras bien?

—No. —Lincoln volvió a mirar a Beth y empezó a alejarse de Chuck. De la redacción—. Tengo que irme.

—¿Sabes algo de la red eléctrica que nosotros no sepamos? —le gritó Chuck mientras Lincoln se alejaba—. ¿Qué te dicen las máquinas?

—Tengo que marcharme a casa —anunció Lincoln cuando llegó al departamento de Tecnología de la Información.

—Tienes un aspecto horrible —dijo Greg—, pero no te puedes marchar ahora. Estamos a las puertas de una nueva era.

—Me encuentro fatal. Tengo que irme.

—Si te marchas —objetó Greg—, ¿quién va a guiar a la unidad de combate internacional por la hora cero?

Lincoln miró el televisor que Greg tenía en su despacho. La gente celebraba el nuevo año en Londres. La medianoche había llegado sin pena ni gloria a París, Moscú y Beijing. Incluso el periodista de la CNN Wolf Blitzer parecía aburrido. Los miembros de la unidad de combate jugaban a Doom con infinito descaro.

—Muy bien —accedió Greg, enfurruñado—. Pero te echaremos de menos. Vamos a pedir pizza.

Lincoln apagó el ordenador a toda prisa y salió corriendo del edificio en dirección a su coche. Ni siquiera se puso el cinturón de seguridad hasta llegar a la autopista. De hecho, ni siquiera supo adónde iba hasta que llegó allí. Al apartamento de Justin. Lincoln había acompañado a su amigo unas cuantas veces, pero nunca había entrado en su casa. Puede que Justin todavía no se hubiera marchado. Quizás Lincoln aún estuviese a tiempo de apuntarse a la juerga milenaria.

Dena abrió la puerta. Llevaba su uniforme de trabajo, un delantal rosa con un estampado de dientes pequeñitos. Las muelas completas, con raíces y todo. En teoría, eran monos, pero a Lincoln lo desconcertaban aquellos dientes sin encías.

—Eh, Lincoln.

—Hola. ¿Está Justin?

—Aún no. Ha tenido que quedarse un rato en el trabajo. ¿Te pasa algo?

—No, estoy bien. Al final he pensado que me gustaría ir al concierto con vosotros. Si os parece bien. Si la oferta sigue en pie.

—Sí, claro —repuso ella—. Justin volverá enseguida. Siéntate. —Lo hizo. En el único asiento de la sala, un gigantesco sillón reclinable de piel—. ¿Te apetece tomar algo? ¿Una cerveza?

—Sería genial.

Dena le tendió un botellín de Mickey, licor de malta. Cerveza, licor de malta, qué más da.

—¿Seguro que todo va bien? —insistió ella.

—Desde luego.

—Iba a arreglarme.

—Sí. Claro. Ve. No te preocupes por mí, veré la tele.

—Vale —dijo Dena. Titubeó un momento y luego se alejó.

Lincoln estaba seguro de que plantarse en casa de su amigo había sido un error, pero no podía quedarse en el trabajo. No, sabiendo que Beth estaba allí, que tal vez estuviese pensando en él. No, sabiendo que no podía hablar con ella. Que no tenía agallas para hacerlo, ¿era eso? ¿O el problema era que no habría estado bien y lo sabía, que incluso hablarle habría sido sacar partido de una información privilegiada?

O quizás le diese miedo pasar a la acción, hacer algo real.

Y se sentía todavía peor si cabe ahora que sabía qué aspecto tenía. Infinitamente peor. Ahora que sus fantasías y sus buenas vibraciones tenían rostro. Y pecas. Y unos ceñidos pantalones de pana. No soportaba imaginar esa cara buscándolo por los pasillos. Iluminándose cuando lo veía. Mirándolo.

Puede que ella siguiera allí. Sentada a su mesa. Tal vez aún pudiera agarrarla y besarla y decirle..., ¿decirle qué?

Cuando Justin llegó, Lincoln no tenía ni idea de cuánto rato llevaba esperando, si unos minutos o una hora. Seguramente una hora. Ya se había trasegado tres Mickeys. Tres Mickeys con el estómago vacío. No estaba borracho exactamente, pero sí un tanto mareado.

—¿Qué haces aquí? —le preguntó Justin, contento—. Pensaba que tenías que ir a trabajar.

—He ido. Y me he largado.

—¿Ha pasado algo?

Pensó en Beth y su larga melena castaña, en el cordón del teléfono enredado entre sus dedos. Se imaginó a sí mismo plantado como un idiota contra la pared.

—No —dijo—. Nunca pasa nada. Tenía que salir de allí.

—Bueno, muy bien. Deja que me ponga algo en lo que Dena pueda echar la pota y luego saldremos a darle la bienvenida a ese cabrón.

Lincoln alzó su botella vacía.

—Salud —dijo.

Dena salió a hacer compañía a Lincoln mientras Justin se cambiaba. Se había vestido para salir. Vaqueros negros ajustados con botas de tacón. También se había aplicado un maquillaje que le sentaría bien en el bar, pero que lucía demasiado chillón y brillante a la luz de la lámpara.

—Hemos quedado antes con unas amigas mías en el Friday's —le dijo—. ¿Tienes hambre?

—Claro —repuso él—. Genial.

—Todas son solteras —añadió Dena.

—Chicas solteras la noche de Fin de Año —gritó Justin desde el dormitorio—. La apuesta se dobla.

—Mi amiga Lisa estará allí —dijo Dena—. ¿Te acuerdas de ella? Del Steel Guitar.

Lincoln la recordaba. Todavía notaba el sabor a regaliz. Justin le tendió otro Mickey's de camino a la puerta, y Lincoln lo aceptó.

Su paso por el T. G. I. Friday's transcurrió como entre brumas. Entretuvo a las amigas de Dena pidiendo lo mismo que ellas, bebidas con nata, cerezas y cubitos de hielo parpadeantes. Incluso el filete de Lincoln llevaba whisky. Estaba más que achispado cuando llegaron al Ranch Bowl. ¿Se achispaban los chicos, se preguntó, o si eres un chico solo experimentas distintos grados de borrachera? ¿En qué grado estaba él? ¿Y qué pasaría si ahora dejaba de beber? ¿Se encontraría mejor o peor?

Eligieron el momento exacto para llegar. Sacajawea estaba saliendo al escenario. Justin utilizó a Lincoln como cuña para abrirse paso por el bar.

—¿Estás bien, grandullón? ¿Lincoln? Eh. —Dena le estaba hablando.

Lincoln asintió. Estaba bien. Estaba perfectamente.

El primer tema empezaba con un solo de guitarra. Todas las canciones de Sacajawea comenzaban con solos de guitarra. Justin aulló y las chicas que tenían alrededor empezaron a gritar.

—Oh, Dios mío, míralo —dijo alguien junto a Lincoln—. Qué bueno está.

Lincoln miró a Chris. Que brillaba. Que serpenteaba al borde del escenario. No había sido buena idea. Estar allí. «Pero

míralo», pensó Lincoln. «Míralo. Ella es suya. Esa chica preciosa. La chica en la que pienso cuando no estoy pensando en nada
más. Cuando no puedo pensar en nada más. Míralo. Esa chica mágica. Esa luz. Suya.» Las mujeres de la sala, las mismas que
rodeaban a Lincoln, se balanceaban adelante y atrás con la guitarra de Chris al tiempo que alargaban los brazos con las palmas
abiertas. Lincoln imaginó que se abría paso a empujones para
llegar hasta Chris. Se imaginó el peso de su puño al estrellarse
contra el delicado rostro.

—Este tema es tan bueno como *Stairway* —exclamó Justin con emoción. Dena y él estaban justo delante de Lincoln, tan
cerca como si todos posaran para una foto de clase. Dena no
miraba a Chris. Miraba a Justin. Lincoln se fijó en que su amigo rodeaba a Dena por la cintura, las manos debajo de su camisa, en la parte baja de su espalda.

Y entonces Lincoln ya no vio nada.

Lo estaban ayudando a subir las escaleras.

—Deberíamos haberlo dejado en el coche —gruñó Justin.

—Hace un frío que pela —alegó Dena.

—Así se habría espabilado. Dios mío, es como arrastrar a un
caballo.

—Un tramo más.

—Puedo andar —dijo Lincoln cuando encontró la lengua.
Intentó sostenerse por su propio pie y dio un traspié hacia delante.

—Dejémoslo aquí —propuso Justin.

—Unos pocos peldaños más, Lincoln —lo animó Dena.

Ayudado por su amigos, Lincoln cruzó a trompicones la puerta de Justin. Se golpeó la cabeza en la jamba.

—Eso por haberme estropeado el concierto —dijo Justin—, puto gigante.

—Puedo andar —repitió Lincoln. No podía. Lo dejaron caer sobre el sillón. Despatarrado. Dena lo estaba obligando a beber agua.

—¿Me voy a morir? —preguntó él.

—Espero que sí —le espetó Justin.

Lincoln despertó un rato antes del alba y se tambaleó de acá para allá buscando el baño. Cayó de bruces sobre el sillón reclinable, que se abrió hasta quedar casi plano. Los pies aún le colgaban al final. El respaldo del asiento olía a gomina y a tabaco. Todo olía a tabaco. Abrió los ojos. El sol ya había salido. Justin estaba sentado en el reposabrazos del sillón, fumando un cigarrillo y utilizando el cenicero empotrado.

—Está despierto —gritó Justin en dirección a la cocina. Lincoln gimió—. Dena estaba preocupada por ti —añadió, y encendió la tele—. Dormías como un muerto.

—¿Qué?

—No respirabas —aclaró Justin.

—Sí que respiraba.

—No lo parecía —dijo Dena, que ahora le tendía una bebida roja.

—¿Qué es?

—Vodka y zumo de verduras —explicó—. Con salsa picante.

—No es salsa picante —la corrigió Justin—. Es salsa Worcester.

—No, gracias —rehusó Lincoln.

—Tienes que beber —insistió Justin—. Estás deshidratado.

—¿Me desmayé?

—Más o menos —repuso Dena—. Estabas allí de pie y, al minuto siguiente, estabas recostado en la barra. Como si hubieras decidido echarte una cabezadita. No había visto a nadie beber tanto desde que iba a la universidad.

—Yo no bebía tanto cuando iba a la universidad.

—Lo que explica por qué bebes como un pringado —dijo Justin—. De verdad. Un hombre de tu tamaño. Qué vergüenza.

—Lo siento mucho —se disculpó Lincoln con Dena.

—No pasa nada —lo tranquilizó ella—. ¿Quieres unos huevos revueltos o algo?

—Solo un vaso de agua.

Se levantó como pudo y Justin le arrebató el sitio de inmediato. El mundo no había terminado. El canal deportivo Sports Center seguía retransmitiendo. Dena siguió a Lincoln a la cocina. Llevaba una camiseta y unos pantalones de algodón estampado. Más dientes. Le tendió un vaso de agua del grifo.

—¿Lo ahuyentaste? —preguntó.

—¿Qué?

—Lo que sea que te hizo beber tanto.

Lincoln cerró los ojos. «Beth.»

—No —respondió—, pero puede que deje de intentarlo.

Lincoln se bebió un bidón de agua antes de abandonar el apartamento de Justin. Pasó por el gimnasio antes de volver a casa, pensando que un poco de ejercicio le vendría bien. Tu mejor físico no cerraba los días de fiesta —incluso abrieron medio día en Navidad— y ya había un montón de gente por allí, decidida a sacar adelante sus propósitos de Año Nuevo. Lincoln tuvo que hacer cola para correr en la cinta. Ya no sentía náuseas, no exactamente. Solo se encontraba fatal y estaba de un humor de perros. Pensaba en Beth, no podía evitarlo, pero pensar en ella era igual que imaginarse a sí mismo confinado a un rincón. Como darte cuenta, cuando estás al final de un problema de lógica, de que has cometido un error muy al comienzo, y que para resolverlo tienes que volver a empezar. Borrarlo todo. Renunciar a todas tus premisas.

Ahora que sabía qué aspecto tenía Beth, no podía recordar cómo se sentía cuando no lo sabía. No recordaba haberla imaginado de ninguna otra guisa. Físicamente, no se parecía en nada a Sam. Y Sam era su único marco de referencia. ¿Cómo sería abrazar a una chica que apenas si podía acurrucar la cabeza debajo de tu barbilla? «Es de tu tamaño», había dicho Doris, ¿verdad? A Lincoln le encantaba que Sam fuera tan menuda. Un pajarito. Un suspiro. Ser capaz de abarcarla, de engullirla. La sensación de contenerse para no romperla.

¿Cómo sería abrazar a otra chica? A una chica que tenía las caderas y los hombros casi a la altura de los suyos, que no desaparecería bajo su peso. Una chica cuyos besos estaban allí mismo.

Acabó haciendo demasiado ejercicio, o con demasiado ímpetu, o con demasiada resaca. Se notó débil y mareado en la ducha y acabó comprándose tres de aquellas horribles barritas de proteínas en la recepción. La recepcionista lo convenció de que se tomara una bebida isotónica que en teoría sabía a sandía pero que más bien parecía colorante mezclado con sirope y sal.

A Lincoln le avergonzaba haberse dejado llevar, si bien por un instante, por el frenesí del nuevo año. Haber creído que alguna fuerza cósmica actuaría en su favor. Su momento llegó y pasó la noche anterior en la redacción. Y Lincoln lo había dejado escapar.

61

De: Beth Fremont
Enviado: Martes, 4 de enero de 2000. 13:26
Para: Jennifer Scribner-Snyder
Asunto: ¿Soy yo o el mundo tiene menos gracia que antes?

La suerte no está de mi lado. Llevo cinco días sin ver a mi chico mono. Ayer me crucé con Doris en el pasillo y me dio un vuelco el corazón. No quiero empezar a emocionarme cada vez que vea a Doris.

<<**Jennifer a Beth**>> Mi mundo tiene mucha gracia. Mitch y yo compramos una cuna ayer por la tarde. No lo teníamos previsto (en teoría, íbamos a comprar un lavavajillas), pero pasamos junto a las cunas y ahí estaba. De color crema con un caballo balancín tallado en el cabecero. Ahora no podremos comprar el lavavajillas.

<<**Beth a Jennifer**>> ¿Una cuna? ¿Ya? Quería ayudarte a escogerla. ¿Te puedo ayudar con la ropa de cama? No puedes ponerte a preparar las cosas del bebé sin mí. Me gustaría estar embarazada por persona interpuesta.

<<**Jennifer a Beth**>> Perdona. Surgió así. Seguramente este fin de semana escogeré la pintura para el cuarto del niño, ¿quieres venir?

<<**Beth a Jennifer**>> Sabes que sí. Y sabes que no puedo. Este fin de semana es la gran boda.

<<**Jennifer a Beth**>> Ah, sí. ¿La esperas con ilusión?

<<**Beth a Jennifer**>> Espero con ilusión que haya terminado.

<<**Jennifer a Beth**>> ¿Es consciente Kiley de que su dama de honor es una cascarrabias?

<<**Beth a Jennifer**>> Está demasiado loca de felicidad como para darse cuenta.

El domingo fui a buscar el vestido. Es feo a morir, sobre todo si soy yo la que lo lleva puesto, y Kiley aún no ha dado el visto bueno a ninguno de los trucos que le he propuesto para esconder mis brazos.

<<**Jennifer a Beth**>> A tus brazos no les pasa nada.

¿Verdad que me dijiste que la boda estaría inspirada en el cambio de milenio? ¿El tema sigue en pie?

<<**Beth a Jennifer**>> Te lo dije. Kiley tenía pensado hacer dos mil pajaritas de papel para soltarlas por el banquete, pero se rajó hacia la 380. Ahora el tema es: Invierno mágico. (De ahí los vestidos palabra de honor, supongo.)

Ah, por cierto, si piensas que a mis brazos no les pasa nada es porque siempre los llevo tapados. Porque soy una experta en el arte de la distracción. Y toda mi ropa está diseñada para desviar la atención de esa parte de mi cuerpo.

<<Jennifer a Beth>> Ahora que lo pienso, hace seis años que nos conocemos y nunca te he visto en bañador. Ni con una camiseta sin mangas.

<<Beth a Jennifer>> Por algo será, amiga mía. Tengo brazos de abuela siciliana. Brazos para recoger aceitunas y remover rica salsa de tomate. Brazos para transportar cubos de agua del arroyo a la granja.

<<Jennifer a Beth>> ¿Y Chris te ha visto los hombros?

<<Beth a Jennifer>> Los ha visto. Pero no los ha visto.

<<Jennifer a Beth>> Lo pillo, pero no lo pillo.

<<Beth a Jennifer>> Nada de negligés sin mangas. Nada de luz solar directa. A veces, cuando salgo de la ducha, grito: «¡Mira, un gato montés!».

<<Jennifer a Beth>> Seguro que siempre muerde el anzuelo.

<<Beth a Jennifer>> Es Chris. Así que las drogas recreativas también influyen.

En fin, me compré una chaquetita muy elegante pensando que quedaría bien con el vestido, pero a Kiley le pareció desastrada y alegó que el tono salvia no era el mismo. Y añadió: «Por Dios, Beth, nadie te va a mirar los brazos».

Y mi madre intervino: «Tiene razón, Beth, la gente solo tendrá ojos para la novia».

Y eso me puso furiosa. ¿Por qué me puso tan furiosa? Porque es verdad. Pero yo solo pensaba: si nadie me va a mirar, ¿por qué no puedo llevar un puto jersey? Estábamos en Victoria's Secret. ¿Te he comentado ya que estábamos en Victoria's Secret? A mi hermana no le acababa de gustar el sujetador sin tirantes que se había comprado, así que tuvimos que ir todas a Victoria's Secret. A mí tampoco me acaba de gustar mi sujetador sin tirantes. Porque no me gusta nada mi vestido sin tirantes.

Mientras Kiley se probaba sujetadores, mi madre me dio unas palmaditas en el brazo y dijo: «Cariño, es el día de Kiley. Síguele la corriente». ¿Te he mencionado también que ninguna de ellas tiene los brazos gordos? Los he heredado de la madre de mi padre, mi propia abuela italiana, una mujer que ya murió pero que, mientras vivía, tuvo el sentido común de no ponerse jamás un vestido palabra de honor.

<<**Jennifer a Beth**>> Puedo esperar al otro fin de semana para ir de compras.

<<**Beth a Jennifer**>> ¿Harías eso por mí?

<<**Jennifer a Beth**>> Pues claro que sí. Y te puedes poner ese jersey verde tan feo.

¿Chris te acompañará a la boda?

<<Beth a Jennifer>> Y al ensayo. Y al almuerzo del domingo. Me dijo que no debía acudir sola a nada que recordase a una boda. Dijo: «Cada vez que hablas del tema, se te saltan las lágrimas». Y yo me puse a llorar, claro. Se porta muy bien cuando lloro. No se agobia ni nada.

<<Jennifer a Beth>> Bien por ti, Chris.

<<Beth a Jennifer>> Ya lo sé. Cinco estrellas. Incluso me ha dejado que le compre una americana nueva y pantalones de verdad. De traje. Aunque no me deja decir que son de traje. Esa palabra le pone la piel de gallina. Normalmente se niega a que le compre ropa de ninguna clase.

<<Jennifer a Beth>> Menos mal que no eres tú la que escoge esos vaqueros tan apretados. ¿Y qué hará con el pelo? ¿Se lo recogerá?

<<Beth a Jennifer>> No hay nada que hacer con ese pelo. Tienes que dejarlo a su aire y confiar en Dios.
Oye, ¿sabes qué? Tanto hablar de lo mono que es mi novio me ha distraído de otras fantasías monas.

<<Jennifer a Beth>> Como debe ser.

62

Beth lo echaba de menos.

Lincoln había tocado fondo en fin de año, y en parte fue un alivio. ¿No dicen que hay que tocar fondo para recuperar la cordura? ¿No dicen que cuando tocas fondo empiezas a mejorar?

63

De: Jennifer Scribner-Snyder
Enviado: Viernes, 7 de enero de 2000. 14:44
Para: Beth Fremont
Asunto: ¿Estás ahí?

Distráeme, anda.

<<**Beth a Jennifer**>> ¿Qué te distraiga? Encantada. Al cuerno la productividad.

¿En qué se supone que estás trabajando?

<<**Jennifer a Beth**>> No sé. Escribiendo titulares, supongo. Leyendo los mismos artículos una y otra vez para asegurarme de que ningún periodista idiota haya escrito «a ver» en lugar de «haber». Cambiando «el cual» por «el que». Discutiendo con alguien sobre la secuencia verbal.

<<**Beth a Jennifer**>> ¿Y qué demonios es la secuencia verbal?

<<**Jennifer a Beth**>> Cosas de correctores. Es máximo secreto.

<<Beth a Jennifer>> No sabía que los correctores compartieran información privilegiada.

<<Jennifer a Beth>> ¿Te estás quedando conmigo? En el mundo de la corrección, todo es máximo secreto. Por defecto, la verdad, porque a nadie le importa un comino.

<<Beth a Jennifer>> ¿Te puedo preguntar por qué necesitas que te distraiga? ¿Te han pasado para corregir la sección de Deportes otra vez?

<<Jennifer a Beth>> No, no tiene nada que ver con el trabajo.
Desde hace unos días, noto una especie de calambres. Ni siquiera son calambres; más bien pinchazos fuertes. Llamé a la comadrona y se los describí, y parecía muy segura de que no debo preocuparme. Me dijo que al final del primer trimestre es normal notar cómo el útero se va adaptando. «Es tu primer embarazo —dijo—. Vas a notar cosas raras.» También me dijo que me sentiría mejor si le hablaba al bebé.

<<Beth a Jennifer>> ¿Y qué quiere que le digas? ¿Se supone que tienes que hablarle en voz alta? ¿Y reunirte con él en el plano astral?

<<Jennifer a Beth>> Sí, se supone que debo hablarle en voz alta. «Relájate —dijo—. Pon una música tranquila. Enciende unas velas. Conecta con la vida que llevas dentro.» En teoría, debo decirle al bebé que es deseado y bienvenido, y que no tiene que preocuparse por nada ahora mismo, solo por crecer y ponerse fuerte.

Lo he intentado unas cuantas veces, mientras conduzco. Pero le suelto cuatro bobadas y ya está. Tengo la sensación de estar invadiendo su espacio o pienso que se va a preguntar por qué, tras dos meses de silencio, he decidido de repente que nos tenemos que poner en plan trascendental.

Además, no quiero darle a entender que algo podría ir mal. Así que me limito a soltarle banalidades. «Confío en que estés cómodo. Espero estar tomando hierro suficiente. Perdona que haya dejado de tomar aquellas vitaminas tan caras, me provocaban náuseas.» Por lo general acabo llorando y pensando que ojalá el bebé no me esté prestando atención.

<<Beth a Jennifer>> Me gusta eso de que le hables al bebé y tal. Aunque no te entienda. Llevas dentro un ser vivo. Es lógico que le des la bienvenida.

A lo mejor empiezo a hablarles a mis óvulos. Para animarlos. Una arenga como la de William Wallace en *Braveheart*.

<<Jennifer a Beth>> Cuando tenga orejas no me sentiré tan ridícula, creo.

<<Beth a Jennifer>> ¿Y cuándo será eso?

<<Jennifer a Beth>> No lo sé. Se lo preguntaría a Mitch, pero no quiero contarle nada de esto.

Tengo la sensación de que siempre hemos sabido que este embarazo no podía ir bien. Estaba escrito. Todo ha sido demasiado fácil.

<<**Beth a Jennifer**>> No está escrito que vaya a ir mal. No hay nada escrito, punto. Y lo más probable es que todo vaya bien.

<<**Jennifer a Beth**>> Para ti es muy fácil decirlo. Y para la comadrona. Para todo el mundo es muy fácil decir: «No te preocupes, todo irá bien». No cuesta nada. No significa nada. Si os equivocáis, nadie os lo podrá echar en cara.

<<**Beth a Jennifer**>> La comadrona te dice que todo irá bien porque lleva toda la vida tratando con mujeres embarazadas. Habla por experiencia.

Y yo te lo digo porque confío en ella, y porque creo que agobiarte por un temor que seguramente es infundado no te hace ningún bien.

<<**Jennifer a Beth**>> No estoy de acuerdo. Creo que preocuparte de antemano te prepara para lo peor, si acaso se presenta. Si estás preparado, luego no duele tanto. Encajas mejor el golpe si lo ves venir.

<<**Beth a Jennifer**>> ¿Tienes dolores? Quizás deberías irte a casa.

<<**Jennifer a Beth**>> No, no son dolores. Es más como una tensión en el músculo. Además, si me voy a casa empezaré a obsesionarme a base de bien. Ni siquiera yo creo que sea una buena idea.

Así que distráeme. Háblame de ese guardia de seguridad tan mono. Quéjate de la boda de tu hermana. Discute conmigo sobre si es correcto o no poner preposición delante del objeto directo.

<<Beth a Jennifer>> Vale, esto te distraerá. Esta semana he ido dos veces a tomar rayos UVA. Mi cuñada dice que si estoy morena mis brazos parecerán más delgados. Yo creo que solo estarán más bronceados, pero unos brazos grandes y bronceados son más atractivos que unos grandes y paliduchos, de modo que he seguido su consejo.

<<Jennifer a Beth>> Odio decirte esto, porque es un consejo que yo nunca seguiría. De hecho, lo que te voy a decir es seguramente lo contrario de lo que haría si estuviera en tu lugar. Pero tal vez lo más conveniente sea que te olvides del asunto de los brazos. Sí, es posible que alguien note que la parte superior de tus brazos tiene un tamaño desproporcionado en relación al resto del cuerpo, pero, seamos sinceras, a pocas mujeres les queda bien un palabra de honor.

<<Beth a Jennifer>> ¿Y entonces por qué se llevan los vestidos sin tirantes? ¿Sabes que ya no fabrican vestidos de novia con mangas? Todo el mundo, sea cual sea su peso, talla de pecho, estado de la piel, grietas, hombros encorvados o clavícula grande, está obligado a enfundarse uno. ¿Por qué? La función de la ropa es ocultar tus vergüenzas. (Génesis 3: 7)

<<Jennifer a Beth>> ¿De verdad acabas de buscarlo en la Biblia?

<<Beth a Jennifer>> Derek tiene una en su mesa, no tiene mérito.

Oye, tengo que dejarte. Voy a salir temprano para prepararme para el ensayo del banquete. Llámame este fin de semana si necesitas que te distraiga, ¿vale?

<<**Jennifer a Beth**>> Estarás muy ocupada con la boda.

<<**Beth a Jennifer**>> Y te agradeceré infinitamente que me interrumpas, te lo garantizo.

<<**Jennifer a Beth**>> Seguro que te lo pasas muy bien. Luego te sentirás culpable por haberte pasado meses despotricando.

<<**Beth a Jennifer**>> Todo es posible. Hay barra libre.

64

Al salir del trabajo, Lincoln no tuvo ganas de volver a casa. La imagen de Beth enfundada en un vestido sin tirantes no abandonaba su pensamiento. Hombros grandes, pálidos. Pecas. Quizás debería salir con alguna de las chicas que Justin intentaba endilgarle. O con las luteranas de su hermana. O con esa chica del gimnasio, Becca. Últimamente lo buscaba en el banco de pesas y Lincoln tenía la sensación de que le tocaba los brazos más a menudo de lo necesario. Puede que siguiera impresionada por sus codos.

Acabó en el Village Inn, solo. Cuando la camarera se acercó, pidió dos porciones de tarta de mousse de chocolate. Al ver que se las servía en dos platos separados, Lincoln se sintió humillado sin saber por qué.

Llevaba consigo un ejemplar del periódico del día siguiente, una de las ventajas de trabajar en el *Courier,* pero los nervios le impedían leer.

Estaba tan inquieto, experimentaba tal desasosiego, que no se percató hasta el segundo trozo de tarta de que Chris ocupaba el reservado contiguo. El Chris de Beth. Estaba sentado de cara a Lincoln, ambos a solas en sus mesas respectivas.

Lincoln recordó la última vez que había visto a Chris, la noche de Fin de Año, y consideró la idea de saltar la mesa para poner en práctica su idea de partirle la cara. Pero había perdido el impulso.

Chris parecía distinto. Iba arreglado. Lucía una camisa formal, abrochada con desenfado, cómo no, y americana. Llevaba el pelo suave y brillante. «Como en un puto anuncio de champú», pensó Lincoln. Y luego: «Claro, para el ensayo del banquete». Entonces Lincoln se echó a reír. Con suavidad. Para sus adentros, principalmente.

Porque no debería saberlo, pero lo sabía. Y debería odiar a ese tío, pero no lo odiaba. No quería matar a Chris. Quería remplazarlo. No, ni siquiera eso. Porque si Beth hubiera quedado con Lincoln para acudir al ensayo del banquete, él estaría ahora en casa con ella. Si fuera su pareja en la boda del día siguiente, estaría contando las horas que faltaban para ver a Beth enfundada en aquel vestido. Y para que se lo volviera a quitar.

Volvió a reír. En voz alta.

Chris alzó la vista para mirar a Lincoln y, al parecer, lo reconoció.

—Hola —dijo.

Lincoln dejó de reír. Hasta ese mismo instante, se había creído invisible para Chris. Igual que era invisible para Beth. (Solo que no lo era.)

—Hola —respondió Lincoln.

—Eh, esto, ¿no tendrás un cigarrillo, no? —preguntó Chris. El otro negó con la cabeza.

—Lo siento.

Chris asintió y sonrió.

—He venido con las manos vacías. Sin cigarrillos, sin lectura.

También parecía agobiado, pero lo llevaba mejor que Lincoln.

—Te puedo dejar una parte del periódico —ofreció este.

—Gracias —dijo Chris. Se levantó y caminó hacia el reservado del otro. Se inclinó hacia la mesa y escogió la sección de Ocio y espectáculos.

—Me he perdido las reseñas de películas de hoy —explicó Chris.

—¿Eres aficionado al cine? —preguntó Lincoln como un bobo.

—Más bien soy aficionado a la persona que las redacta —repuso Chris—. Mi chica es crítica de cine... Eh, es el periódico de mañana.

—El de hoy, estrictamente hablando... —lo corrigió Lincoln—. Trabajo en el *Courier*.

—Entonces es posible que la conozcas.

—No conozco a mucha gente —se zafó Lincoln. Estaba tan tenso que no entendía cómo atinaba a mover los labios. Tenía la sensación de que, si pronunciaba una palabra de más, se convertiría en piedra. O de que se convertiría en piedra de todos modos—. Trabajo por las noches.

—Lo sabrías —afirmó Chris asintiendo con la cabeza y mirando por la ventana, otra vez agitado—. Si la conocieses, lo sabrías. Es un fenómeno. De los que no pasan desapercibidos. Una fuerza de la naturaleza, ¿sabes?

—¿Como un tornado? —preguntó Lincoln.

Chris se rio con ganas.

—Más o menos —asintió—. Yo estaba pensando más bien en... No sé en qué estaba pensando, pero sí. Es... —Se dio unas palmadas en el bolsillo del pecho con ademán nervioso y luego se pasó los dedos por el pelo—. Tú no estás con nadie, ¿verdad? O sea, siempre vienes solo a los conciertos.

—Sí —dijo Lincoln. «No solo no soy invisible sino que además mi soledad es visible.»

Chris volvió a reír. Una risa seca. Sarcástica. Restaba algo de encanto a su sonrisa.

—Ni siquiera me acuerdo de lo que es... —sacudió la cabeza con remordimiento, volvió a tocarse el pelo—. Es la americana —prosiguió—. He tenido que dejar los cigarrillos en casa porque asomaban del bolsillo. Muy elegante, ¿verdad? Ni siquiera recuerdo cuándo fue la última vez que pasé tanto tiempo sin... ¿Has fumado alguna vez?

—No —contestó Lincoln, todavía petrificado—. Nunca he empezado.

—No fumas, no tienes novia... Viajas ligero de equipaje, amigo mío.

—Es una manera de considerarlo —dijo Lincoln, que miraba con atención al hombre que tenía delante deseando protagonizar un milagro al estilo de *Ponte en mi lugar*, allí mismo, en ese preciso instante.

—Oh —repuso Chris, avergonzado. No había sido un comentario afortunado—. Vale —añadió—. No pretendía... —bajó la vista y alzó el cuadernillo de Ocio y espectáculos—. Gracias. Por esto. Te dejo que vuelvas a... No suelo molestar a... Es la americana, ¿sabes? No soy el de siempre.

Lincoln se las ingenió para esbozar una sonrisa. Chris se levantó.

—Nos vemos —se despidió. Se dirigió a su reservado y dejó unos cuantos billetes sobre la mesa—. La semana que viene tocamos en el Sokol. Pasa a saludar si estás por allí.

Lincoln observó cómo Chris se alejaba y deseó —de verdad, con todo su corazón— que el otro volviera directamente a casa, con ella.

65

Había menos trabajo que nunca en el departamento de Tecnología de la Información. El cuerpo de combate internacional se había marchado hacía tiempo. No quedaba ni rastro de ellos salvo un montón de CD en blanco y unas cuantas quemaduras de cigarrillos en la mesa.

—¿De dónde ha salido eso? —preguntó Greg. Lincoln se encogió de hombros. Greg quería que Lincoln cambiara todas las contraseñas del sistema y reforzara los cortafuegos; incluso estaba repartiendo nuevos distintivos de seguridad a todos los miembros del departamento.

—Esos chicos me ponían los pelos de punta —gruñó Greg—. Sobre todo el de Millard South... Saber tanto de ordenadores no puede ser bueno.

A Lincoln, los turnos se le hacían eternos últimamente.

El lunes por la noche no encontró ningún mensaje de Beth en la carpeta de WebFence. Nada sobre la boda. Nada en absoluto. El martes por la noche también estuvo marcado por el silencio. Y el miércoles.

Lincoln la buscaba por los pasillos y alargaba las cenas en la sala de descanso. Vio su firma en el periódico, de lo que dedujo que seguía trabajando con normalidad. Comprobaba la carpeta de WebFence a diario, cada pocas horas.

Martes, vacía. Viernes, vacía. Lunes, nada.

El lunes por la noche, Lincoln se acercó a la mesa de Beth a las seis y luego otra vez a las ocho. Había traído una empanada de pollo con puerros para compartirla con Doris y se pasó dos horas en la sala de descanso, charlando con ella. Esperando. Doris se ofreció a enseñarle a jugar a la canasta. Le explicó que Paul y ella solían jugar a menudo, y que era la monda.

—Siempre he querido aprender —accedió Lincoln.

El martes, viendo que Beth y Jennifer seguían sin dar señales de vida, comprobó el fichero de amonestaciones virtuales por si algún otro informático les había enviado un aviso. Durante un instante se preguntó si alguno de los chicos del efecto 2000 sería el responsable. Pero no encontró nada parecido. Había tazas de café usadas recientemente en el escritorio de Beth; no se había esfumado por completo.

El miércoles, cuando encontró la carpeta de WebFence nuevamente vacía, Lincoln sintió un extraño alivio. Puede que aquello tuviera que acabar así. No con un enfrentamiento humillante y doloroso. No a base de autocontrol y disciplina. Con un poco de suerte, no tendría que renunciar a leer sus correos. Tal vez todo terminase por sí solo.

66

¿Es posible que el cerebro rechace determinada información?
¿Igual que el cuerpo rechaza un órgano extraño? Doris intentaba enseñar a Lincoln a jugar a la canasta, pero las reglas re-
botaban en su cerebro. Por suerte, o quizás por desgracia, eso
no la desanimaba. Lincoln consideró la posibilidad de empezar
a cenar en su puesto de trabajo. Si no se iba a tropezar con
Beth, ¿qué más daba? Pero no le parecía bien hacerle eso a
Doris, sobre todo ahora que su madre preparaba platos especiales para ella. Ahora que era Doris quien compartía *su* tarta
con él.

—A algunas personas les cuesta aprenderse las reglas de
los juegos —decía—. Yo reparto esta vez. —Hizo algunos trucos
mientras barajaba—. ¿Y qué? ¿Tienes grandes planes para este
fin de semana?

—No —respondió Lincoln. Puede que acudiera a la partida
de D&D. Puede que jugara al golf con Chuck. Otro corrector
celebraba una fiesta de «Feliz casi Año Nuevo» y Lincoln también estaba invitado. («Siempre celebramos las fiestas algunas
semanas más tarde —le había explicado Chuck—. Los cerdos del
turno de día nunca nos sustituyen.»)

—Porque mi vitrina sigue en el antiguo piso... —insinuó Doris—. Y le prometí al dueño que para el 31 lo habría sacado todo.

—Ah, sí —recordó Lincoln—, perdona. Puedo pasarme el sábado por la tarde, si quieres.

—¿Te va bien el domingo? El sábado he quedado.

Pues claro que había quedado. ¿Cómo no?

—Claro —asintió él—. El domingo.

Mientras jugaban al golf, Chuck intentó convencer a Lincoln de que se apuntara a la fiesta de los correctores.

—No me gustan mucho las fiestas —rehusó.

—Tampoco será nada del otro mundo. Los correctores organizan unas fiestas horribles.

—Pensaba que intentabas convencerme.

—Emilie estará allí...

—¿No estaba saliendo con alguien?

—Han roto. ¿Por qué no te gusta Emilie? Es encantadora.

—Sí —reconoció Lincoln—. Es mona.

—Es encantadora —recalcó Chuck— y es capaz de recitarte las preposiciones de carrerilla. Y traerá tarta de calabaza y el Tabú.

—¿No será que *a ti* te gusta Emily?

—A mí no. Estoy intentando reconciliarme con mi esposa. ¿Qué excusa tienes tú?

—Estoy... recuperándome de una mala relación.

—¿Cuándo terminó?

—Poco antes de que empezara —dijo Lincoln.

Chuck soltó una carcajada y pequeños borbotones de vapor cortaron el aire de enero.

—¿No hace demasiado frío para jugar al golf? —preguntó Lincoln.

—El sol me produce dolor de cabeza —explicó el otro.

Lincoln no cambió de idea. No estaba para fiestas. Ni para juegos. Ni para gente.

Tres semanas. Ese era el tiempo que Beth y Jennifer llevaban sin aparecer por la carpeta de WebFence. «Eso es bueno», se dijo Lincoln. «Aunque no tenga ninguna lógica que estén tan calladas. Aunque sea increíblemente impropio de ellas. Te lo están poniendo fácil. Más fácil.»

Decidió alquilar una película, *Harold y Maude*. No la había vuelto a ver desde que iba al instituto y le apetecía revivir la escena en la que Harold tira el Jaguar por un precipicio y se pone a tocar el banjo. Esperaba no encontrarse a ningún empleado del periódico en el Blockbuster; no quería que lo vieran alquilar *Harold y Maude*. (Chuck le había dicho que, cuando aún no conocían su nombre, los correctores se referían a Lincoln como «el novio de Doris». Estuvo a punto de esconder la carátula cuando alguien le tocó el brazo.)

—Lincoln. ¿Lincoln? ¿Eres tú?

Se dio media vuelta.

Lo raro de ver a alguien por primera vez en nueve años es que, por un segundo, una milésima de segundo, parece una persona completamente distinta, pero enseguida recupera su antiguo aspecto, como si no hubiera pasado el tiempo.

Sam era la misma Sam de siempre. Bajita. Con el cabello castaño y rizado; un tanto más largo ahora, no la típica melenita que llevaba todo el mundo en la universidad. Ojos grandes, rutilantes, tan oscuros que apenas le veías las pupilas. Ropa negra que parecía extranjera. Anillos de plata en los dedos. Una corbata rosa anudada a la cintura a guisa de cinturón.

Todavía notaba sus manos. Le había agarrado ambos brazos.

—¡Lincoln! —exclamó.

Lincoln no se movió ni tampoco habló, pero se sentía como Keanu Reeves en aquella escena de *Matrix* en que ralentiza el tiempo para esquivar una ráfaga de balas.

—No me puedo creer que seas tú. —Sam le estrechó los brazos, lo asió por las solapas, le apoyó las manos en el pecho—. Ay, Dios mío. Estás igual.

Atrajo hacia sí la chaqueta de Lincoln. Él se quedó donde estaba.

—Incluso hueles igual —continuó ella—, ¡a melocotones! No me puedo creer que seas tú. ¿Cómo estás? —Volvió a tirar de su chaqueta—. ¿Cómo estás?

—Bien —repuso él—. Muy bien.

—Esto es obra del destino —dijo Sam—. Volví el mes pasado y desde entonces pienso en ti a diario. No tengo ni un solo recuerdo de esta ciudad que no guarde relación contigo. Cada vez que voy a casa de mis padres o entro en la autopista, mi cabeza se pone en plan: «Lincoln, Lincoln, Lincoln». Jo, cuánto me alegro de verte. ¿Cómo estás? ¿De verdad? O sea, lo último que supe de ti... —Adoptó una expresión triste. Le palpó los brazos, los hombros, la barbilla—. Pero hace años de eso... ¿Cómo estás? ¿Cómo estás ahora? ¡Cuéntamelo todo!

—Bueno, ya sabes —dijo él—. Estoy aquí. Trabajando. O sea, ahora trabajo. Con ordenadores. No aquí mismo. Por aquí cerca.

¿Qué más podía decir? ¿Que seguía viviendo con su madre? ¿Que se disponía a alquilar una película que, seguramente, había visto por primera vez con Sam? ¿Que ella era el Jaguar que Lincoln necesitaba tirar por el precipicio?

Solo que no lo era, ¿verdad?

Lincoln notó una descarga de algo parecido a energía. Dejó *Harold y Maude* disimuladamente y cogió otra película, *Suéltate el pelo*.

—¿Y tú? —preguntó—. ¿Qué te trae de vuelta?

—Ay, Dios. —Sam puso los ojos en blanco, como si hicieran falta tres horas y un coro griego para explicarlo—. El trabajo. La familia. He vuelto porque quería que mis hijos conocieran a sus abuelos. Soy madre. ¿Te lo puedes creer? Dios. Y me han ofrecido un trabajo en Playhouse. En desarrollo, recaudación de fondos, ya sabes, hacer que la gente rica se sienta importante. Entre bastidores, pero no lejos del escenario. No sé, es una gran oportunidad. Y un riesgo enorme. Liam se quedará seis meses en Dublín, por si la cosa no cuaja. ¿Sabías que he pasado una temporada en Dublín?

—En Dublín —dijo Lincoln—. Con Liam. ¿Tu marido?

—El mismo —asintió Sam con otro gesto que venía a decir «es una historia insoportablemente larga»—. Te juro que jamás me volveré a casar con un hombre que tenga pasaporte extranjero. Ya he escarmentado, etcétera —lo dijo remarcando las cuatro sílabas: et-cé-te-ra. Sus manos, pequeñas, de uñas impecables, volaban de un lado a otro mientras hablaba, pero siempre aterrizaban en el pecho y en los brazos de Lincoln.

—Algún día te contaré toda la historia —prometió—. Muy pronto. Tenemos que ponernos al día. Siempre he pensado que dos personas que han compartido tanto como nosotros, y en una época tan trascendente de sus vidas, no deberían perder el contacto. —Su voz adquirió un tono íntimo. Del escenario a la pantalla—. No está bien.

»Tengo una idea —prosiguió. Le agarró la chaqueta con las dos manos y se puso de puntillas para inclinarse hacia él. Lincoln se apartó mentalmente—. ¿Tienes algo que hacer ahora mismo?

—¿Ahora? —preguntó él.

—Podemos ir a Fenwick a tomar un helado de plátano. Y me lo cuentas todo.

—Todo —repitió Lincoln, que no entendía qué parte de aquel «todo» podía apetecerle compartir con Sam.

—¡Todo! —dijo ella, poniéndose otra vez de puntillas. Olía a gardenias. Junto con algo almizclado, gardenias con conocimiento carnal.

—Fenwick lleva unos años cerrado —señaló él.

—Entonces tendremos que subir al coche y seguir conduciendo hasta que encontremos helado de plátano. ¿En qué dirección vamos? —preguntó entre risas—. ¿Hacia Austin? ¿O hacia Fargo?

—No puedo —se disculpó él—. No puedo. Esta noche no. Tengo... algo que hacer.

—¿Algo? —repitió Sam, y volvió a plantarse sobre los talones.

—Una fiesta —aclaró Lincoln.

—Ah —repuso ella. Empezó a rebuscar en su bolso de terciopelo negro. El asa, de color hueso, parecía marfil—. Toma —dijo, y le apretó algo contra la mano—. Te doy mi tarjeta. Llámame. Llámame desde ya, Lincoln. Lo digo en serio.

Sam adoptó una expresión grave. Él asintió y sujetó la tarjeta.

—Lincoln —dijo ella, derrochando sonrisas cómplices y caídas de ojos. Lo sujetó por los hombros y le plantó dos besos rápidos en las mejillas—. ¡El destino!

Antes de que Lincoln se diera cuenta, ya se estaba alejando. Las suelas de sus zapatos de tacón eran de color rosa. Ni siquiera alquiló una película.

Y Lincoln..., Lincoln seguía ahí plantado.

67

No se llevó *Suéltate el pelo* ni tampoco *Harold y Maude.*

Pocos minutos después de que Sam se marchara, tras quedarse un rato embobado en la zona de la H, Lincoln se dio cuenta de que ya no le apetecía volver a casa. No tenía ganas de estar tranquilo ni rodeado de silencio. Salió del Blockbuster con las manos vacías y se detuvo lo justo para tirar la tarjeta de Sam a la basura. El gesto tampoco fue nada del otro mundo; Sam le había dicho dónde trabajaba y además se sabía el número de sus padres de memoria. Pero sacó la cartera y la impresión del mensaje en el que Beth hablaba de él, el que incluía la frase «intentando no morderle el hombro». Volvió a leerlo. Y luego otra vez. Y otra más. Por último hizo una bola con el papel y lo tiró.

Tras eso..., se encaminó a la fiesta. A la fiesta de casi Fin de Año. Chuck le había pasado un pasquín y Lincoln estaba seguro de que seguía en su coche. Mientras rebuscaba por el asiento trasero, se dio cuenta de que le temblaban las manos. «No pasa nada», pensó. «Sigo en pie.» Mientras aparcaba en paralelo delante del domicilio de Chuck, se pescó a sí mismo sonriendo en el espejo retrovisor.

La fiesta estaba en pleno apogeo cuando llegó.

Emilie, la liliputiense, ya estaba allí con su tarta de calabaza, y Lincoln no la rehuyó. No quería hacerlo. Emilie era muy simpática y le reía todos los chistes a Lincoln, lo que lo animaba a hacer chistes aún más graciosos, porque no tenía que agobiarse por si nadie se reía. Además, a su lado se sentía como si midiera más de dos metros. Una sensación agradable, se mire como se mire.

Arrasó jugando al Tabú.

Bebió Shirley Temples.

Y cuando jugaron a las películas de 1999, echó la casa abajo con una interpretación por mímica de dos minutos de duración de *El sexto sentido*.

—Cuando el anillo ha caído al suelo —dijo Chuck entre aplausos—, he olvidado que ya sabía que estabas muerto.

Y en el momento en que sonaron las campanadas de media noche —en el reloj de la videograbadora, así que más que sonar parpadeó— Lincoln besó a Emilie en la mejilla. Al momento comprendió su error, así que agarró a la maquetadora de los ojos desorbitados y la besó también. Y pensó que aquello había sido un error aún mayor si cabe. Deprisa y corriendo, se puso a besar a cuantas chicas tenía a su alcance, incluida Danielle, la jefa de los correctores, dos mujeres que no conocía de nada, la esposa distanciada de Chuck y, por fin, al propio Chuck.

Todo el mundo se puso a cantar la canción de despedida. Lincoln era el único que se sabía la letra aparte de «llegado ya el momento» y el estribillo. La cantó a viva voz con su claro timbre de tenor:

ENLAZADOS

Que no nos separemos, no
que un mismo corazón
nos una en apretado lazo
y nunca diga adiós.

68

Cuando Lincoln despertó, estaba nevando. Había quedado en acudir al piso de Doris a las diez, pero no llegó hasta las diez y cuarto. Tuvo que aparcar a unas cuantas manzanas de allí, delante de una panadería. Ojalá tuviera tiempo de entrar, pensó.

No había muchos barrios como aquel en la ciudad. Una mezcla de casas señoriales, grandes bloques de apartamentos de obra vista y tiendas y restaurantes modernos. El edificio de Doris era de ladrillo amarillo, cuatro pisos más un patio con una pequeña fuente.

Sacudiéndose la nieve del pelo, Lincoln subió de dos en dos los peldaños del portal y pulsó el botón que llevaba el nombre de la mujer.

Doris accionó el portero automático.

—Estoy en el tercer piso —gritó—. Sube.

Olía bien en aquella escalera. A polvo. A viejo. Lincoln se preguntó cómo era posible que Doris hubiera subido todos aquellos peldaños un día sí y otro también, teniendo fastidiada la rodilla como la tenía. Ella le esperaba en el umbral.

—Me alegro de que hayas llegado —dijo—. Ya han apagado la calefacción y me estoy helando. Mira, esa es la vitrina.

ENLAZADOS

No quedaba nada en el piso salvo una vitrina envuelta en papel de burbujas. Lincoln abarcó la sala con la mirada, los altos techos de estaño y las paredes color crema. Los suelos de madera estaban rayados y oscurecidos, y la lámpara parecía sacada de un teatro de ópera.

—¿Cuánto tiempo has vivido aquí? —preguntó Lincoln.

—Desde que me casé —repuso ella—. ¿Quieres hacer una visita turística relámpago?

—Claro.

—Bueno, pues aquí la tienes. Aquello de allí es el dormitorio.

Cruzando una puerta, Lincoln accedió a una habitación inundada de luz. Otra puerta daba a un cuarto de baño diminuto, con una bañera a la vista y un anticuado lavamanos (pequeño, con grifos separados para el agua fría y la caliente.)

—Allí está la cocina —dijo Doris—. Todo es más viejo que Matusalén. Las encimeras llevan aquí desde la Segunda Guerra Mundial. Deberías ver mi nueva cocina; Corian, de pared a pared.

Lincoln echó un vistazo. La nevera era nueva, pero el resto de la habitación sin duda conocía la diferencia entre Gene Hackman y Gene Wilder. Había un teléfono de disco sujeto a la pared. Lincoln alargó la mano para tocar el auricular de baquelita.

—¿Echarás de menos esta casa? —le preguntó.

—Supongo que sí —asintió Doris—. Muchísimo. —Estaba abriendo los cajones de la cocina, para asegurarse de que no se dejaba nada—. Pero no echaré de menos los radiadores. Ni la corriente. Ni esas malditas escaleras.

Lincoln miró por la ventana que había encima del fregadero y bajó la vista hacia el patio.

—¿Es difícil entrar en este edificio?

—Bueno, tiene portero automático.

—No, me refiero a alquilar un piso.

—¿Por qué? ¿Estás buscando casa?

—Yo..., bueno...

¿Estaba?

No.

Pero si estuviera... Aquella sería exactamente la clase de casa
en la que le gustaría vivir.

—Podemos hablar con Nate al salir, el encargado, si quieres.
Es un buen chico. Uno de esos alcohólicos reformados. Si olvida
reparar el retrete, te hará una rebaja.

—Sí —asintió Lincoln—. Claro, vamos a hablar con él.

Agarró la vitrina y unas cuantas burbujas estallaron bajo sus
manos.

—Dobla las rodillas —le aconsejó Doris.

Según Nate, unas cuantas personas habían preguntado por el
piso, pero seguiría disponible hasta que alguien le entregara un
cheque por el valor del depósito. Lincoln no llevaba el talonario
encima, pero Doris sí.

—Sé que lo cuidarás bien —dijo.

Nate tomó la llave que Doris le devolvía y se la entregó a
Lincoln.

—A esto lo llamo yo dinero fácil —comentó Nate.

Doris llevó a Lincoln a su nuevo bloque de apartamentos, especiales para jubilados. Él transportó la vitrina, conoció a su hermana y admiró la cocina Corian. Luego Doris le ofreció un trozo de tarta Royal y le enseñó viejas fotos en las que aparecían Paul y ella con toda una serie de perros basset.

—Caray, qué emocionante —comentó Doris cuando acompañó a Lincoln otra vez a su coche—. Tengo la sensación de que el viejo apartamento se queda en la familia. Tendré que presentarte a todos los vecinos.

Cuando ella se marchó, Lincoln regresó al edificio, subió al tercer piso y abrió la puerta del piso. De su piso.

Recorrió las distintas habitaciones. Procuró abarcarlo todo, hasta el último detalle. Había un banco bajo la ventana del dormitorio en el que no se había fijado antes, y lámparas empotradas en las paredes como lirios de agua. Los ventanales del salón tenían marcos de roble y en la zona embaldosada del recibidor ponía «bienvenido» en alemán.

Tendría que comprarse un sofá. Y una mesa. Y toallas.

Tendría que decírselo a su madre.

69

De: Beth Fremont
Enviado: Lunes, 31 de enero de 2000. 11:26
Para: Jennifer Scribner-Snyder
Asunto: ¿Has visto a Amanda?

En serio, ¿has visto cómo va vestida?

<<**Jennifer a Beth**>> ¿Que si la he visto? Me están entrando ganas de invitarla a comer...

<<**Beth a Jennifer**>> ¿Cómo es capaz de pasearse por la redacción e incluso mirar a todo el mundo a los ojos yendo prácticamente desnuda de cintura para arriba?

<<**Jennifer a Beth**>> Yo no podría ni hacer una entrevista telefónica con una blusa como esa.

<<**Beth a Jennifer**>> Estoy acostumbrada a verla con camisas escotadas (o a que no se abroche las normales), pero, en serio, me parece que nunca he tenido unas vistas tan despeja-

das del pecho de otra mujer. Quizás en el instituto, en el vestuario...

<<Jennifer a Beth>> Si mi madre estuviera aquí, le ofrecería un jersey. Y si ella rehusara, mi madre le explicaría lo que le pasó a la reina Jezabel.

<<Beth a Jennifer>> ¿Qué le pasó a la reina Jezabel?

<<Jennifer a Beth>> Unos piadosos criados la tiraron por la ventana. Por casquivana. (Y pagana.) Amanda vino a hablar conmigo hace unas semanas. Llevaba un jersey de punto sin nada debajo. Empezó a buscarle defectos a uno de mis titulares y tuve que quitarme las gafas. No veo ni mi propio pecho sin las gafas.

<<Beth a Jennifer>> No sé qué intenta demostrar con esos escotes.

<<Jennifer a Beth>> Creo que solo intenta decir: «Miradme el pecho».

<<Beth a Jennifer>> Sí, pero ¿por qué?

<<Jennifer a Beth>> ¿Porque mientras le estás mirando el pecho no puedes leer sus soporíferas entradillas?

<<Beth a Jennifer>> Je.

<<Jennifer a Beth>> ¿Qué significa «je»?

<<Beth a Jennifer>> Lo mismo que «ja» pero con mala leche. Tengo que ponerme a trabajar.

<<Jennifer a Beth>> Una cosa más: te quiero mucho y tal por no haberme preguntado cómo estoy.

<<Beth a Jennifer>> ¿Acerca de qué?

<<Jennifer a Beth>> Gracias.

70

Uf.
Ahí estaban.
De vuelta.

Lincoln decidió pasar la noche en su piso nuevo en lugar de volver a casa.

Supuso que su madre no se preocuparía, que no se le ocurriría esperarlo despierta un lunes por la noche. Siempre podía decirle al día siguiente que había pasado la noche en casa de Justin. Si acaso tenía que decirle algo.

Lincoln se llevó consigo un viejo saco de dormir que guardaba en el maletero (olía a ropa de deporte y a tubo de escape) y se echó a dormir en el suelo de su nuevo salón. Aunque era tarde, oía a los vecinos de arriba yendo de acá para allá. En alguna otra parte había una radio encendida. En el piso de abajo, quizás, o al otro lado del rellano. Cuanto más escuchaba la música, más próxima parecía, hasta que fue capaz de distinguir las canciones que iban sonando, viejos éxitos de los años cincuenta y sesenta, bailes lentos y temas de fiesta de fin de curso.

Come go with me.

Some kind of wonderful.

In the still of the night.

Lincoln intentó no escuchar. Intentó no pensar.

¿Qué significaba que Beth y Jennifer estuvieran intercambiando correos otra vez?

Seguramente nada, concluyó. Es posible que el silencio de aquellas últimas semanas se debiera a un resfriado, nada más. No a que Dios le hubiera echado una mano a Lincoln para que siguiera adelante con su vida. Lincoln había sido un tonto por pensar así. Tonto y presuntuoso.

Siguió oyendo la radio fantasma mucho después de que los vecinos de arriba se fueran a dormir. *Only you. Sincerely.* Puede que mañana por la noche buscase esa emisora. Se preguntó cuándo se había aprendido la letra de *You send me* y si, en teoría, se trataba de una canción triste. Y entonces se durmió.

De: Jennifer Scribner-Snyder
Enviado: Martes, 8 de febrero de 2000. 12:16
Para: Beth Fremont
Asunto: Te gustaría...

Trabajar en el departamento de Corrección.

<<**Beth a Jennifer**>> Ejem... No, no me gustaría.

<<**Jennifer a Beth**>> Hoy sí. Derek ha escrito un artículo sobre la inseminación artificial a la que están sometiendo a los tigres del zoo, y Danielle ha decidido que no puede usar la palabra «p*ne». Dice que no supera la prueba del desayuno. Le ha obligado a cambiarla por «aparato reproductor masculino».

<<**Beth a Jennifer**>> ¿Qué es la prueba del desayuno?

<<**Jennifer a Beth**>> ¿Seguro que fuiste a la facultad de periodismo? La idea es no escribir nada tan desagradable como para

que empujes a un lado los cereales en caso de que estés leyendo el periódico mientras desayunas.

<<Beth a Jennifer>> Si empujara a un lado mis cereales, sería por el doble homicidio de la primera página, no por unos tigres estériles.

<<Jennifer a Beth>> Eso mismo ha dicho Derek, palabra por palabra. También ha dicho que solo una persona tan reprimida como Danielle consideraría que la inseminación a un tigre artificial tiene demasiado morbo como para informar de ello a nuestros lectores.

<<Beth a Jennifer>> Si lo expresas así, cabría pensar que están inseminando tigres artificiales. Eso sí que tiene un punto pervertido.

<<Jennifer a Beth>> Le acaba de preguntar a Danielle si acaso ella tacha todas las palabras guarras de sus novelas románticas Harlequin.

<<Beth a Jennifer>> Lo van a despedir.

72

Todos eran así últimamente, los mensajes de Beth y Jennifer. Volvían a intercambiar correos, pero algo había cambiado. Bromeaban y se quejaban del trabajo, se ponían al día..., pero no escribían acerca de nada importante.

¿Por qué eso lo frustraba? ¿Por qué le provocaba desasosiego?

Hacía un tiempo horrible, frío y gris, el aire empapado de una fina aguanieve. Pese a todo, Lincoln se sentía incapaz de pasar otras seis horas en el agobiante *departamento de Tecnología de la Información*. Decidió comprarse la cena en McDonald's. Le apetecía algo caliente y grasiento.

Las calles estaban en peores condiciones de lo que Lincoln esperaba. Un todoterreno estuvo a punto de chocar contra él cuando no pudo frenar a tiempo en un semáforo. El viaje consumió casi todo su tiempo de descanso, y cuando llegó a la calle del *Courier*, le habían quitado el sitio. Tuvo que estacionar en el inundado aparcamiento, a un par de manzanas de allí.

Cuando oyó el llanto pensó, en un primer momento, que se trataba de un gato. Era un sonido horrible. Desgarrado. Miró a su alrededor y vio a una mujer junto a uno de los pocos coches que quedaban. Se había desplomado sobre su coche, plantada sobre un gigantesco charco de barro.

Cuando Lincoln se acercó, vio la rueda pinchada y el gato tirado entre el fango.

—¿Se encuentra bien? —preguntó.

—Sí —respondió ella en un tono más asustado que convincente. Era una mujer bajita, recia, de cabello tirando a rubio. La había visto unas cuantas veces, en el turno de día. Estaba empapada y lloraba con desconsuelo. No lo miró. Lincoln se quedó allí plantado como un bobo. No quería importunarla pero tampoco dejarla sola.

Ella trató de serenarse.

—¿No tendrás por casualidad un móvil para prestarme?

—No, lo siento —repuso Lincoln—. Pero te puedo ayudar a cambiar la rueda.

Ella se enjugó la nariz, un gesto inútil considerando lo empapada que estaba.

—Vale —aceptó.

Lincoln buscó una superficie para dejar la cena, pero no la había, así que le tendió a la mujer la bolsa de McDonad's y recogió la llave de cruceta. Ella ya había extraído unos cuantos tornillos; no le costaría mucho.

—¿Trabajas en el *Courier*? —preguntó la mujer. Lincoln habría preferido que no hiciera esfuerzos por hablarle, tan alterada estaba.

—Sí —respondió.

—Yo también, en Corrección. Me llamo Jennifer. ¿Qué haces tú?

Jennifer. ¿Jennifer?

—Seguridad —repuso él, sorprendiéndose a sí mismo—. Sistemas de seguridad.

Elevó el coche y miró a su alrededor buscando la rueda de repuesto.

—Sigue en el maletero —dijo ella.

Pues claro. Lincoln ya no podía mirarla; ¿y si lo reconocía? Puede que no fuera ella. ¿Cuántas Jennifer trabajaban en Corrección? Volvió a bajar el coche, abrió el maletero, cogió la rueda e izó nuevamente el vehículo. Advirtió que ella se había echado a llorar otra vez, pero no sabía cómo consolarla.

—Hay patatas fritas ahí, si las quieres —indicó. En cuanto hubo pronunciado las palabras, comprendió que la oferta resultaba un tanto rara. Al menos ella ya no parecía asustada. Cuando volvió a mirarla, Jennifer se estaba comiendo las patatas.

Tardó unos quince minutos en cambiar la rueda. Jennifer (¿Jennifer?) no tenía un neumático de verdad, solo uno de esos provisionales que vienen con el vehículo. Ella le dio las gracias y le devolvió lo que quedaba de la cena.

—Es una rueda de galleta —dijo—. Deberías llevar el neumático a arreglar lo antes posible.

—Claro —respondió ella—. Lo haré.

No le hacía demasiado caso. Lincoln tuvo la sensación de que solo quería que se largara. Y él también estaba deseando marcharse. Esperó a que ella subiera al coche y arrancara el motor antes de alejarse. Sin embargo, cuando se volvió a mirar, el coche no se había movido. Dejó de andar.

Se preguntó por qué Jennifer —si acaso era ella, Jennifer— estaba llorando, qué le habría pasado. Puede que se hubiera peleado con Mitch. Tal vez ella hubiera provocado la pelea. Pero no había comentado nada al respecto en sus correos. O quizás...

Ay.

Ay.

¿Cuándo fue la última vez que mencionó...? ¿Por qué Lincoln no se había percatado de...? Debería haberlo adivinado cuando los correos cesaron, por su manera de comunicarse, por lo que estaban obviando.

El bebé. Debería haberse dado cuenta.

Qué egoísta era. Solo había estado pendiente de si su nombre aparecía en las conversaciones. Aunque también es verdad que nada habría cambiado por más que Lincoln hubiera atado cabos. No habría podido decirle que lo sentía ni enviarle una tarjeta.

Lincoln se encaminó al coche y llamó a la ventanilla. Estaba empañada. Jennifer la frotó y, al verlo, la bajó.

—¿Seguro que te encuentras bien? —insistió él.

—No pasa nada.

—Creo que deberías llamar a tu marido.

—No está en casa —alegó ella.

—A una amiga, a tu madre o a alguien.

—Te lo prometo, no me pasará nada.

No podía dejarla sola. En particular, no ahora que sabía o creía saber por qué estaba tan disgustada.

—Si alguien que me importa estuviera llorando a solas en un aparcamiento —dijo, lamentando no poder decirle que ella le importaba— a estas horas de la noche, querría que alguien me avisase.

—Mira, tienes razón. No estoy bien, pero me recuperaré. Me marcharé enseguida. Te lo prometo.

Lincoln quería decirle que no debería conducir en ese estado. Las calles estaban hechas un asco, ella estaba hecha un asco... Pero no podía ponerse firme. No podía consolarla. Le tendió la bolsa de McDonald's.

—Vale. Pero... Por favor, vete a casa.

Ella se alejó entonces. Lincoln observó cómo el coche abandonaba el aparcamiento y enfilaba por la autopista. Cuando dejó de verla, echó a correr hacia el edificio del *Courier*. Estaba tan empapado y tenía tanto frío que se quitó los zapatos mojados en cuanto se sentó a su mesa y luego trató de averiguar cuál de los conductos de ventilación del techo desprendía más calor para poder acurrucarse debajo. Acabó cenando un bocadillo de las máquinas. (Tenía que decirle a Doris que, por lo que parecía, los bocadillos se estropeaban unos días antes de la fecha de caducidad.) Se preguntó si Jennifer habría llegado bien a casa y si él estaba en lo cierto respecto al motivo de su llanto. Puede que no fuera algo tan horrible. Tal vez ni siquiera se tratase de la misma Jennifer.

Lincoln volvió a pasar la noche en su piso. El aire seguía siendo cortante y el apartamento estaba más cerca del periódico que la casa de su madre. Pensó en llamarla para decirle que no se preocupara, que no había sufrido un accidente. Ella aún no había comentado nada en relación al hecho de que Lincoln se ausentara a menudo. Tal vez su madre intentaba darle cancha. ¿Y si no hacía falta que se mudara? ¿Y si se limitara a espaciar sus regresos...?

73

De: Jennifer Scribner-Snyder
Enviado: Miércoles, 9 de febrero de 2000. 10:08
Para: Beth Fremont
Asunto: Me parece que he conocido a tu chico mono

A menos que corran por aquí dos chicos monos morenos y prácticamente hercúleos.

<<**Beth a Jennifer**>> ¿Conocido? ¿Lo has conocido?

<<**Jennifer a Beth**>> Sí. Ayer por la noche. Al salir del trabajo.

<<**Beth a Jennifer**>> ¿Estás alargando la historia para divertirte a mi costa?

<<**Jennifer a Beth**>> No sé si te lo quiero contar. Es la clase de historia que hará que te preocupes por mí, y no quiero que lo hagas.

<<**Beth a Jennifer**>> Demasiado tarde. Ya estoy preocupada por ti. Cuéntamelo... con todo lujo de detalles.

<<**Jennifer a Beth**>> Bueno...

Ayer me tocó turno de noche, por lo que tuve que dejar el coche en el aparcamiento de gravilla, debajo de la autopista, y no salí del diario hasta pasadas las nueve. Hacía muchísimo frío, prácticamente nevaba, y cuando por fin llegué al coche tenía una rueda pinchada. (Esto parece la secuencia inicial de un episodio de *Ley y Orden*, ¿verdad?)

En fin... Lo primero que hice fue sacar el teléfono para llamar a Mitch, pero no tenía batería. Debería haber regresado al despacho en aquel mismo instante y haber llamado a la grúa o algo por el estilo. En cambio, decidí cambiar la rueda yo misma. O sea, he cambiado ruedas otras veces, no soy una inútil. Mientras sacaba el gato, me asaltó la idea de que «quizás no debería hacer esto en mi estado».

Y entonces me acordé de que ya no estoy en ningún estado.

Tardé veinte minutos en retirar los dos primeros tornillos. El tercero no cedía. Incluso intenté meter el gato. Salió disparado y me golpeó en la barbilla. A esas alturas, estaba empapada, sucia de barro y llorando. Histérica perdida.

Y entonces veo una enorme sombra que se dirige hacia mí, y a mí solo se me ocurre pensar: «Espero que no me viole, porque me han dicho que espere seis semanas antes de mantener relaciones».

La enorme sombra dice: «¿Se encuentra bien?».

Yo respondo: «Sí», con la esperanza de que siga andando. Pero él se acerca y yo entonces me percato de que es mono; mono de un modo muy concreto e inesperado; tosco, podría decirse. Y además lleva una cazadora tejana un tanto anticuada. Al momento pienso: «Este es el chico mono de Beth», y deja de inspirarme temor, lo que es muy raro si te paras a pensarlo porque, por más que te guste, ni tú ni yo sabemos nada de ese tío. Y cabía la posibilidad de que ni siquiera fuera él.

En cualquier caso, me cambió la rueda.

Tardó ocho minutos, como máximo. Yo me quedé allí plantada, sosteniéndole la cena (McDonald's) y mirando. Y llorando. Debía de ofrecer una imagen realmente patética porque me dijo: «Hay patatas fritas ahí, si las quieres». Me pareció una oferta un tanto rara, pero, francamente, soy la clase de persona que halla consuelo en unas patatas fritas, así que me las comí.

Y entonces —en serio, pocos minutos más tarde— había terminado (tan embarrado como yo, el aparcamiento era un gran charco). Me aconsejó que arreglara el neumático y se marchó.

Así que subí al coche, conecté la calefacción... y me eché a llorar aún más desconsoladamente que antes. Más de lo que había llorado desde aquel día. No sé si alguna vez había llorado tanto. (Quizás cuando mi padre se marchó.) Estaba temblando y profiriendo esos horribles ruidos aspirados, como de elefante. No dejaba de pensar en la palabra «desesperación» y en el hecho de que, hasta entonces, solo había deducido su significado a partir del contexto.

Estaba fuera de mí cuando oí que llamaban a la ventanilla. Tu chico mono. Seguía allí. Parecía incómodo a más no poder, como si tener que tratar conmigo le doliera casi físicamente. Dijo: «Creo que deberías llamar a tu marido», en tono firme y autoritario. (Me dolió que diera por supuesto que estoy casada, pero solo un poquito. Como si te llamaran *madame* cuando tú aún te sientes *mademoiselle*.)

Yo no paraba de decirle que no se preocupara, que no me pasaba nada, y entonces me soltó: «Si alguien que me importa estuviera llorando a solas en un aparcamiento a estas horas de la noche, querría que alguien me avisase».

Eso fue lo que dijo. Qué amable, ¿verdad?

Yo le respondí que tenía razón, que no estaba bien, pero que me recuperaría, y le prometí marcharme a casa. Durante un minuto, pensé que no me dejaría partir, que se quedaría allí con la mano en mi ventanilla. Y habría sido lógico; tenía los ojos tan hinchados que apenas si los podía abrir y debió de pensar que estaba a punto de tirarme con el coche por un precipicio.

Pero asintió, me tendió la bolsa de McDonald's y se alejó.

Entonces arranqué. Llegué a casa y me comí sus dos hamburguesas (con doble de pepinillos) mientras esperaba a Mitch, que, debo constatar, pareció aliviado al encontrarme llorando. Creo que empezaba a preguntarse si yo era un ser frío e inhumano o si estaba implosionando en silencio.

Me pasé casi toda la noche llorando. Cuando he llegado esta mañana, tenía la cara tan hinchada y congestionada que le he dicho a Danielle que había sufrido una reacción alérgica al marisco.

<<Beth a Jennifer>> Deberías haberte quedado en casa.

<<Jennifer a Beth>> No quiero que nadie empiece a preguntarse por qué estoy de baja con tanta frecuencia.

<<Beth a Jennifer>> Si lo supieran, te darían un permiso encantados.

<<**Jennifer a Beth**>> No me apetece que me compadezcan. En realidad, no es verdad, me gustaría que el mundo entero me compadeciera. Soy patética y me siento desgraciada. Pero no quiero que nadie me compadezca si ello conlleva pensar en mi útero.

<<**Beth a Jennifer**>> ¿Hoy te encuentras mejor? ¿Te alivia haberte desahogado?

<<**Jennifer a Beth**>> No sé. Aún no quiero hablar de ello.

<<**Beth a Jennifer**>> Pero podemos hablar de mi chico mono, ¿no?

<<**Jennifer a Beth**>> *Ad nauseam*.

<<**Beth a Jennifer**>> No me puedo creer que lo hayas conocido. Llevo meses persiguiéndolo sin conseguir nada más que un breve contacto visual, y tú vas y charlas con él a la primera de cambio. Y no solo eso. Has protagonizado un encuentro mono. ¿Te parece retorcido que ahora mismo te envidie?

<<**Jennifer a Beth**>> ¿Qué es un encuentro mono?

<<**Beth a Jennifer**>> Es el momento en que los dos protagonistas de una película se conocen. Nunca sucede en plan: «Harry, esta es Sally. Sally, este es Harry». Siempre se conocen en plan mono, algo así como: «¡Eh, has echado chocolate con mi mantequilla de cacahuete!» / ¿De qué vas? ¡Tú has echado mantequilla de cacahuete en mi chocolate!».

Ser rescatada por un hombre guapo (llorando bajo la lluvia en un aparcamiento), que te cambie la rueda y comparta sus patatas fritas contigo, eso es un encuentro mono.

Maldita sea, se suponía que era yo la que estaba destinada a protagonizar el encuentro mono.

<<Jennifer a Beth>> Tu encuentro mono habría sido así: «¡Eh, has echado chocolate en mi mantequilla de cacahuete!» / «Perdona, tengo novio».

Además, debo recordarte que caía aguanieve. Eso siempre resta encanto a un encuentro.

<<Beth a Jennifer>> Da igual, lo viste con el pelo mojado...

Pero venga, cuéntame, ¿qué impresión te dio? Por lo que dices, te pareció un bicho raro.

<<Jennifer a Beth>> Yo no lo definiría como un bicho raro. Más bien cortado, muy tímido. Tuve la impresión de que se sentía sumamente incómodo; como si solo su caballerosidad y su decencia le impidieran dejarme allí plantada.

<<Beth a Jennifer>> Entonces cortado, caballeroso, decente...

<<Jennifer a Beth>> Y muy majo. Fue sumamente amable por su parte acercarse y quedarse allí hasta que me recuperé. Muchos chicos habrían pasado de largo o, como mucho, habrían llamado a emergencias.

<<Beth a Jennifer>> Cortado, caballeroso, decente, majo...

<<Jennifer a Beth>> Y muy, muy mono. No exagerabas. No es mono al estilo de un modelo de Sears. Más bien mono a la antigua. Y cuanto más lo miraba, más mono me parecía. El tío es un tanque. Casi esperaba que levantara el coche a pulso.

<<Beth a Jennifer>> Un tanque, vestido como si acabara de ganar el premio al mejor proyecto científico. Qué mono es ese chico.

<<Jennifer a Beth>> Muy mono.

<<Beth a Jennifer>> Vale, pues voy a empezar a aparcar en el solar de gravilla. Lo sabes, ¿no?

<<Jennifer a Beth>> No lo hagas. Ese aparcamiento es tétrico. Cíñete a la sala de descanso.

74

«Sigo siendo su chico mono», pensó Lincoln de regreso a casa. Acudió al gimnasio al día siguiente y corrió hasta que le flaquearon las piernas.

«Sigo siendo suyo.»

—¡Lincoln, tío! ¡Estás vivo!

—Justin, qué pasa.

—Perdona que te llame al trabajo, pero llevo tantos días telefoneando a casa de tu madre que debe de pensar que quiero ligar con ella. Tengo la sensación de que llevo desde sexto sin verte.

—Sí —dijo Lincoln—. No he estado...

No estaba evitando a Justin. Estaba evitando a Sacajawea.

—¿Te acuerdas de lo grandullón que eras en sexto? Eras «mi puto guardaespaldas». Mira, vas a salir esta noche. Conmigo y con Dena.

—Esta noche tengo que trabajar.

—Te esperaremos. No nos convertimos en calabazas a medianoche, ¿sabes? Yo no trabajo mañana, Dena sí, pero ella se apaña con menos de ocho horas... Ay, claro que te apañas —dijo Justin. Debía de tener al lado a Dena—. No necesitas dormir ocho horas para sorber saliva de las bocas... Quería decir con un aspirador... Eh, Lincoln, quedamos en el Village Inn, ¿vale? A ver si puedo reservar nuestra mesa de siempre.

—Sí, vale. Puedo llegar sobre la una.

—Pues que sea a la una.

Ya estaban sirviendo a Justin y a Dena cuando Lincoln apareció. Ya le habían pedido su ración de tarta de mousse.

—La tarta corre de mi cuenta —informó Justin—. Y también la segunda porción. Estamos de celebración.

—¿Y qué celebramos? —preguntó Lincoln.

—Enséñaselo, cariño —pidió Justin.

Dena tendió una mano con una sortija del tamaño de su nudillo. El marketing hospitalario debía de ser un negocio lucrativo.

—Es precioso —dijo Lincoln—. Felicidades —se inclinó hacia delante para propinarle a Justin una palmadita cariñosa—. Felicidades.

—Estoy más feliz que una perdiz —declaró Justin— y en parte es gracias a ti.

—Qué va.

—Sí. Fuiste mi compinche al principio de todo y luego me ayudaste a entrar en razón cuando estuve a punto de dejar que esta preciosa mujer se me escapara entre los dedos. ¿Ya no te acuerdas? De no ser por ti, aún andaría diciendo que no quiero sentar la cabeza y demás chorradas.

—Habrías descubierto la verdad por ti mismo antes o después —dijo Lincoln—. Estabas enamorado.

—Puede ser —admitió Justin—, pero de todas formas te quiero dar las gracias y me..., a Dena y a mí nos gustaría que tuvieras un papel en la boda.

—¿De verdad?

—De verdad. ¿Te gustaría ser uno de los padrinos?

—Claro —repuso Lincoln, sorprendido. Y conmovido—. Claro, me encantaría.

—Bueno, pues muy bien —dijo Justin. Tomó un gran bocado de puré de patatas—. ¡Muy bien! Y todavía no te he contado lo mejor. Adivina quién tocará en la fiesta. —No esperó a que el otro hiciera conjeturas—. ¡Sacajawea!

—¿Eso es lo mejor? —preguntó Dena.

—Lo mejor después del matrimonio —se corrigió Justin.

—Sacajawea... —repitió Lincoln.

—Como lo oyes. Me puse en contacto con ellos a través de su manager en Ranch Bowl y hablé con el cantante. Dijo que tocarían en un puto *bar mitzvah* siempre y cuando les pagásemos lo estipulado.

—Pagaremos más por el concierto que por la barra libre —intervino Dena.

—Será alucinante —dijo Justin.

Siguieron hablando de la boda. Iban a celebrar un convite por todo lo alto. Dena tenía montones de compañeras de fraternidad. Justin tendría que escarbar a fondo para reclutar padrinos.

—¿Y cuándo es el gran día? —preguntó Lincoln.

—El siete de octubre.

—Estamos buscando casa —añadió Justin.

—Estamos buscando una barbacoa —apostilló Dena.

—Una parrilla —la corrigió Justin— y no entiendo cuál es el problema. Tengo que saber cómo será la parrilla antes de buscar la casa, para saber si cabe. No quiero mudarme a una casa para descubrir al cabo de seis meses que la puta barbacoa no encaja. ¿Por qué empezar nuestra vida en común haciendo concesiones?

Dena puso los ojos en blanco y pidió por señas otra Coca-Cola light.

—Te invitaremos a comer filetes, Lincoln —prometió Dena.

—Y un cuerno —dijo Justin—. Te avisaré para la mudanza. Harán falta tres hombre adultos y un rinoceronte para transportar el modular de piel de Dena.

Lincoln supuso que eso de rinoceronte iba por él.

—No es tan grande —objeto Dena.

—Os ayudaré encantado —prometió Lincoln—. De verdad. Felicidades. A los dos.

Las tres noches siguientes durmió en su apartamento. Compró un colchón, un somier y una lámpara. Compró un vaso para el cepillo de dientes, una jabonera y un jabón con aroma a vetiver. Se demoró veinte minutos en el pasillo de ropa de cama de los almacenes Target, buscando un juego de cama lo bastante masculino, y al final escogió uno estampado en violeta, porque le gustaban las violetas y, al fin y al cabo, ¿quién iba a ver sus sábanas, aparte de él?

De: Jennifer Scribner-Snyder
Enviado: Miércoles, 16 de febrero de 2000. 10:00
Para: Beth Fremont
Asunto: Saludos de parte de la persona más egocéntrica del mundo

Ayer por la noche, mientras yacía despierta en la cama acusándome a mí misma de ser una persona despreciable, descubrí que soy verdaderamente despreciable. Como mínimo, una pésima amiga. En todas estas semanas, no he sido capaz de olvidar mi desgracia el tiempo suficiente para preguntarte cómo fue la boda de Kiley. Lo siento mucho.

Así que, por favor, dime. ¿Qué tal la boda?

<<**Beth a Jennifer**>> ¿Y por qué yaces despierta en la cama pensando que eres una persona horrible?

<<**Jennifer a Beth**>> Para distraerme cuando no puedo dormir. Algunos cuentan ovejitas. Yo me odio a mí misma.

<<Beth a Jennifer>> Entiendo que tengas insomnio ahora mismo, pero no entiendo por qué te odias a ti misma.

<<Jennifer a Beth>> ¿No? ¿De verdad?

<<Beth a Jennifer>> No. Te pasó una cosa horrible, pero eso no significa que tú seas horrible.

<<Jennifer a Beth>> Pasó porque soy horrible. ¿Qué tal la boda?

<<Beth a Jennifer>> No es verdad. Pues claro que no. ¿De verdad crees que solo sufren desgracias las personas que lo merecen?

<<Jennifer a Beth>> En general, no. En este caso, sí.

¿Te acuerdas de que la comadrona me aconsejó que le hablara al bebé para transmitirle mis emociones y mis buenas vibraciones? ¿Y yo dije que estaba loca, y tú observaste que no te parecía tan descabellado?

Bueno, pues estoy de acuerdo contigo. No era tan descabellado.

El bebé percibió mis deseos. Le envié vibraciones maternas a través del cordón umbilical o lo que sea. Y durante las primeras seis o siete semanas, el mensaje que recibió fue: «Lárgate». «Lárgate, lárgate, lárgate». Y lo hizo.

Puedes decirme y repetirme que me equivoco, objetar que yo no tuve la culpa, que estas cosas pasan sin más. Pero tú, pese a tus cariñosas palabras de consuelo, sabes mejor que nadie lo negativa que fue mi actitud, lo nerviosa, enfadada y disgustada que estaba. Sé que mi postura te incomodaba.

<<**Beth a Jennifer**>> Reconozco que te sentías dividida y desgraciada, pero muchas mujeres son madres aunque se sientan desgraciadas. No se puede interrumpir un embarazo a fuerza de pensamientos negativos.

<<**Jennifer a Beth**>> Más que negativos. Corrosivos.

<<**Beth a Jennifer**>> Pero lo superaste. Aceptaste el embarazo. No solo eso, estabas encantada.

<<**Jennifer a Beth**>> Qué ironía, ¿eh? (¿Es irónico o solo triste? A veces me cuesta diferenciar ambas cosas.)

<<**Beth a Jennifer**>> No hagas eso, por favor. No simplifiques hasta esos extremos lo que acabas de vivir. Tienes que aceptar esos sentimientos tan terribles. Tienes que afrontarlos —la amargura y el pesimismo— para poder decidir que no quieres quedarte ahí.

<<**Jennifer a Beth**>> Para acabar sufriendo una amarga decepción. Así es como me siento.

<<**Beth a Jennifer**>> Si estás decidida a considerar lo sucedido como una especie de condena universal, pregúntate si la reacción más adecuada al castigo es encerrarte en tu cinismo, por muy cómoda que te sientas en esa postura. Puede que la lección sea: cambia el chip.

<<Jennifer a Beth>> Bueno, me parece una reflexión un tanto cruel.

<<Beth a Jennifer>> ¿No prefieres que sea sincera?

<<Jennifer a Beth>> Si esa es tu forma de ser sincera, casi prefiero que te limites a desearme lo mejor, a hacer los típicos comentarios que se pueden resumir a grandes rasgos en: «ánimo», «superación» o «lamento que algo haya muerto en tu interior». No necesito mensajes del tipo: «ponte las pilas», la verdad.

<<Beth a Jennifer>> No pretendía decir eso. Perdona.

<<Jennifer a Beth>> ¿Ah, no? Pues es lo que has dicho.

<<Beth a Jennifer>> Pues no debería haberlo dicho.

76

De: Jennifer Scribner-Snyder
Enviado: Miércoles, 16 de febrero de 2000. 15:15
Para: Beth Fremont
Asunto: Sea como sea...

¿Qué tal la boda?

<<**Beth a Jennifer**>> ¿Significa eso que me has perdonado por ser tan insensible?

<<**Jennifer a Beth**>> Francamente, no. Puede que no te perdone hasta que una de las dos yazga en su lecho de muerte. (Soy rencorosa, no puedo evitarlo.) Pero hasta que no haga otra amiga, no me puedo permitir estar enfadada contigo.

<<**Beth a Jennifer**>> Lo siento muchísimo. No quiero que evites el tema conmigo.

<<**Jennifer a Beth**>> Por favor. ¿Y con quién voy a hablar si no? Cuéntame cómo fue la boda.

<<**Beth a Jennifer**>> Vale. Pero te lo advierto: es una historia muy larga. Puede que el relato dure más que la propia boda. Misa católica incluida. Dame unas semanas para escribir.

<<**Jennifer a Beth**>> Te doy unas horas. Supongo que encontraré algo para corregir mientras tanto.

<<**Beth a Jennifer**>> ¿Seguro que hay buen rollo entre nosotras? Porque puedo volver a disculparme. La penitencia se me da muy bien.

<<**Jennifer a Beth**>> Tú háblame de la boda.

77

De: Beth Fremont
Enviado: Miércoles, 16 de febrero de 2000. 16:33
Para: Jennifer Scribner-Snyder
Asunto: Tener y retener

Vale, he escrito esto en un documento de noticias y lo he guardado en el servidor para no tener que volver a empezar desde el principio si lo pierdo. Asegúrate de que no se cuele entre los archivos de las pruebas, ¿vale?

Bueno, ¿seguro que estás preparada? Es una historia verdaderamente larga.

¿Y seguro que ya no estás enfadada conmigo? ¿Quieres seguir hablando del bebé? Porque lo de la boda puede esperar. (A estas alturas no es una noticia de última hora, que digamos.)

<<**Jennifer a Beth**>> Sí, estoy lista, y no, no estoy enfadada. ¡Venga, suéltalo ya!

<<**Beth a Jennifer**>> Bueno, vale, allá va...

La boda propiamente dicha fue maravillosa.

Como era de esperar, yo tenía un aspecto monstruoso con mi vestido de dama de honor. Pero, por lo visto, nadie más se daba cuenta y hasta yo estaba harta de escuchar mis quejas, así que puse mi mejor cara. Que resultó ser mucho más atractiva que las del resto de damas de honor. Todas pidieron un maquillaje de estilo «ojos ahumados», «ya sabes, como Helent Hunt en los Oscar». Estoy segura de que mi hermana Gwen y yo somos las únicas que no pasaremos por víctimas de abusos domésticos en las fotos de la boda.

La ceremonia tuvo sus momentos bonitos, pero fue tan horriblemente larga (incluida una misa de principio a fin, como ya te he dicho) que me costó mucho concentrarme en algo que no fuera flexionar las rodillas para no desmayarme. (Sucedió en la boda de mi prima. Uno de los padrinos cayó sobre una silla y se hizo un corte en la oreja. Manchó de sangre el esmoquin de alquiler.) No paraba de pensar que si me desmayaba encima de la minúscula Tri Delta que tenía detrás, la aplastaría.

Chris aguantó como un campeón. Se sentó con mis padres durante la ceremonia y también en el banquete, saludó a todos y cada uno de mis parientes. Estuvo tan encantador que empecé a llamarlo Chris de Stepford.

Y cuando llegó la hora de la gran foto familiar, con todos los cónyuges y nietos, Kiley insistió en que Chris posara también. Ni siquiera le dejó protestar.

—Tú llevas más tiempo con nosotros que muchos de esos maridos —dijo.

La cena fue deliciosa. Las ancianas italianas de la iglesia de mis padres prepararon *mostaccioli* al horno y salchichas con pimientos rojos. Mi hermana estaba tan pendiente de no mancharse el vestido que no comió nada, solo pan de ajo. (¿Que si me comí su pasta? Pues claro que sí.)

Kiley y Brian bailaron de maravilla el tema de Louis Armstrong. Ella estaba preciosa. Yo tuve que bailar un lento con uno de los Sigma Ji (el tema principal de *Titanic*) y él no paraba de mirarme el vestido, lo que me resultó un tanto desagradable pero también una pizca halagador. Por lo que parece, no he perdido mis encantos.

En cuanto mis deberes oficiales de dama de honor hubieron concluido, me puse mi chaquetita y me sentí mil veces mejor. Estaba de un humor excelente, la verdad, aliviada de que lo más engorroso hubiera quedado atrás y ardiendo en deseos de pasar el resto de la noche con Chris. Jamás en la vida he estado más enamorada de él.

En primer lugar, estaba peligrosamente guapo. Llevaba la americana color antracita que le compré con una chalina de satén azul que había encontrado no sé dónde. Tenía el aspecto de alguien que escribe poesía en francés. (Para seducir vírgenes, obviamente.) Mi madre le preguntó si llevaba bufanda.

En segundo lugar, sabía que estaba desplegando sus encantos solo porque me ama. Por consideración hacia mí. Tenía la sensación de que su buena conducta era una prueba irrefutable de lo mucho que le importo. Ya sé que no debería andar por ahí buscando pruebas, pero a mí me tranquiliza.

Durante la cena, Chris salió a fumar y a descansar de mi familia, y cuando fui a buscarlo a la puerta trasera, se mostró tan contento de verme como yo de verlo a él.

—¿Ya eres mía? —preguntó. Me dijo que estaba preciosa. Me besó. Me dijo que me quitara la chaqueta—. Vámonos a casa —dijo.

Yo alegué que no podía marcharme, que le había prometido a mi hermana que bailaría en la fiesta. No quería que su recepción fuera una de esas bodas en las que solo bailan los niños, así que todas las damas de honor habíamos jurado quedarnos como mínimo hasta «Los pajaritos».

—Entonces habrá que bailar —se resignó Chris, y dio una última calada al pitillo. Tiene un modo de mirarme cuando inhala, con la cabeza ladeada... Entiendo por qué a los chicos de doce años les parece guay fumar.

Así que volvimos a la fiesta y bailamos todas las canciones. Más o menos. En realidad nos dedicamos a mecernos agarrados el uno al otro mientras nos besábamos a lo esquimal.

¿Recuerdas cuando me obsesioné con aquel restaurante lituano tan mono del centro? ¿Que solo estaba abierto cuando a la vieja gruñona que lo llevaba le apetecía? Me tiré toda una semana acudiendo a diario sin resultado. Y entonces, cuando prácticamente había renunciado a volver a probar la torta Napoleón, pasé en coche por delante y vi el cartel de abierto en el escaparate.

Bueno, pues estar con Chris se parece a intentar reservar una mesa en ese restaurante. Nunca sabes si va a estar por ti o hasta qué punto será accesible. Casi nunca puedes contar con él, no del todo. Pocas veces he disfrutado del Chris que estuvo conmigo la noche de la boda de Kiley; con un cartel que reza «abierto», sopa fría de pepino, *rinderroulade*, *kolache* relleno de semillas de amapola.

Me descubrí a mí misma pensando que así me gustaría bailar en mi propia boda. (Salvando los temas de los Dixie Chicks y de Alan Jackson.) Querría disfrutar de esa clase de baile que consiste más bien en acariciarse al compás de la música. En cerrar los ojos y pensar en cómo le dirías a alguien que lo amas si no existieran las palabras o el sexo.

Chris me rodeaba la cintura con un brazo y enredaba los dedos en mi cabello. Me besó la frente, sonriendo. Me miró, a los ojos, y yo tuve la sensación de estar enamorada del sol.

Y entonces —ahora te vas a reír de mí, no podrás evitarlo— el DJ puso *Rocky Mountain High*.

Me encanta *Rocky Mountain High*, joder. Me importan un comino las águilas, los lagos y Colorado. Pero *Rocky Mountain High* es la euforia hecha canción. Cuando oyes a John Denver cantar: «*Nació un verano, a los 27 años...*», ¿quién se resiste a dejar que el cosmos inunde su corazón?

Así que sonó *Rocky Mountain High* y yo empecé a besar a Chris como si no pudiera esperar al estribillo, envuelta en adoración, vulnerabilidad y «*he visto una lluvia de fuego en el cielo*». Y Chris me devolvió el beso. Cuando se apartó —más o menos cuando el poeta se rinde a una vida maravillosa pero reconoce que su corazón aún tiene miedo— me dijo:

—Beth, te quiero. Te quiero más de lo que nunca pensé que te querría. Más de lo que nunca te he dicho.

Y yo empecé a decirle que le quería también, pero me hizo callar, me besó y añadió:

—Espera un momento, no he terminado. Esto es importante.

¿Me creerás tonta si te digo que pensé que me iba a pedir matrimonio? No estaba muy segura. Si me hubieran preguntado, quizás habría apostado por el no. Pero si alguna vez me lo iba a pedir, no podría haber encontrado un momento más propicio —ni más perfecto— que aquel.

—A veces —dijo—, te quiero tanto que no lo puedo soportar. De vez en cuando, sencillamente no tengo energía suficiente para ello, para albergar un sentimiento tan inmenso. Y no puedo detenerlo ni sofocarlo. A veces, me canso tan solo de saber que te voy a ver.

No estaba lista para renunciar a mi fantasía. Pensé: «Te cansas en el buen sentido, ¿no?».

—Siempre te querré —continuó—, pero tienes que saber que nunca me casaré contigo.

Debí de quedarme a cuadros porque lo repitió. Recalcando cada palabra.

—Beth, nunca me voy a casar contigo.

Aún me miraba con ojos tiernos, rebosantes de amor. Si hubieras estado a unos metros de distancia y hubieras atisbado su rostro, habrías jurado que acababa de pedirme que me casara con él.

Mi primer pensamiento, nada más oírlo, fue que había formulado la frase de un modo un tanto agresivo. Había dicho que «él» no se iba a casar «conmigo». ¿Por qué no decir que «nosotros» no nos íbamos a casar nunca? ¿Por qué no había dado a entender que se trataba de una decisión compartida? Habría sido un modo de expresarlo un tanto más educado, ¿no?

Y entonces intentó besarme, o reanudar nuestro beso, con todo el amor, la pasión y John Denver que compartíamos antes de esa declaración. Pero yo sentí que la conversación no podía acabar ahí. Así que me aparté y dije:

—¿Con eso quieres decir que nunca te casarás? ¿O que nunca te casarás conmigo?

Él lo consideró.

—Ambas cosas —repuso, acariciándome el cabello—, pero sobre todo la segunda.

—Sobre todo que nunca te casarás conmigo.

Chris asintió.

—Pero no porque no te quiera. Te quiero. Te quiero demasiado. Eres demasiado.

Entonces lo empujé y eché a andar más o menos en círculo por la pista de baile. Deambulé entre la gente que bailaba y por fin llegué a la puerta de la calle. Estuve recorriendo el aparcamiento durante un minuto antes de comprender que no sabía dónde estaba el coche y que Chris aún tenía mis llaves. (Si yo fuera una de esas personas que acaban en el altar cuando se enamoran, me aseguraría de que los vestidos de mis damas de honor llevaran bolsillos.) Miré hacia atrás y ahí estaba, plantado a la puerta del local.

—No me hagas esto —gritó.

—No te hago nada —repliqué—. Tú lo haces.

Y me dije que antes prefería arder en el infierno que dar un paso hacia él. Así que le pedí que me tirara las llaves. No lo hizo, dijo que me llevaría a casa. Y yo en plan:

—Ni se te ocurra acercarte. Lánzame las llaves.

—Ya sabía que no lo entenderías —dijo él—. Ya sabía que te lo tomarías mal.

¿Y cómo quería que me lo tomara?

Dijo que esperaba que fuera capaz de comprender la verdad.

—Que te quiero tanto como para ser sincero contigo.

—Pero no lo bastante para casarte conmigo —objeté.

—Demasiado para casarme contigo.

A pesar de lo alterada que estaba, me las ingenié para poner los ojos en blanco.

—No sirvo para esto —me gritó—. Mírame. Sabes que es verdad. —Y por primera vez, quizás en toda su vida, su tono no era el de un tío que pasa de todo. Parecía asustado. Y un poco enfadado—. No quiero que la persona que amo ocupe todos mis pensamientos, todo mi espacio. Si hubiera sabido que me iba a sentir así, me habría marchado hace tiempo, cuando todavía era capaz.

Yo no paraba de gritarle que me lanzara las llaves. Creo que lo llamé «pedazo de cabrón horrible». Como si estuviera soltando tacos en otra lengua. Me pasó las llaves, que golpearon el coche que tenía detrás como una pelota de béisbol.

—No vengas a casa —le ordené—. No quiero verte.

—Tengo que ir —protestó—. Necesito la guitarra.

¿Has visto *La chica del adiós*? No la veas si quieres seguir disfrutando de las comedias románticas. A su lado, cualquier película de Julia Roberts o Sandra Bullock queda a la altura del betún. Y tampoco veas *La chica del adiós* si te molesta la idea de enamorarte perdidamente de Richard Dreyfuss, incluso si lo has visto en *¿Qué pasa con Bob?* o *Profesor Holland*.

Hacia el final del maravilloso filme *La chica del adiós*, la protagonista (Marsha Mason, con pinta de hada magullada), que ha renunciado al verdadero amor tras ser abandonada por una larga serie de actores de segunda, se da cuenta de que el personaje de Richard Dreyfuss volverá con ella tal como prometió porque dejó la guitarra en su apartamento. Gracias a ese detalle, comprende, sin la menor sombra de duda, que él la ama.

Cuando Chris mencionó su guitarra, comprendí, sin la menor sombra de duda, que no me ama. Protagonicé la escena de Marsha Mason pero a la inversa.

Me monté en el coche y me alejé hasta estar segura de que no me podría alcanzar a pie, aunque en el fondo tampoco esperaba que lo intentara. Estacioné en el aparcamiento de un restaurante Arby e intenté llorar, pero seguía demasiado conmocionada. Continuaba inmersa en esa milésima de segundo que transcurre después de recibir un puñetazo en el vientre, cuando aún no tienes aliento suficiente para decir: «¡Jolines, cómo duele!». Estaba cansada, exhausta, y no podía volver a casa; Chris estaría allí. Y todas las personas que me podían hacer un hueco en su sofá seguían en la boda. Así que pedí una habitación en el Holiday Inn de enfrente del Arby y vi la HBO hasta que me quedé dormida.

Dormí hasta la hora tope de salida y dejé el vestido satánico en la habitación. (Llevaba ropa de deporte en el coche.) Entonces regresé a mi casa.

Chris estaba allí, cómo no, preparando té. Acababa de ducharse. Aún llevaba el pelo mojado y rizado, y había dejado la camiseta sobre una silla. Juro que mide tres kilómetros desde el final del cuello hasta el primer botón de los vaqueros. Me dijo que estaba muy preocupado por mí.

—No me apetecía verte —le solté.

—¿No te apetecía? —preguntó mientras vertía agua caliente en dos tazones.

—No me apetece.

—Beth... —El tío guay había vuelto. Me miró como si pensase que una mirada suya lo resolvería todo—. No puedes renunciar a lo que hay entre nosotros. Yo lo he intentado... Estamos hechizados —dijo—. Somos pura magia.

Yo le dije que no quería magia, que quería estar con alguien que no me dejara aunque pudiera. Que no viviera como una cruz el comprometerse conmigo.

—Estoy comprometido —protestó—. Nunca te he engañado.

Yo ni siquiera me refería a eso.

—Dijiste que te cansas cuando me miras —lo acusé.

—Dije que a veces es excesivo.

—Bueno, pues yo quiero estar con alguien que no se sienta así. Quiero estar con alguien cuyo corazón sea lo bastante grande para albergarme.

—Tu quieres estar con alguien cuyo amor se ajuste a tu dedo.

—Deberías escribir eso —le espeté—. Parece la letra de una canción.

Fue una respuesta dura, pero yo estaba empezando a vacilar. Miraba la cocina, lo miraba a él, y me decía que aquella vida no estaba tan mal. Que era absurdo romper con él por haber expresado en voz alta algo que, en el fondo, yo ya sabía. Que, si yo cedía, Chris me abrazaría y tendríamos un maravilloso día por delante.

—Quiero que te marches —le solté.

—¿Y adónde quieres que vaya?

—No puedo preocuparme por eso.

—¿No puedes? ¿Eres incapaz de preocuparte por mí?

—Te puedes quedar en casa de Stef. O de tus padres.

—Esta también es mi casa.

—Muy bien, pues me marcharé yo —dije—. Tendrás que firmar un nuevo contrato.

Fue un comentario asqueroso. Sé que no puede pagar el alquiler.

—Venga, Beth. Para ya. Mírame.

—Ya no puedo mirarte.

Discutimos un rato más antes de que accediera a marcharse. Decidí salir para que pudiera hacer el equipaje. Me planté en casa de mis padres.

Mis padres..., que dieron saltos de alegría cuando les conté lo sucedido. Creo que se alegraron más de mi ruptura que de la boda de Kiley.

—Ya sabía yo que no tenía que posar en la foto familiar —se lamentó mi madre.

—Que hija más lista y más valiente tengo —repetía mi padre.

Chris me llamó mientras recogía sus cosas para preguntarme por el tocadiscos. Es mío, pero él es el único que escucha discos de vinilo. Le dije que se lo llevase junto con el resto del estéreo.

—Jo —dijo—. Si llego a saber que ibas a ser tan generosa, no habría metido en la maleta todos tus CD. —Yo solté una risa—. Ayer —dijo— eras toda mía. Cada una de tus pecas. Y hoy estamos hablando de quién se queda el vídeo.

—Yo me quedo el vídeo —sentencié.

No he vuelto a hablar con él desde entonces. Me llama, pero no le devuelvo las llamadas. Soy demasiado débil. Se dejó un jersey en el armario, y llevo cinco semanas llorando agarrada a él. Me siento como si acabara de deshacerme de uno de mis riñones.

Vale, creo que ya está. Eso fue lo que pasó el día de la boda de mi hermana.

<<**Jennifer a Beth**>> Beth... Me dejas de piedra. No tengo palabras. Prácticamente soy incapaz de escribir. ¿Por qué has esperado tanto a contármelo?

<<**Beth a Jennifer**>> Intenté llamarte desde Arby, pero no estabas en casa, y cuando te llamé el lunes, me enteré de que tu fin de semana había sido aún más horrible que el mío. Después de que me contaras lo del bebé, no podía explicarte lo de Chris. No quería que te sintieras obligada a malgastar ni una gota de energía conmigo.

<<**Jennifer a Beth**>> Qué buena amiga eres.
Estoy anonadada. No creía que llegaras a romper con él, la verdad.

<<**Beth a Jennifer**>> Aunque deseabas que lo hiciera.

<<**Jennifer a Beth**>> A veces.

<<**Beth a Jennifer**>> Siempre he sabido que era egoísta, autocomplaciente y tirando a perezoso; son los requisitos para tocar la guitarra solista. También sabía que la música es prácticamente lo único que le importa en esta vida. Pero pensaba que yo estaba incluida en ese «prácticamente». ¿Cómo iba a seguir con él sabiendo que tiene la sensación de que amarme es una cruz?

<<Jennifer a Beth>> No podías.

<<Beth a Jennifer>> Pensar que el amor lo supera hasta el extremo de considerar el matrimonio una condena...

<<Jennifer a Beth>> Excusas.

<<Beth a Jennifer>> Sí, ya lo sé. Cuando me paro a pensarlo, lo que sucede constantemente, no acabo de decidir si...
   a. Será capaz de madurar y tener una relación de verdad con otra persona. Sencillamente no me ama lo bastante. O...
   b. No será capaz y además es un capullo.

<<Jennifer a Beth>> Yo creo que las dos cosas.

<<Beth a Jennifer>> Pero sobre todo la segunda.
   ¿Crees que he desperdiciado los últimos nueve años de mi vida?

<<Jennifer a Beth>> Qué va, solo dos o tres. Cuando lo viste en el centro estudiantil, no podías saber que el corazón le venía tres tallas pequeño.

<<Beth a Jennifer>> Me parece que me estás siguiendo la corriente. Seguro que piensas que Chris siempre ha sido emocionalmente inaccesible... y que eso a mí me venía bien por alguna razón espantosa.

<<Jennifer a Beth>> Tienes razón. Lo pienso.

<<Beth a Jennifer>> Entonces, ¿yo me lo he buscado?

<<Jennifer a Beth>> Puede. No lo sé. Da igual lo que yo piense, si lo vi venir o no. Tenías que verlo por ti misma. Tú tenías que desentrañarlo.

<<Beth a Jennifer>> Gracias por ser sincera.

<<Jennifer a Beth>> Si te hago una pregunta difícil, ¿me dirás tú también la verdad?

<<Beth a Jennifer>> Sí.

<<Jennifer a Beth>> ¿Crees que tengo la culpa de haber abortado?

<<Beth a Jennifer>> No. En un noventa y tres por ciento. No creo que tu actitud tuviera la culpa, pero pienso que tampoco ayudó.

<<Jennifer a Beth>> No estoy segura de poder vivir con un noventa y tres por ciento.

<<Beth a Jennifer>> Puedes.

<<Jennifer a Beth>> Quiero volver a quedarme embarazada. ¿Te parece horrible y disfuncional?

386

<<**Beth a Jennifer**>> Depende de por qué lo desees, supongo.

<<**Jennifer a Beth**>> Creo que la respuesta es... porque de verdad quiero tener un hijo. Pero no acabo de fiarme. ¿Y si en el fondo de mi inconsciente se agazapa alguna razón malsana y retorcida? He echado a perder algo tan importante... Sé que no lo merezco. No merezco un hijo.

<<**Beth a Jennifer**>> Nadie merece un hijo.

<<**Jennifer a Beth**>> Deberíamos mantener esta conversación delante de una botella de Blue Nun.

<<**Beth a Jennifer**>> Perdona el despiste. Pensaba que ya lo estábamos haciendo.

<<**Jennifer a Beth**>> La mera idea de que seas difícil de amar es absurda.

78

Era absurdo.

No cambiaba nada, saber que Beth estaba sola. Que llevaba semanas sola. Meses, prácticamente.

¿Qué cambiaba? Nada, ¿verdad? En realidad, nada.

—¿Me estás escuchando? —protestó Doris. Estaban jugando a las cartas y comiendo bocadillos que habían comprado en las máquinas. (Doris nunca cogía nada sin pagarlo.) Lincoln había pasado la noche en su apartamento y había acudido directamente al trabajo—. He tirado un tres negro.

Chris ni siquiera era el problema. No el problema principal, cuando menos. Aunque eso tampoco importaba ya.

—No es tan complicado —se quejó Doris.

Nada había cambiado. Nada.

—Oye —dijo Doris—. Tengo que contarte una cosa. Hoy me ha llamado tu madre.

—¿Qué?

—Llamaba para darme la receta de ese pollo con zanahorias tan rico, ¿el que lleva apio? ¿Y arroz? Bueno, al final me ha confesado que está preocupada por ti. Dice que últimamente no pasas la noche en casa. Y oye, no me dijiste que el apartamento era un secreto. No sabía que pensabas ocultarle a tu madre que te mudabas.

—Pero si no me he mudado. No me he llevado nada.

—Bobadas. ¿Tiene algo que ver con esa chica?

—¿Qué chica?

—Tu madre me ha contado lo que te hizo esa chica, la actriz.

—¿Te refieres a Sam? No me hizo nada —objetó Lincoln.

—¿No te dejó tirado por un puertorriqueño?

—No —repuso Lincoln—. O sea, no exactamente.

—Y ahora está llamando a tu casa.

—¿Sam está llamando a mi casa?

—Y no me extraña que tu madre no te haya dado los recados —dijo Doris—, ahora que sé cómo te las gastas. ¿Te estás viendo con esa chica en mi apartamento?

—No.

—Eso explicaría por qué estás tan alelado. Y por qué no haces ni caso a nada que lleve faldas.

—No —repitió Lincoln en un tono demasiado alto. Se llevó los dedos a la sien e intentó no adoptar el tono de un niño—. ¿Le has contado a mi madre lo del piso?

—Soy demasiado vieja para andar mintiendo a las madres de otros —dijo Doris.

Aquella noche Lincoln llegó a casa demasiado tarde para hablar con su madre.

Al día siguiente, cuando bajó, la mujer estaba cortando patatas en la cocina. Una cacerola humeaba sobre un hornillo. Lincoln se apoyó contra la encimera, a su lado.

—Ah —dijo ella—. No sabía que estabas aquí.

—Estoy aquí.

—¿Tienes hambre? Te puedo preparar el desayuno. Pero te vas a marchar corriendo al gimnasio, ¿no?

—No —repuso Lincoln—. No tengo hambre. Y no me voy a marchar corriendo. Quería hablar contigo.

—Estoy haciendo sopa de patata —prosiguió ella—, pero te puedo preparar unas lonchas de beicon. ¿Te apetecen huevos con beicon? —Ya estaba cascando huevos en una sartén de hierro colado, vertiendo leche y removiendo—. También hay magdalenas. De las buenas.

—La verdad es que no tengo apetito —insistió Lincoln. Ella no lo miró. Lincoln le posó la mano en el brazo y ella rascó el fondo de la sartén con el tenedor—. Mamá —dijo.

—Es muy raro —empezó a decir ella. Lincoln no supo adivinar por su tono de voz si estaba triste o enfadada—. Recuerdo que no hace mucho tiempo me necesitabas constantemente.

»Eras un niño adorable y, cuando te dejaba, aunque solo fuera un segundo, llorabas para que te cogiera. No sé ni cómo me las ingeniaba para ducharme o preparar la cena. No creo que lo hiciera. Me daba miedo que te acercaras al fuego.

Lincoln miró los huevos. Detestaba oírla hablar así. Era como verla en camisón por accidente.

—¿Por qué será que yo conservo todos esos recuerdos —preguntó— y tú no? ¿Por qué la naturaleza es tan injusta? ¿En qué contribuye eso a la evolución? Aquellos fueron los años más importantes de mi vida y tú ni siquiera los recuerdas. No entiendes por qué me resulta tan duro soltarte para que te marches con otra persona. Quieres que me comporte como si no pasara nada.

—No me marcho con nadie.

—Con esa chica. Esa chica tan horrible.

—No hay ninguna chica. No estoy viendo a Sam.

—Lincoln, te ha llamado varias veces. No hace falta que me mientas.

—Ni siquiera he hablado con ella. No estaba aquí para responder sus llamadas. Mira, perdona por haberte mentido. Siento mucho no haberte contado lo del piso. Pero no estoy con Sam. No estoy con nadie. Ojalá estuviera, sería lo más natural. Tengo casi veintinueve años. De ser así, deberías alegrarte.

Ella resopló.

—Quiero enseñarte el apartamento —dijo Lincoln.

—No me hace ninguna falta verlo.

—Pero yo quiero que lo veas. Te lo quiero enseñar.

—Hablaremos de ello cuando hayas comido.

—Mamá, ya te lo he dicho, no tengo hambre... —la agarró del brazo y la atrajo hacia sí, lejos de los fogones—. Por favor. ¿Me acompañas?

La madre de Lincoln montó en el coche a regañadientes. Odiaba viajar en el asiento del copiloto; decía que se mareaba. (Eve afirmaba que lo que le pasaba era que no soportaba ceder el control de cualquier situación durante más de treinta segundos.) Guardó silencio mientras él conducía por su nuevo barrio, a pocos kilómetros de la casa de su madre. Lincoln aparcó delante del edificio.

—Aquí es —anunció.

—¿Qué quieres que te diga? —preguntó ella.

—No quiero que me digas nada. Quiero que lo veas.

Lincoln se apeó antes de que ella pusiera objeciones. Su madre lo siguió de mala gana, pero se detuvo al salir del coche, en mitad de la acera, delante del portal. Su hijo no la esperó, así que ella echó a andar tras él. Por el interior del edificio y luego escaleras arriba hasta llegar al umbral de entrada. En silencio. *Willkommen.* Lincoln le cedió el paso. Su madre entró indecisa —miró a su alrededor, miró hacia arriba— y caminó despacio hacia las ventanas. Grandes rayos de sol inundaban el salón. Ella tendió una mano abierta hacia la luz.

—Te enseñaré la cocina —dijo Lincoln al cabo de un momento, a la vez que cerraba la puerta—. Bueno, si se le puede llamar así. Prácticamente la ves desde ahí. Y este es el dormitorio. —Su madre lo siguió a la otra habitación y echó un vistazo al colchón nuevo—. Y el cuarto de baño está aquí mismo. Es muy pequeño.

La mujer se encaminó a la ventana del dormitorio, miró al exterior y se sentó en el banco.

—Es bonito, ¿verdad?

Ella alzó la vista y asintió.

—Es un sitio precioso. No sabía que hubiera apartamentos así por aquí.

—Yo tampoco —convino Lincoln.

—Los techos son altísimos —comentó ella.

—Aun siendo un tercer piso.

—Y las ventanas... ¿Doris vivía aquí?

Él asintió.

—A ti te pega más.

Lincoln quiso sonreír y experimentar alivio, pero aún notaba algo en ella —el tono de voz, su manera de sentarse— que se lo impidió.

—Es que no lo entiendo —dijo la mujer al tiempo que apoyaba la cabeza en el cristal—. ¿Por qué?

—¿Por qué?

—Es bonito —reconoció—, es precioso. Pero no entiendo por qué te quieres mudar si no hay necesidad. Si de verdad no hay ninguna chica. ¿Por qué prefieres vivir solo?

Lincoln no supo qué responder.

—Si vivieras en casa, podrías ahorrar dinero para otras cosas —razonó ella—. Tienes espacio de sobra, puedes hacer lo que te venga en gana, estoy ahí para lo que necesites... ¿Por qué?

»Y no me digas —continuó, cogiendo carrerilla— que todo el mundo lo hace. Porque..., porque ¿qué importa lo que hagan los demás? Y ni siquiera es verdad. Se trata de una costumbre reciente. Una costumbre occidental. Eso de dividir la familia en pedacitos.

»Imagínate que no hubieras sabido dónde meterte cuando volviste de California. Imagínate que yo te hubiera dicho lo mismo que me dijo mi madre a mí cuando dejé al padre de Eve. «Ya te las apañarás. Eres una mujer adulta.» Tenía veinte años. Y estaba sola. Fui rebotando de casa en casa, durmiendo en el sofá de algún amigo cualquiera. Con una niña de meses. Eve era tan pequeñita... Me la colocaba aquí —su madre se llevó la mano al pecho, justo debajo del cuello— porque me daba miedo que se cayera o se hundiera entre los almohadones.

»Tú nunca tendrás que buscarte la vida, Lincoln. Nunca estarás solo. ¿Por qué quieres hacerlo?

Él se recostó contra la pared del dormitorio y resbaló hasta sentarse en el radiador de hierro.

—Es que... —dijo.

—¿Qué?

—Necesito vivir mi vida.

—¿Y ahora no vives tu vida? —preguntó ella—. Nunca me meto en tus cosas.

—No, ya lo sé, es que...

—¿Qué?

—No tengo la sensación de estar viviendo mi vida.

—¿Cómo?

—Tengo la sensación de que, mientras esté en tu casa, seguiré viviendo tu vida. Como si fuera un niño.

—Qué tontería —dijo ella.

—Puede —reconoció Lincoln.

—Tu propia vida comienza en el momento en que naces. Antes, incluso.

—Es que... tengo la sensación de que mientras viva contigo no..., no soy... Igual que George Jefferson.

—¿De la serie de televisión?

—Exacto. George Jefferson. Mientras permaneció en *Todo en familia*, solo era un personaje que contribuía a hacer más interesante la historia de Archie Bunker. No tenía nada suyo. Carecía de trama y de personajes de apoyo. Ni siquiera sé si llegamos a ver su casa. Pero cuando tuvo su propia serie, George consiguió su propio salón y cocina... y dormitorio, creo. Incluso su propio ascensor. Lugares donde existir, un escenario para su historia. Como este apartamento. Es algo mío.

Ella lo miró con desconfianza.

—No sé —dijo—. No veía *Los Jefferson*.

—¿Y qué me dices de Rhoda? —preguntó Lincoln.

Su madre frunció el ceño.

—Entonces, ¿me estás diciendo que ahora quieres ser la estrella de la serie? ¿Que ya va siendo hora de que me retire?

—Por Dios, no —repuso Lincoln—. No cancelaron *Todo en familia* cuando empezó *Los Jefferson*.

—Deja de hablar de la televisión. Deja de decirme cómo son las cosas.

—Vale —accedió él, e intentó pensar con claridad, expresarse sin rodeos—. Quiero vivir mi vida. Y quiero que tú vivas la tuya. Por separado.

—¡Pero si tú eres mi vida! —objetó ella entre lágrimas de frustración—. Te convertiste en mi vida el día que naciste. Eres parte de mí, Eve y tú lo sois, la parte más importante. ¿Cómo voy a separarme de eso?

Lincoln no respondió. Su madre pasó por su lado de camino al salón. Él se hundió aún más, hasta el suelo, y enterró la cara entre las manos.

Permaneció de esa guisa cosa de veinte minutos, hasta que comprendió que le costaba trabajo mantener la postura, hasta que se sintió más cansado que culpable o enfadado.

Encontró a su madre sentada en el suelo del salón, mirando la lámpara de araña.

—Te puedes llevar el sofá de la galería —dijo cuando Lincoln entró—, el marrón. Hay demasiados muebles en esa habitación. Aquí te quedará muy bien. Parecerá casi morado con esta luz.

Él asintió.

—Y te buscaré unos platos bonitos en alguna tienda de segunda mano. No vuelvas a comprarlos de plástico. Se filtra a la comida, ya sabes —explicó—, y estimula el estrógeno. Se instala en las células adiposas y provoca cáncer de pecho... No sé qué efecto causa en los hombres. Ojalá hubiera sabido que necesitabas platos. Vi una vajilla completa el otro día en la tienda de la beneficencia, con mantequera, salsera y todo lo demás. Blanca, con pequeñas margaritas azules. No exactamente masculina, pero...

—No soy quisquilloso —repuso Lincoln.

Ella asintió. Y siguió asintiendo.

—Te puedes llevar lo que quieras de tu dormitorio, claro, o dejarlo. Siempre será tu habitación. Igual que la de tu hermana. Puedes venir a casa siempre que te haga falta, o cuando tú quieras. Esa casa será tu hogar en tanto en cuanto sea el mío.

—Vale —respondió él—. Gracias.

Caminó hacia su madre y le tendió las manos para ayudarla a ponerse en pie. Ella se las estrechó y luego empezó a alisarse la falda larga.

—Supongo que tu hermana ya está enterada —dijo.

—No —respondió Lincoln.

—Ah. —Eran buenas noticias—. Puede que la llame. Le preguntaré si quiere acompañarme a comprarte cosas para la cocina.

—Claro —asintió Lincoln. La abrazó entonces, con fuerza, y lamentó no haberlo hecho antes.

—Es un apartamento precioso —dijo su madre.

Eve llamó a Lincoln al día siguiente al trabajo. No paraba de decirle: «Bien hecho» y «Estoy muy orgullosa de ti». Le aseguró que Jake, padre, lo ayudaría si Lincoln tenía que transportar algo.

—Solo un sofá —dijo Lincoln.

—Lo que sea —repuso Eve.

No había mucho más que trasladar aparte de la ropa y el ordenador.

Lincoln fue a comer a casa, a casa de su madre, a lo largo de la semana siguiente. Salía de allí con cajas llenas de tazones de cereales y vasos. Una estantería. Una mesita baja que apenas le cabía en el asiento trasero. Paños de cocina bordados a mano.

—Es todo tan viejo —dijo Eve cuando acudió a ver el apartamento—. Parece como si tu abuela hubiera muerto y te hubieras mudado a su casa.

—A mí me gusta —repuso Lincoln.

—Te compraré algo de acero inoxidable —decidió ella—, apropiado para un piso de soltero.

79

De: Beth Fremont
Enviado: Martes, 29 de febrero de 2000. 15:48
Para: Jennifer Scribner-Snyder
Asunto: Le he contado a Derek lo de Chris...

Y ahora todo el tercio este de la redacción sabe que estoy soltera. Melissa se ha acercado a mi mesa y se ha pasado veinte minutos propinándome palmaditas en la mano, lo juro. Ha prometido llevarme a un club alucinante —«con chicos para dar y tomar»— en el que sirven appletinis a mitad de precio los laborables a partir de las diez.

Le he dicho a Derek que si acabo bebiendo appletinis entre semana, lo obligaré a acompañarme, a él y a su bocaza.

<<Jennifer a Beth>> ¿Qué tienes contra los appletinis?

<<Beth a Jennifer>> Es que no entiendo por qué todo tiene que ser un martini. No me gusta beber en copa de martini, tienes que poner morritos para que el líquido no se derrame.

<<Jennifer a Beth>> ¿Y cómo vas a conocer a otro hombre si no bebes martinis?

<<Beth a Jennifer>> No voy a conocer a nadie, por lo que parece. La última vez que salí en plan de cita, aún no tenía edad para beber.

<<Jennifer a Beth>> ¿Te apetece siquiera empezar a salir con chicos?

<<Beth a Jennifer>> No lo sé. En parte, aún no me siento soltera. Mi vida no ha cambiado radicalmente desde que Chris se marchó, lo que demuestra lo poco que nos veíamos, supongo. Prácticamente podría fingir que sigo viviendo con un hombre. Derek piensa que debería quitar todas las fotos de Chris de mi puesto de trabajo. (O, según sus propias palabras: «Por Dios, Beth, hasta yo estoy cansado de verle el careto a ese capullo».) ¿Qué opinas tú?

<<Jennifer a Beth>> Opino que eso debes decidirlo tú. ¿Te entristece mirarlas?

<<Beth a Jennifer>> Sí, me entristece. Debería quitarlas.

<<Jennifer a Beth>> Tu chico mono jamás te invitará a salir si tu mesa está llena de fotos de otro hombre.
En serio... Ahora ya nada te impide hacerle ojitos a TCM.

<<Beth a Jennifer>> No podría mantener una relación real con ese chico. Llevo meses fingiendo que salgo con él. Si nos liára-

mos, antes o después tendría que contarle que lo seguí a la salida del cine. Pensará que estoy enferma.

<<Jennifer a Beth>> Pero es muy majo.

<<Beth a Jennifer>> ¿Lo dices porque te dio patatas fritas?

<<Jennifer a Beth>> Lo digo porque me pareció muy, muy simpático.

<<Beth a Jennifer>> Tengo que salir con un chico que no tenga mote. Este está contaminado.

80

El jueves por la noche, entre corrección y corrección, Emilie pasó por el departamento de Tecnología de la Información. Lo hacía de vez en cuando, unas cuantas veces por semana, solo para saludar. Bueno, no solo para saludar; Lincoln sabía que estaba interesada en él. Pero aún no había decidido qué hacer con ese conocimiento.

Le gustaba sentirse como se sentía cuando Emilie estaba presente. Como si fuera lo más brillante, lo más resplandeciente de cuanto lo rodeaba. Alto. Y listo. Y divertido. Cuando Emilie estaba presente, podía imitar a Christopher Walken sin vacilar. Pero no veía nada en sus ojos aparte de su propio reflejo. Y ahora que Beth había vuelto, tampoco quería verlo.

Emilie se retorcía la coleta entre los dedos.

—Pues... unos cuantos iremos al karaoke mañana por la noche, a un bar muy *kitch* de Bellevue, deberías venir, será divertido...

—Suena bien —dijo Lincoln—, pero los sábados por la noche quedo para jugar a Dungeons and Dragons. Casi siempre. —Se había saltado unas cuantas partidas porque quería disponer de los fines de semana para disfrutar de su nuevo apartamento—. Llevo unas cuantas semanas sin ir, así que no puedo fallar mañana.

—Ah, ¿juegas a Dungeons & Dragons?

—Sí —repuso.

—Qué guay —dijo Emilie.

La respuesta hizo sonreír a Lincoln. Y entonces ella sonrió aún más. Y entonces Lincoln se sintió culpable.

Dave abrió la puerta. Miró a Lincoln y frunció el ceño.

—O juegas o no —le soltó Dave después de que Christine dejara a Lincoln instalado con un plato de tacos caseros y una jarra (más bien un jarrón) de cerveza—. No puedes aparecer cuando te viene en gana.

Dave señaló a Troy, que intentaba no mancharse de salsa una camiseta de Rush color ala de mosca.

—Troy ha estado arrastrando a tu enano inconsciente con un trineo de tierra para que siguieras en la misión. No has parado de consumirle puntos de magia.

—Es lo menos que puedo hacer —declaró Troy con solemnidad—. Le debo la vida a Smov desde que luchamos juntos en la ciudad libre de Greyhawk.

—Troy, hace siete años de eso —dijo Dave, exasperado— y aquella aventura ni siquiera tenía continuidad.

—No espero que un mediano como tú entienda lo que significa una deuda de vida —le espetó Troy.

—Gracias, Troy —dijo Lincoln con una inclinación de cabeza.

—Es un honor, hermano.

—A ver... Intento organizar una misión —se desesperó Dave—. Eso no se improvisa. Requiere planificación. Tengo que saber con qué personajes cuento.

—A lo mejor Lincoln tenía buenas razones para quedarse en Omaha —apuntó Christine. Le dedicó una sonrisa esperanzada.

—Todos tenemos buenas razones para no estar aquí —protestó Larry con el ceño fruncido—. ¿Crees que yo no tengo cosas más importantes que hacer?

—Yo podría estar en el hospital, salvando vidas —alegó Teddy en tono apagado.

—Yo podría estar en una reunión del instituto —murmuró Rick.

—No estáis ayudando —dijo Christine. Miró a Lincoln nuevamente y alzó las cejas para animarlo a hablar.

—Bueno —empezó él tragando saliva—. En realidad, sí tengo noticias. —Christine dio una palmada—. He alquilado un piso.

Todos alzaron la vista hacia él.

—¿Ya no vives en casa de tu madre? —preguntó Troy.

—Ya era hora, maldita sea —exclamó Larry.

—Smov —dijo Troy, y se inclinó hacia Lincoln para obsequiarlo con un abrazo duro como el sándalo—. Estoy muy orgulloso de ti.

Lincoln le devolvió el abrazo.

Rick sonrió.

—Y yo también estoy muy orgullosa —se sumó Christine—. Aunque no sean las buenas noticias que yo esperaba.

—No sé... —comentó Dave a la vez que se frotaba la barba—. Si yo pudiera volver a vivir gratis en una casa, lo haría.

—No te creía capaz, Lincoln —dijo Larry—. Creía que eras uno de esos.

Lincoln hizo una mueca de dolor.

—Yo hasta llegué a creer que se quedaría toda la vida en la residencia de la universidad... —confesó Dave.

—Vale —zanjó Lincoln—. Ya basta.

Le hacía ilusión que se alegraran por él, pero no hasta ese punto. Y tampoco le halagaba que les sorprendiera tanto. No se había dado cuenta de que todos —incluido Troy, que vivía en un estudio encima de un garaje de reparación— lo miraran con lástima. Aquello era como recibir felicitaciones por haber adelgazado cuando estabas convencido de que solo tú sabías que te hacía falta.

Christine le sonreía desde el otro lado de la mesa. Incluso el chiquitín sonreía en el portabebés. Lincoln decidió sonreír también.

—¿Vamos a jugar o no? —preguntó Teddy por fin—. Mi turno empieza dentro de seis horas.

—Ahora tenemos que buscarte una novia —decidió Troy al tiempo que le propinaba a Lincoln una palmada en la espalda.

—Ya basta —dijo Lincoln—. Vamos a jugar.

—«Y con el rugido del trueno —recitó Dave—, negros nubarrones ensombrecieron las colinas de Kara-Tur...»

81

De: Jennifer Scribner-Snyder
Enviado: Lunes, 13 de marzo de 2000. 15:08
Para: Beth Fremont
Asunto: Te iba a escribir un mensaje sobre Doritos

Pero no tengo fuerzas. No tengo fuerzas para ser superficial.

<<**Beth a Jennifer**>> Cierra el pico, ¿qué quieres decir con eso?

<<**Jennifer a Beth**>> Últimamente, dedico mis energías a cuestiones de vida o muerte. Todo lo demás me parece una pérdida de tiempo. Ayer por la noche vi *60 minutos* en lugar de *Grease*. Esta mañana incluso he escuchado Radio Nacional de camino al trabajo.

<<**Beth a Jennifer**>> Espera, ¿echaron *Grease*? Maldita sea.
  ¿Y qué escuchas normalmente de camino al trabajo?

<<**Jennifer a Beth**>> Flame 98, que acerca los éxitos country de hoy al corazón del país. Kat y Mowzer me animan por las mañanas. O lo hacían, al menos. Últimamente no los soporto...,

ni a ellos ni ningún otro programa matutino. Tanto bla, bla, bla lleno de ruido y furia, un cuento contado por un idiota que no significa nada.

<<**Beth a Jennifer**>> Debe de ser la primera vez que alguien más o menos cita a Shakespeare refiriéndose a Kat y Mowzer.

<<**Jennifer a Beth**>> Tengo la sensación de no tener tiempo para banalidades. Cada noche, cuando Mitch llega a casa, lo enzarzo en conversaciones insufriblemente profundas; casi siempre acerca de si debería quedarme embarazada otra vez, el sentido de la paternidad y si de verdad es mejor haber amado y haber perdido el amor que no haber amado nunca.

<<**Beth a Jennifer**>> Yo también he estado pensando mucho en eso.

<<**Jennifer a Beth**>> ¿Lo llevas bien?

<<**Beth a Jennifer**>> Sí. En general. Ayer en la frutería flaqueé cuando me percaté de que solo había comprado un plátano. No hay nada más triste que comprar los plátanos de uno en uno. Es lo mismo que anunciar a los cuatro vientos que no hay ni una sola persona en el mundo con la que te vayas a repartir el pan en un futuro próximo. Ya ni siquiera compro pan. Es imposible que me acabe yo sola una hogaza entera antes de que empiece a enmohecerse. No sé qué es más triste, si comprar para uno o sentarse a solas en un restaurante.

<<Jennifer a Beth>> Deberías cenar con nosotros. Mitch siempre cocina platos sanos y deliciosos. Ayer cenamos tempura de gambas.

<<Beth a Jennifer>> Y me han dicho que la conversación es muy animada también.

<<Jennifer a Beth>> Cuando te apetezca, estás invitada. En serio, ¿por qué no vienes esta noche?

<<Beth a Jennifer>> Solo si me cuentas esa anécdota de los Doritos ahora mismo.

<<Jennifer a Beth>> Ni siquiera es una anécdota. Hoy he ido a la sala de descanso a sacar una bolsa de M&M's y me ha tocado hacer cola detrás del director. Estaba segura de que escogería un tentempié conservador y tradicional —quizás un cóctel de frutos secos o una tableta de chocolate negro—, pero no, ha ido directo a los Doritos.

<<Beth a Jennifer>> Esto contradice cuanto creía saber sobre la línea editorial de nuestro periódico.

<<Jennifer a Beth>> Ya lo sé. ¿Cómo es posible que alguien que come Doritos esté en contra del matrimonio gay?

<<Beth a Jennifer>> Y de la discriminación positiva.

<<Jennifer a Beth>> Y de las rotondas.

<<**Beth a Jennifer**>> No me puedo creer que considerases trivial algo tan trascendente.

<<**Jennifer a Beth**>> Bueno... ¿Y tú tienes alguna noticia de última hora interesante? ¿Has rondado por la máquina de cecina sin tener hambre?

<<**Beth a Jennifer**>> Esto..., no. ¿Y desde cuándo apoyas esas conductas?

<<**Jennifer a Beth**>> Ya te lo dije. Mi postura respecto a tu chico mono ha cambiado radicalmente. Ahora estás soltera y él es un caballero que ayuda a las damiselas en apuros. No dejes para mañana lo que puedas hacer hoy. ¡Carpe chico mono!

<<**Beth a Jennifer**>> Sería raro de todas formas. No estoy lista para salir con nadie. Ni siquiera para tener un rollo. Me sentiría como si le estuviera tirando los tejos a un tío en el funeral de mi marido.

<<**Jennifer a Beth**>> No era tu marido y nadie se ha muerto.

<<**Beth a Jennifer**>> Aun así.

82

Aquella noche, tendido en su nueva cama, mirando su nuevo techo, Lincoln echaba humo. Les daba vueltas a los mismos pensamientos una y otra vez, hasta que tratar de pensar en otra cosa fue como intentar arrancarse una canción de la cabeza.

«Hola, soy Lincoln. Te he visto en la sala de descanso.»

«Hola, soy Lincoln, el amigo de Doris...»

«Hola, ¿nos hemos visto antes? ¿En la sala de descanso? Soy el amigo de Doris...»

«Hola, soy Lincoln. Trabajo en la planta baja, en el departamento de Tecnología de la Información...»

«Hola, trabajo en la planta baja, en apoyo informático, me llamo Lincoln. Mira, ya sé que no viene a cuento, pero ¿te gustaría tomar un café conmigo un día de estos?»

«¿Te gustaría cenar conmigo un día de estos?»

«¿Te gustaría cenar con Doris y conmigo en la sala de descanso? Mi madre nos prepara la comida.»

«¿Te apetecería que quedáramos un día? ¿A tomar una copa? ¿O un café? ¿O a cenar?»

«Antes que nada, tengo que decirte una cosa.»

«Creo que, antes que nada, debería confesarte algo.»

«Tengo secretos, Beth, secretos que nunca revelaré, y tendrás que aceptarlo. Soy como soy.»

«¿Y si te dijera que guardo un secreto, solo uno, que jamás debes pedirme que comparta contigo? Porque si me lo pidieras, tendría que contarte la verdad. Pero si te contara la verdad, nunca seríamos felices. Es una historia al estilo de La bella y la bestia/Rumpelstiltskin/La grulla agradecida...»

«Hola, me llamo Lincoln, trabajo en la planta baja. ¿Te gustaría que nos viéramos algún día, quizás para tomar algo?»

Aquel fin de semana, Lincoln celebró una fiesta de inauguración. Se lo había sugerido Eve.

—Será como una fiesta de presentación en sociedad —dijo—. Ya sabes, tu puesta de largo.

—Por Dios —replicó Lincoln—. No se te ocurra poner nada de eso en las invitaciones.

La madre de Lincoln llevó la cena —lasaña, alcachofas rellenas y tarta de ricota con miel— así como una cubertería de plata, CD de música universal y flores frescas. Se empeñó en abrir la puerta cada vez que llamaban al timbre.

—Se está comportando como esta si fuera su casa —protestó Eve.

Lincoln sonrió. Ya se estaba comiendo una alcachofa. Así era Eve.

—¿No te basta con saber que no lo es?

Doris fue la primera en llegar, salvando a la familia. Se trajo una pareja, un periodista retirado, así como una bandeja de *brow-*

nies y saludó a la madre de Lincoln como si fueran amigas de toda la vida.

—¡Maureen! ¡Qué guapa estás!

Chuck acudió a la fiesta. Acompañado de su esposa, con la que prácticamente se había reconciliado. Justin y Dena no pudieron ir, pasaban el fin de semana en Las Vegas. Pero casi todos los colegas de Dungeons & Dragons estaban allí, y Dave y Christine llevaron a sus hijos. (Así como los dados, ya se sabe, por si acaso.)

Todo el mundo alabó el piso de Lincoln y aún más si cabe la lasaña de su madre. Cuando Doris y Chuck se marcharon, la fiesta se convirtió en una sesión de D&D. Jake Jr. los observaba hipnotizado. Quería quedarse y aprender a jugar. Eve estaba horrorizada.

—Eres demasiado joven —objeto—. Y estás demasiado adaptado.

—Le regalaré unos dados cuando cumpla once años —prometió Lincoln.

Su madre se quedó hasta cerca de la media noche. Christine y ella lavaron los platos juntas y mantuvieron una conversación de dos horas sobre crianza natural y leche cruda. Intercambiaron los números de teléfono.

—Tu madre es una mujer muy sabia —diría Christine más tarde—. Se puede aprender mucho de ella.

Cuando partió el último invitado, Lincoln imaginó lo que sentiría si hubiera alguien despidiéndolos a su lado. Visualizó a Beth recogiendo vasos en el salón, acostándose pegada a él.

«Hola, me llamo Lincoln, hemos estado a punto de conocernos varias veces en la sala de descanso. Mira, ya sé que no viene a cuento, pero ¿te gustaría ir a alguna parte, algún día? ¿Para charlar?»

83

El lunes, antes de acudir al trabajo, Lincoln se cortó el pelo. La chica de Cortes fabulosos le preguntó qué estilo prefería, y él confesó que le gustaba el peinado de Morrisey. Siempre había querido cortarse el pelo como Morrisey. Ella no sabía quién era.

—¿James Dean? —preguntó él.

—Déjame hablar con la encargada —repuso ella.

La encargada rondaba la cuarentena. Sostenía un peine rosa fucsia con un mango tan afilado como una daga.

—James Dean —dijo, golpeándose la barbilla con el peine—. ¿Seguro que no lo quieres como George Clooney?

Lincoln estaba seguro.

—Haremos lo que podamos —prometió ella.

A Lincoln le gustó el resultado hasta extremos embarazosos. Se compró un producto llamado cera de fijación y dejó un 75 por ciento de propina (nueve pavos).

Decidió pasar por casa antes de ir a trabajar. Se puso una camiseta blanca de manga corta e intentó no marcar músculo cuando se miró al espejo. ¿Era así como se sentían las chicas cuando se enfundaban una minifalda?

Cuando llego al *Courier,* se encaminó directamente a la redacción, a la mesa de Beth. No sabía muy bien lo que haría cuando llegara. Prefería no pensarlo, porque si lo pensaba —si se paraba a pensar lo que estaba haciendo— se rajaría. Y necesitaba hacerlo. Por encima de cualquier otra cosa, en aquel momento, aquel día, en esa vida, en esa encarnación, ese lunes por la tarde, Lincoln necesitaba hablar con Beth.

Y tenía que ser él quien iniciara la conversación. Necesitaba plantarse ante su escritorio, a plena luz del día, con los hombros rectos, la cabeza alta y las manos... Ay, Dios, ¿qué haría con las manos? «No lo pienses. No pienses. Por una vez en toda tu maldita vida, no pienses.»

Lincoln se dirigió al puesto de trabajo de Beth, sin esforzarse en fingir que estaba haciendo alguna otra cosa. Sin dar un rodeo. Sin adoptar un aire furtivo. (Aunque tampoco creía que nadie le estuviera prestando atención.)

Se encaminó directamente a su mesa.

Ella no estaba.

Lincoln no había previsto un plan alternativo para un caso como ese. Así que se quedó allí plantado. Con los hombros rectos, la cabeza alta y todo lo demás. Miró su escritorio. Miró a su alrededor. Recordó la última vez que intentó hablar con ella, la noche de Fin de Año, y su vergonzosa huida. «Esta vez no saldré por piernas», pensó.

El hombre de la mesa contigua, «Derek Hastings», decía su placa, estaba hablando por teléfono; pero miraba a Lincoln. Al cabo de unos minutos y de una conversación sobre el zoo de la ciudad y los osos panda, Derek colgó.

—¿Querías algo? —preguntó.

—Esto..., no —repuso Lincoln—. Quería hablar con Beth, Beth Fremont.

—No está —dijo Derek.

El otro asintió.

—¿Quieres que le dé algún recado? —se ofreció Derek—. ¿Le pasa algo a su ordenador?

Así pues, sabe a qué me dedico, me conoce, pensó Lincoln. Tampoco era ningún secreto.

—No —dijo sin ceder terreno. Terreno de Beth.

Derek volvió a mirarlo con recelo y, despacio, desenvolvió un caramelo con palo, uno de esos que les dan a los niños en los bancos. Lincoln podía soportar la desconfianza y las miraditas, pero no el caramelo.

—Volveré —dijo, tanto para sí como para Derek. «No puedo forzarme a mí mismo a hablar con ella si no está», pensó. «Esto no se puede considerar una huida.»

84

De: Beth Fremont
Enviado: Lunes, 20 de marzo de 2000. 12:22
Para: Jennifer Scribner-Snyder
Asunto: ¿Te acuerdas de que te dije que era demasiado pronto para empezar a salir con chicos?

Supongo que me equivocaba. Tengo una cita.

<<Jennifer a Beth>> ¿Con tu chico mono?

<<Beth a Jennifer>> Con un chico mono, pero no mi chico mono. ¿Recuerdas que el año pasado, cuando escribí el primer artículo sobre el cine Indian Hills, le dije a un estudiante de farmacia muy mono que estaba prometida?

Bueno, pues anoche me lo encontré en la gran gala de despedida.

Se acercó y me dijo que, desde que lo había entrevistado, leía todas mis reseñas y que mi crítica de *Titanic* le arrancó carcajadas. Yo le respondí que, a mí, *Titanic* me arrancó carcajadas. Y los dos nos reímos de lo graciosa que soy, y me preguntó si invitarme a una copa supondría un conflicto de intereses.

Y pensé que seguramente sí, así que lo invité yo. Y acabamos viendo juntos el pase de la postrera película del Indian Hills, *La conquista del Oeste*, uno de los últimos filmes rodados en Cinerama.

La conquista del Oeste dura 162 minutos, casi tres horas, y además hubo un intermedio. He visto tantas películas sola que había olvidado lo que es estar sentada en un cine con un chico a tu lado, un chico que se vuelve a mirarte cada pocos minutos, justo cuando tú lo estás mirando. Había olvidado lo que se siente cuando los hombros se rozan, las voces susurran y los cuerpos se inclinan.

Sean —sí, tiene nombre, un nombre de verdad, nada de «El Guapo Activista» o «El Estudiante de Farmacia Pelirrojo»— y yo nos quedamos sentados durante el intermedio y comentamos que Henry Fonda nos gusta más que John Wayne, aunque preferimos a Karl Malden por encima de cualquier otro.

Y cuando la película terminó, seguimos sentados durante los créditos y nos entretuvimos en el vestíbulo. Y por fin, me dijo:

—Supongo que sigues prometida.

—En realidad —repuse yo—, no.

(Algunos dirían que nunca lo estuve.)

Su rostro exhibió una adorable cara de sorpresa, como si la respuesta lo hubiera pillado completamente desprevenido.

—Ah..., pues lo siento, supongo.

Yo negué con la cabeza.

—No lo sientas.

Y entonces me dijo que había esperado experimentar tristeza y sensación de derrota durante toda la noche, pero que no había sido así, ni mucho menos. Tenía la sensación de que acababa de compartir «la primera cita más bonita» de toda su vida.

Y entonces me preguntó si podíamos volver a vernos.

<<Jennifer a Beth>> ¿Y dijiste...?

<<Beth a Jennifer>> ¡Que sí!
Pero añadí que no podíamos quedar oficialmente hasta que el asunto del Indian Hills estuviera zanjado, puesto que yo era la periodista encargada de cubrirlo. Conflicto de intereses y tal. Él prometió que no habría más demandas, protestas ni apelaciones contra la junta de planificación.

—Por primera vez, me alegro de decir que hemos agotado todos los recursos —dijo—. Los intentos por preservarlo han terminado de una vez por todas y para siempre.

Le revelé que mi último artículo trataría de la demolición.

—Allí estaré —prometió.

—Yo también.

—En ese caso —dijo entre risas, que convirtieron lo que estaba a punto de decir en una frase alegre y bonita en lugar de cursi y estúpida—, es una cita.

Así pues..., ¡tengo una cita!

<<Jennifer a Beth>> ¡Felicidades! Estás contenta, ¿no?

<<Beth a Jennifer>> La verdad es que sí. Sé que es demasiado pronto. Pero, de momento, el chico me gusta y yo a él. (Mucho, mucho..., se lo noto.) Si dijera que no, a saber cuándo aparecería otro chico mono que se fijase en mí. Puede que nunca.

Además, por simpático y mono que sea y por mucho que me divirtiera con él, no tuve la sensación de ser víctima de un conjuro vudú (a saber, Chris).

Hasta podría ser el anti-Chris. ¿Estudiante de farmacia? ¿Activista social? ¿Un chico que lleva un traje azul marino? Y es quince centímetros más bajo, como mínimo.

<<**Jennifer a Beth**>> Bueno, te aconsejé que fueras a por los chicos monos. Así que tienes mi aprobación. ¿Cuándo van a derribar el teatro?

<<**Beth a Jennifer**>> El sábado. Los estudiantes de enfermería necesitan un aparcamiento.

<<**Jennifer a Beth**>> Entonces, estrictamente hablando, vas a salir con ese chico antes de escribir el último artículo sobre el Indian Hills. No se te ocurra citarlo; no sería ético.

<<**Beth a Jennifer**>> Imagina la referencia:

«¿Besas en las primeras citas?», preguntó un manifestante.

«¿A los niños les gustan los caramelos?», respondió esta reportera.

85

Lincoln borró los mensajes. Luego entró en el disco duro de WebFence y empezó a limpiarlo. Cortó y quemó cada una de las capas de memoria, destruyó cada bit de información.

Cuando hubo terminado, nadie sería capaz de volver atrás y descubrir a quién había señalado el WebFence, cuántas veces ni por qué motivo. Limpió su propio disco duro y borró su casi inexistente historial de correos. Vació el ordenador y reinstaló todos los programas.

Luego despejó su propio escritorio; bueno, el cajón que Kristi le había asignado. No había gran cosa. Chicle. Palomitas para microondas. Unos cuantos CD.

Para cuando hubo acabado, pasaban de las diez, demasiado tarde para llamar a Greg. Hablaría con él por la mañana. Encontró a Doris en la sala de descanso, jugando al solitario y comiéndose los últimos pistachos.

—Qué pasa —dijo.

—Hola, cariño. Eh, pero qué guapo estás. Me gusta tu corte de pelo. ¿Sabes?, antes llamábamos a ese corte un CP, porque parece un culo de pato.

Él se pasó los dedos por el cabello para aplastarlo, pero los dedos se le trabaron con la cera de fijación.

—¿Has comido? —Doris empujó los pistachos hacia él.

—No, supongo que se me ha olvidado. Mira, Doris, he venido a decirte que... creo que mañana voy a presentar la renuncia.

—¿Mañana? ¿Qué ha pasado?

—No ha pasado nada —repuso Lincoln. Nunca iba a pasar nada—. Es que odio este trabajo.

—¿Ah, sí? —Doris lo miró sorprendida. ¿Nunca se había quejado delante de Doris?

—Sí —respondió—. Lo odio. Odio el horario. Odio leer los correos de todo el mundo.

—¿Lees los correos de todo el mundo?

—Es mi trabajo —asintió él—. Y lo odio. Odio estar siempre solo en ese despacho. Odio quedarme despierto hasta las tantas. Ni siquiera me gusta este diario. No estoy de acuerdo con los editoriales y no lleva mis tiras cómicas favoritas.

—¿No te gusta *Lorenzo y Pepita?* —preguntó ella—. ¿Ni *Fox Trot?*

—*Fox Trot* no está mal —reconoció él.

—¿De verdad te marchas?

—Ajá —dijo Lincoln—. Sí.

—Bueno pues... me alegro por ti. Es absurdo quedarse en un sitio una vez que has comprendido que no deseas estar allí. Me alegro por ti. Y me alegro de que te hayas quedado todo este tiempo. Ha sido una suerte para mí. ¿Tienes otro empleo?

—Aún no. Ya lo encontraré. Tengo ahorros suficientes como para aguantar una temporada sin trabajar.

—Deberíamos celebrarlo —propuso Doris.

—¿Sí?

—Claro. Celebraremos una fiesta de despedida.

—¿Cuándo?

—Ahora mismo —decidió ella—. Pediremos pizza y jugaremos a la canasta hasta la hora de salir.

No debería estar de humor para celebraciones, pero lo estaba. «Hasta aquí he llegado», pensaba. «Todo tiene un límite.» Pidieron pizza al Pizza Hut; una pizza pan mediana, carne lover's, para cada uno. Y Doris ganó seis partidas de canasta. Cuando llegó la hora de marcharse, se le saltaban las lágrimas.

—Eres un buen chico —le dijo—. Y un buen amigo.

—Nos seguiremos viendo —prometió él—. Cuando te jubiles, te llevaré a cenar.

Pasó por la mesa de Chuck de camino al departamento de Tecnología de la Información.

—No puedo hablar ahora, estamos cerrando —se disculpó Chuck.

—Solo quería decirte que dejo el trabajo.

—¿Qué? No te puedes marchar —protestó el otro.

—Odio trabajar aquí.

—Todos odiamos trabajar aquí. Nadie deja el trabajo por eso. Solo los rajados lo hacen.

—Yo lo dejo.

—En ese caso, supongo que esto es un adiós —dijo Chuck.

—No es un adiós. Podemos quedar para jugar al golf.

—Chorradas —le espetó el otro—. Te pondrás a trabajar de día. Nos olvidarás. Nadie nos ayudará con las mates.

—Puede que tengas razón —reconoció Lincoln.

—Cerdo.

—No se lo digas a nadie hasta mañana.

—Cerdo desertor.

Cuando volvió a su mesa, Lincoln decidió no volver al día siguiente para presentar la renuncia. No regresaría jamás. No quería volver a ver a Beth. No deseaba sorprenderse a sí mismo abriendo la carpeta de WebFence después de haberse prometido por enésima vez que no lo haría.

Así que sacó un bloc y escribió dos notas. La primera era para Greg. Una rápida renuncia y una disculpa.

La introdujo en un sobre y la pegó al teclado de Greg para que su jefe la viera a primera hora de la mañana.

La segunda nota no le resultó tan sencilla. No tenía por qué escribirla. Seguramente no debía hacerlo. Pero quería dejar el diario esa noche (esa madrugada, en realidad) con las manos limpias y la conciencia tan despejada como fuera posible sin someterse a escarnio público.

«Beth», escribió, pero volvió a empezar. No tenían ese tipo de relación exactamente.

Hola,

No nos conocemos, pero soy el tipo cuyo trabajo consiste en asegurarse de que se cumplan las normas de la empresa en relación al uso de los ordenadores. Tus correos electrónicos disparan la alerta. A menudo. Debería haberte enviado advertencias igual que hago con los demás, pero no lo he hecho; porque me gustaba leer tus mensajes y me caías bien: no quería decirte que estabas quebrantando las normas porque deseaba seguir sabiendo de ti y de tu amiga, Jennifer.

Ha sido una flagrante invasión de tu intimidad y de la suya, y me disculpo por ello.

Entenderé que me delates, pero dejo el trabajo de todos modos. Nunca debería haberlo aceptado y no me gusta la persona en la que me he convertido aquí.

Te escribo esta nota porque te debo una disculpa —por cobarde y anónima que sea— y porque quería avisarte de que dejes de usar el ordenador de la empresa para enviar correos personales.

Lo siento muchísimo.

Dobló la nota y selló el sobre antes de tener tiempo a cambiar de idea o a pensar en reescribirla. No había ninguna necesidad de decirle que estaba enamorado de ella. No tenía sentido escribir una nota más inquietante de lo que ya era.

Lincoln le había proporcionado pruebas a Beth, pruebas escritas, de que había leído su correo, pero no sabía qué repercusiones tendría eso. Greg no podría despedirlo, aunque quisiera. Y seguramente tampoco querría hacerlo. Leer los correos era el trabajo de Lincoln. Greg le había dado carta blanca para mirar lo que quisiera, incluidos los mensajes que no estuvieran marcados. De haber estado en el lugar de Lincoln, seguramente Greg se habría comportado aún peor si cabe.

Lincoln quería confesar. Deseaba disculparse. Y hacerlo de un modo que le impidiera echarse atrás.

Reinaba la oscuridad en la redacción cuando llegó. Encendió las luces y se acercó a la mesa de Beth. Dejó el sobre encima del teclado y luego lo pegó para que nadie lo apartara sin querer. A continuación se marchó.

«Todo tiene un límite.»

86

El teléfono despertó a Lincoln a las 7:45 del día siguiente. Era Greg. Estaba enfadado, pero intentó convencer a Lincoln de que recapacitara.

—No voy a cambiar de idea —aseguró este sin abrir los ojos siquiera.

Greg le ofreció dinero, mucho más dinero, tanto que Lincoln lamentó no haber intentado marcharse unos meses atrás, antes de haber tomado la decisión definitiva.

—Ni siquiera me has avisado con dos semanas de antelación —protestó Greg.

—Eso ha sido una guarrada. Lo siento mucho.

—Quédate dos semanas.

—No puedo —dijo Lincoln—. Lo siento.

—¿Ya tienes otro trabajo?

—No.

Greg se dedicó a gritarle durante unos minutos más. A continuación se disculpó y prometió dar buenas referencias de Lincoln cuando hiciera falta.

—¿Y en qué dirás que soy bueno? —preguntó él—. ¿En estar mano sobre mano?

—Pues claro que hacías algo —objetó Greg—. ¿Cuántas veces te lo tengo que decir? Eras el encargado de mantener el fuego encendido. Alguien tiene que contestar el teléfono y decir: «Soporte técnico».

—Seguro que encuentras a alguien que sepa hacerlo.

—No estés tan seguro —suspiró Greg—. Solo los tarados están dispuestos a trabajar de noche.

Lincoln se preguntó si Beth habría leído su nota —seguramente aún no— y si presentaría algún tipo de queja contra él. El peligro seguía sin parecerle tan sustancial como para preocuparse por él. Esperaba que la nota no la hubiera asustado; no pretendía inquietarla. Quizás debería haberse parado a pensar en esa posibilidad.

El sábado por la mañana, Lincoln se desplazó a la calle 84 con la carretera West Dodge para ver cómo un equipo de demolición echaba abajo el Indian Hills. El día anterior habían vaciado el local. No quedaba nada más que la pantalla y el edificio. Había bastante gente reunida alrededor, pero Lincoln no se acercó tanto como para verles las caras; lo observó todo desde el aparcamiento de la tienda de donuts de enfrente. Al cabo de un rato entró y se compró dos buñuelos, un cartón de leche y un periódico. De este, lo tiró todo excepto la sección de Anuncios clasificados antes de sentarse.

Sacó una vieja libreta de espiral y la abrió por el centro. Por su lista. Copió cuatro entradas en el margen de los anuncios.

N.º 19. Desbloquear ordenadores/Desenredar collares.

N.º 23. Ser servicial.

N.º 5. No preocuparse por cosas sin importancia.

Y, por fin: N.º 36. Ser BUENO.

Había montones de ofertas para informáticos. Tachó todas aquellas que le parecieron imprecisas o engañosas y cualquier cosa que dijera: «Imprescindible don de gentes».

Rodeó una. «Se precisa técnico informático con experiencia. Universidad St. James, departamento de Enfermería. Jornada completa. Matrícula + extras.»

87

Eve le tomó el pelo por trabajar en el campus y haberse matriculado en un curso casi completo.

—Es igual que si hubieras caído por un agujero y hubieras
reaparecido en la facultad —le dijo cuando concluyó el primer
semestre—. ¿Qué obsesión tienes con la universidad? ¿Eres
adicto al tufo de los viejos auditorios?

Puede ser. Viejos auditorios. Sillas de biblioteca que crujen.
Grandes extensiones verdes.

Lincoln contaba con una mesa propia en el decanato de Enfermería. Era el único varón de todo el personal administrativo
y la única persona que no había cumplido los 45. Sus conoci-
mientos informáticos le granjearon el respeto de todas las señoras de la oficina. Lo trataban como si fuera Gandalf. Tenía su
propia mesa, pero no estaba obligado a permanecer allí. Era libre
de ir a clase siempre y cuando se asegurase de que todo seguía
zumbando.

Una parte de su trabajo consistía en encargarse de la seguridad informática; pero requería poco más que actualizar los
programas antivirus y recordar a la gente que no abriera adjun-
tos sospechosos. El supervisor de la oficina central le dijo que un

tiempo atrás hubo un incidente relacionado con la pornografía, pero que, aparte del porno y el juego, los empleados disfrutaban de libertad para entrar en las páginas que quisieran.

—¿Se filtran los correos electrónicos? —preguntó Lincoln.

—¿Bromeas? —repuso el tipo—. El claustro de la facultad se subiría por las paredes.

Lincoln seguía pensando en Beth. Constantemente al principio.

Se suscribió al periódico para poder leer sus reseñas durante el desayuno y luego a la hora de comer. Trataba de adivinar cómo le iban las cosas a través de sus textos. ¿Parecía contenta? ¿Era excesivamente dura con las comedias románticas? ¿O demasiado generosa?

Leer las reseñas mantenía vivo el recuerdo de la chica hasta extremos que no le sentaban bien. Como un piloto encendido en su interior. En ocasiones, ese piloto le hacía sufrir, cuando ella escribía algo particularmente gracioso o perspicaz, o cuando Lincoln leía entre líneas algo que sabía de ella. Pero el dolor se atenuó. Las cosas mejoran —duelen menos— con el paso del tiempo. Si las dejas.

Cuando empezaron las clases de otoño, Lincoln se encaprichó de una profesora de literatura medieval, una mujer de inteligencia encendida, de treinta y pico. Tenía las caderas generosas y un flequillo desfilado, y su discurso se tornaba rapsódico cuando hablaba de *Beowulf*. Subrayaba frases en los trabajos de Lincoln con tinta verde fosforescente y le escribía notas en los márgenes: «¡Exacto!» o «Paradójico, ¿verdad?». Lincoln se dijo que cuando acabara el semestre tal vez la invitara a salir. O quizás se matriculase en su seminario avanzado.

Una de sus compañeras de trabajo se empeñó en que quedara con su hija, Neveen, una redactora publicitaria que fumaba cigarrillos orgánicos. Se vieron unas cuantas veces, y a Lincoln le gustó lo bastante como para llevarla a la boda de Justin y Dena.

La celebraron en una enorme iglesia católica de las afueras. (¿Desde cuándo era Justin católico? Y tan devoto que había obligado a Dena a convertirse. «No quiero que mis hijos se críen como unitarios —le dijo a Lincoln durante el ensayo del banquete—. Esos chupapollas apenas si creen en Jesús.»)

El convite se celebró en un hotel con encanto a pocos kilómetros de allí. Había un bufé inspirado en la cocina polaca y un cuarteto de cuerda encargado de amenizar la cena. A Lincoln le agobiaba la idea de ver tocar a Sacajawea. Comió demasiados *pierogi*.

Tras el baile de los novios (*My heart will go on*), el de los padrinos y las damas de honor (*Leather and lace*), y el del padre con la hija (*Butterfly kisses*), el grupo salió al escenario. Justin los presentó mientras los músicos preparaban los instrumentos, advirtiendo a sus tíos y tías más ancianos que le sacaran partido al bar o fueran pensando en volver a casa «porque esto va a ser la puta caña».

La quemazón que Lincoln esperaba experimentar cuando viera a Chris no apareció. Chris seguía siendo un espécimen hermoso. Unas pocas adolescentes, primas de Dena, se apelotonaron en el extremo del escenario que ocupaba el guitarra y juguetearon con sus collares. Una chica mayor, en edad universitaria, había acudido con el grupo. Lucía una larga melena rubia y una piel luminosa, y le tendía a Chris agua y cerveza entre canción y canción.

No hubo quemazón. Ni siquiera cuando Chris lo reconoció y lo saludó por gestos. Ahora —para Lincoln, cuando menos— Chris solo era un tipo cualquiera que no salía con Beth.

Cuesta mucho bailar una música que suena como Led Zeppelin arrastrado por Radiohead, pero casi todos los amigos de Justin y Dena estaban tan borrachos como para intentarlo. Incluida la pareja de Lincoln. Él no estaba borracho, pero igualmente saltó, gritó y cantó a viva voz. Agarró a la gente que saltaba del escenario. Hizo girar a Neveen hasta que esta se mareó. Levantó los cuernos al cielo sin cortarse ni un pelo.

88

Hacía frío para ser octubre. Los niños tendrían que llevar plumíferos sobre los disfraces de Halloween, y en cada puerta les preguntarían de qué iban disfrazados.

«Octubre», pensó Lincoln. «¡Jujurujúú! ¡Jay, jay!»

Plantado ante la ventana abierta, solo un momento, dejó que el recuerdo lo traspasara. «Feliz octubre.»

Una de las grandes ventajas del piso era la presencia de un cine a un paseo de distancia. Una sala de arte y ensayo llamada El Dundee, a poco más de un kilómetro. Era el único sitio, que Lincoln supiera, que servía Cola Royal Crown en vaso. Iba a parar allí casi todos los fines de semana. La mayoría de las veces ni siquiera le importaba qué película hubiera en cartel.

Aquella noche, Lincoln se enfundó un grueso jersey de cuello alto y se puso la cazadora vaquera sobre unos pantalones verde oliva. Echó un vistazo a su pelo en el espejo que había colgado en el recibidor. Seguía llevándolo al estilo Morrisey (aunque Eve decía que más bien parecía Luke Perry. O como si quisiera parecerse a Luke Perry).

—¿Hace falta que te peines así? —le preguntaba—. ¿No eres ya bastante alto?

—No hace falta —replicaba él—. Me gusta.

Eve lo había invitado a su casa esa noche, pero Lincoln había rehusado. En teoría, iba a reunirse con los correctores más tarde, en un bar de Iowa que servía cerveza de tomate. Puede que fuera. Puede...

Había caído la noche cuando salió de casa, a las seis y media. No le importó. Ni tampoco el frío.

De camino al cine, vio a la gente cenando en sus casas. En aquel barrio, la gente nunca echaba las cortinas sobre los ventanales. «¿Sabes por qué esas casas viejas tienen grandes ventanas en la fachada frontal? —le comentó su madre en cierta ocasión—. Porque antiguamente, cuando fallecía alguien de la familia, se celebraba el velatorio en el propio domicilio. Hacía falta una ventana lo bastante grande como para que se viera el ataúd.» Lincoln decidió seguir pensando que los ventanales se construían para que la gente pudiera exhibir los árboles de Navidad.

Cuando llegó al Dundee, un empleado estaba cambiando la marquesina de *Bailar en la oscuridad* por la de *Billy Elliott*.

Lincoln se refugió en el pequeño vestíbulo para comprar la entrada, una cola y una caja de palomitas con mantequilla. El cine estaba casi vacío y escogió un asiento en las primeras filas. Un asiento rojo, de terciopelo. Debía de ser uno de los pocos cines que quedaban, ahora que el Indian Hills había desaparecido, que no contaba con butacas reclinables o con asientos de dos plazas con reposabrazos ajustables. Conservaba el telón delante de la pantalla, que se descorrería instantes antes de que empezasen los avances. Antes, a Lincoln le parecía un detalle inútil. Ahora era aquel telón lo que más le gustaba.

Y entonces, mientras estaba esperando, a alguien que estaba en el fondo de la sala se le cayó una caja de golosinas, algo duro y estrepitoso, M&Ms o Gobstopper eternos, que tintinearon sobre la pendiente del suelo de hormigón. Lincoln se giró automáticamente. Y entonces la vio, sentada unas cuantas filas por detrás, unos pocos asientos más allá.

Beth.

Estaba preciosa.

Cabello oscuro. Rostro acorazonado. Pecas.

Lincoln apartó la vista en cuanto comprendió que era ella; pero Beth ya lo había reconocido. Lo estaba mirando. Con una expresión... ¿Qué expresión mostraba?

De sorpresa. Solo de sorpresa.

Cabía pensar que Lincoln había imaginado ese momento tan a menudo como había pensado en Beth a lo largo de los últimos meses. Al fin y al cabo, no vivían en Tokio, ni en Bombay, ni en ningún lugar donde la gente se perdiera de vista con facilidad. Aquella era una ciudad pequeña. Una ciudad pequeña en la que no abundaban los sitios que frecuentar, sobre todo si eras crítico de cine. Y si bien Lincoln consideraba el Dundee su cine particular, es cierto que acudir a esa sala equivalía a presentarse en la oficina de Beth.

Y ahora tendría que marcharse. Ella así lo querría, ¿no? Sobre todo si, a esas alturas, ya había sumado dos más dos. Esa era otra de las cosas que Lincoln se había esforzado al máximo en ahuyentar de su pensamiento. ¿Seguía Beth considerándolo su chico mono? ¿O ya había deducido quién era el tarado que leía sus correos?

Tenía que marcharse. De inmediato. No. En cuanto bajaran las luces. Si Beth volvía a mirarlo, no podría soportarlo

Lincoln se inclinó hacia delante, se tapó la cara con una mano y rogó para sus adentros que el cine se ensombreciera. Al cabo de unos dolorosos minutos, su deseo se cumplió. Las luces se atenuaron, el proyector cobró vida, el viejo telón se abrió y Lincoln empezó a ponerse la cazadora.

En el mismo instante en que Beth se sentaba a su lado.

Se quedó helado, con un brazo a media manga. No dijo nada. No se movió. Solo su sistema nervioso autónomo siguió funcionando como una locomotora.

No podía marcharse, no ahora que ella se había sentado a su lado —¿por qué se había sentado a su lado?—, y tampoco podía mirarla. Así que volvió al asiento despacio, con cuidado de no tocarla. Volvió al asiento y esperó.

Pero Beth no dijo nada.

Y no dijo nada. Y no se movió. Y no dijo nada.

Durante todo el tiempo que duraron los avances. Y los créditos de inicio.

Al final, Lincoln no pudo resistir la tentación de mirarla. Le lanzó una ojeada. Beth observaba la pantalla como si aguardase instrucciones del mismísimo Espíritu Santo, los ojos desmesuradamente abiertos, agarrada al bolígrafo con ambas manos. En la película sonó una canción de T. Rex. *Cosmic dancer.*

Lincoln desvió la vista. Se ordenó tener paciencia, esperar a que ella hiciera o dijera algo. Pero aquella espera se estaba tornando insoportable. O quizás lo insoportable fuera tenerla tan cerca. El deseo de volver a mirarla.

Y de repente Lincoln se sorprendió a sí mismo diciendo lo que siempre les decía a las mujeres, lo que en realidad necesitaba decirle a Beth.

—Lo siento —susurró por encima del hombro.

—No —repuso ella.

Ahora Beth lo miraba fijamente, con determinación. Con un gesto resuelto en la mandíbula. Debe de saberlo, pensó él, y se le cayó el alma al suelo de cemento. Debía de saber que el tarado era él. Puede que incluso le gritara. O lo abofeteara. Lincoln se descubrió a sí mismo contando los centímetros que los separaban. Diez, once como máximo. Nunca había estado tan cerca de sus orejas. Eran perfectas.

Beth levantó la mano entonces, sin soltar el bolígrafo, para posarla en el rostro de él. En su barbilla.

Lincoln cerró los ojos. Le parecía lo apropiado, pasara lo que pasase a continuación. Cerró los ojos y notó las yemas de los dedos de Beth en la barbilla, en la frente, en los párpados. Él inhaló; tinta y jabón de manos.

—Yo... —la oyó susurrar, más cerca de lo que esperaba, temblorosa y rara— creo que soy una chica muy tonta.

Él negó con la cabeza. Apenas. Solo alguien que le sostuviera la mejilla y el cuello lo habría notado.

—Sí —dijo ella, más próxima si cabe. Lincoln no se movió, no abrió los ojos. ¿Y si los abría y Beth se daba cuenta de que lo estaba tocando?

Ella le besó la mejilla y él inclinó la cabeza contra sus manos. Le besó la otra mejilla. La barbilla. El canal bajo el labio inferior.

—Muy tonta —susurró junto a la boca de Lincoln, en un tono incrédulo e intencionado—. ¿Qué debiste de pensar de mí?

Lincoln buscó su boca.

—Qué chica más perfecta —dijo en un tono tan quedo que solo alguien que le estuviera acariciando el cabello y rozándole la boca con los labios podría haberlo oído—. Qué chica más guapa. —Encontró sus labios—. Más perfecta. —Beso—. Mágica. —Beso—. Única.

Hay momentos en los que no te puedes creer que algo maravilloso esté ocurriendo. Y hay otros en los que la consciencia de que está pasando algo increíble te inunda, completamente. Lincoln se sintió como si hubiera hundido la cabeza en una pila llena de Peta Zetas para abrir el grifo después.

Se retorció para despojarse de la chaqueta y la rodeó con los brazos.

Sin pensar en nada más que en Beth. Sin hacer nada más que experimentar su sueño hecho realidad.

No oyó el final de la película. Durante dos horas no escuchó nada más que el latido atronador de su corazón y el esporádico choque de los dientes de Beth contra los suyos. Pero ella dio un bote cuando las luces se encendieron. Dio un bote, se sentó y se separó de Lincoln. Fue igual que abandonar el más cálido lecho para salir a la mañana más fría del mundo. Lincoln se inclinó hacia ella, reacio a perder el contacto. Temeroso de que algo horrible estuviera pasando, de que un reloj en alguna parte estuviera dando la medianoche.

—Estoy en cierre —dijo Beth. Se tocó la boca y luego el cabello, bajando la mano hasta la desbaratada coleta—. Tengo que irme, tengo que...

Se giró hacia la pantalla en blanco como buscando algo que pudiera aprovechar. El telón ya estaba echado.

Beth se acuclilló en el suelo, buscando algo.

—Mis gafas —dijo—. ¿Llevaba gafas?

Se las había empujado hacia el cabello. Lincoln las liberó con cuidado.

—Gracias —dijo Beth. Él la ayudó a levantarse e intentó retenerla un instante, pero ella se despegó nada más ponerse en pie y echó a andar por el pasillo—. Nunca había hecho esto —se justificó. Otra vez miraba la pantalla—. ¿Te has enterado de qué iba la película? Bailaban, ¿verdad? Estoy segura de que bailaban.

Miró a su alrededor, temerosa de que alguien la hubiera oído. Volvió a tocarse la boca, con la palma y los cuatro dedos, como para asegurarse de que seguía ahí.

Y entonces salió corriendo —casi corriendo— hacia la salida, al principio caminando hacia atrás, para no perderlo de vista, hasta que por fin se dio media vuelta.

Lincoln no supo cómo había llegado a su casa y, una vez allí, no quiso entrar. No deseaba romper el hechizo. Así que se sentó en los peldaños del portal y se dedicó a revivir las últimas dos horas. A testificar ante sí mismo: sí, aquello había sucedido.

«¿Qué debiste de pensar de mí?», se había preguntado a sí misma.

¿Qué debió de pensar ella? Ni siquiera conocía a Lincoln. No como él la conocía. Él sabía por qué deseaba besarla. Porque era hermosa. Y antes de eso, porque era amable. Y antes aún, porque era lista y divertida. Porque poseía exactamente la clase de humor y de ingenio que le gustaban. Porque se imaginaba viajando a su lado por carretera sin aburrirse ni un instante. Porque cada vez que veía algo nuevo o interesante, o nuevo y absurdo, siempre se preguntaba qué diría ella al respecto, cuántas estrellas le daría y por qué.

Sabía por qué había deseado besarla. Por qué aún lo deseaba. Todavía la notaba en sus labios, en su regazo. En la cabeza, como niebla. ¿Era así como se sentía cuando besaba a Sam en el pasado? (No se acordaba ahora mismo y tampoco quería hacerlo.) Si experimentó eso mismo, quizás no fuera de extrañar que hubiera tardado nueve años en olvidarla, al fin y al cabo.

En todo el tiempo que Lincoln pasó trabajando en el *Courier,* leyendo el correo de Beth, pensando en ella, jamás llegó a pensar en serio que existiera una cadena de acontecimientos, un camino ante él o una ruta a través del espacio-tiempo que pudiera conducir a esto.

Sí, acababa de suceder.

Y quizás..., quizás aún estaba sucediendo.

Lincoln se levantó de un salto y se palpó el bolsillo para comprobar que las llaves del coche estuvieran ahí. ¿Cuánto rato había transcurrido desde que ella se había marchado? ¿Treinta minutos? ¿Cuarenta y cinco? Beth aún estaría en el *Courier.* Y Lincoln ya no estaba obligado a guardar las distancias. Ya no tenía que soñar y anhelar, ya no tenía que sentirse culpable. No debía portarse como un caballero. O quizás la conducta de un caballero ya no se entendiera igual que antes de que Beth se sentara a su lado. Todo había cambiado.

Lincoln aparcó detrás del *Courier,* en la zona de carga. Media docena de camiones esperaban allí, sin prisa, mientras los mozos cargaban montones de primeras ediciones. A la carrera,

cruzó una puerta del garaje para saltarse el torno de empleados
—el guardia de seguridad que estaba de servicio lo reconoció
y lo saludó— y subió las escaleras de dos en dos hasta llegar a la
redacción, como si le fuera la vida en ello, como si estuviera en
pleno cierre. Como si, en caso de detenerse, fuera a volver a su
antiguo ser, a quedar atrapado en el viejo bucle. ¿Y si para Lincoln solo había una conducta posible en aquel edificio? ¿En
aquel contexto?

Chuck alzó la vista cuando Lincoln pasó corriendo por Corrección. Lincoln lo saludó con un gesto y siguió caminando a
toda prisa. Miró hacia la zona de información local; Beth no
estaba allí. Al fondo de la redacción, en la sección de Ocio y espectáculos, reinaba la oscuridad, pero Lincoln siguió avanzando,
haciendo esfuerzos por no recordar cuántas veces había recorri-
do ese mismo trayecto, sabiendo que ella ya se había marchado.

Estaba allí, hablando por teléfono. Sentada en su oscuro cubículo, el rostro iluminado por la luz del monitor como la de una
vela.

—No, ya lo sé —estaba diciendo. Llevaba el cabello suelto,
sin gafas. Aún parecía medio atontada, mareada de besos—.
Lo sé —repitió, y se frotó la frente—. Mira, esto no volverá a...

Lincoln se detuvo junto a la mesa contigua e intentó no
resoplar como un caballo de tiro. Beth alzó la vista, lo vio y se
quedó a media frase.

Lincoln no supo qué hacer entonces así que sonrió, esperanzado, mordiéndose el labio.

—Gracias —siguió diciendo ella al teléfono—. Lo sé. Gracias..., vale.

Colgó y lo miró de hito en hito.

—¿Qué haces aquí? —preguntó.

—Me puedo marchar —dijo Lincoln, y retrocedió un paso.

—No —exclamó ella, levantándose—. No. Yo...

—He pensado que debíamos hablar —explicó él.

—Vale.

—Vale —asintió Lincoln.

Medio metro y una mampara los separaban.

—O quizás no —rectificó Beth al tiempo que se cruzaba de brazos.

—¿Qué?

—Es que tengo la sensación de que, si lo hablamos, podría ir horriblemente mal. Pero si lo dejamos como está, a lo mejor funciona, no sé, horriblemente bien.

—¿Como está? —repitió él.

—Claro —repuso Beth, que ahora hablaba con excesiva precipitación—. Podríamos vernos en los cines, a oscuras... y, si tengo que decirte algo, le enviaré un correo a otra persona.

Lincoln retrocedió como si hubiera recibido un golpe.

Ella arrugó la cara y cerró los ojos.

—Perdona —dijo—. Perdona. Te lo he avisado. No se me da bien hablar. Lo mío es escribir.

«Lo sabe», era cuanto pensaba Lincoln. «Que yo soy el tarado. Que no soy el chico mono. Lo sabe... y pese a todo se ha sentado a mi lado.»

—¿Has terminado? —le preguntó él.

—¿De ponerme en evidencia? Seguramente no.

—De escribir la reseña.

—Se queda como está.

—Pues ven conmigo.

Lincoln le tendió la mano y tuvo la sensación de haber ganado un premio cuando, tras otro instante de perplejidad, ella la tomó. Echó a andar por la redacción sin saber adónde se dirigían. El *Courier* no contaba precisamente con un jardín secreto. Ni con una terraza. Ni con un reservado en una esquina.

Acabaron en la sala de descanso.

—Espera —lo avisó Beth cuando Lincoln empujaba la puerta. La sala estaba a oscuras. Las mesas habían desaparecido. Las máquinas expendedoras seguían allí, todavía iluminadas y zumbando, pero estaban vacías.

—Ya no funciona —explicó Beth con voz queda—. Hay una nueva abajo. Esta la van a convertir en zona de trabajo, creo, para la gente de internet.

Miró hacia el pasillo, nerviosa, y retiró la mano.

—Perfecto —dijo Lincoln. Dio un paso al interior y sostuvo la puerta para cederle el paso. Ella lo miró, sorprendida, y lo siguió. La puerta se cerró y Lincoln se detuvo un instante para que sus ojos se acostumbran a la tenue luz de la máquina de Pepsi. Había una zona despejada contra la pared, junto a la cafetera. Beth lo siguió hasta allí —él aún dudaba de que lo hiciera— y se sentaron en el suelo, mirándose.

Lincoln deseaba acariciarla, volver a tomarle la mano, pero ella se cubrió las rodillas con la falda y apretó los puños contra el regazo. Hasta ese momento, él no se había fijado en su atuendo. Una falda tejana hasta las rodillas, un jersey de punto rosa, medias color violeta y botas altas de piel azul. Los colores del ocaso, pensó él.

—Así pues, ¿hablamos? —preguntó Beth.

—No sería mala idea —repuso Lincoln.

Ella se miró los puños.

—No puedo decirte nada que no sepas ya.

—No digas eso —le pidió Lincoln—. No es tan sencillo.

—¿Ah, no? —Parecía enfadada.

—Lo siento —repitió él.

—No te disculpes —suplicó ella con la voz quebrada—. Por favor. De verdad, de verdad, no quiero que lo lamentes.

—¿No?

—No —le aseguró ella.

—¿Y qué quieres que te diga?

—Quiero que me digas algo. No se qué, pero algo que justifique por qué estoy aquí. —Hablaba deprisa, con voz temblorosa, como si estuviera a punto de echarse a llorar—. Mira, Jennifer se va a poner de parto cuando le cuente esto. Sigue pensando que debería delatarte; pero ¿qué voy a decir? ¿Y a quién? Me reprocha que me haya dejado enredar por tu inmenso atractivo..., tu atractiva inmensidad...

—¿Jennifer está embarazada? —preguntó Lincoln, y sonrió sin venir a cuento.

Beth se enjugó los ojos con la manga del jersey y alzó la vista para mirarlo.

—Sí.

—Qué bien —expresó Lincoln con sinceridad—. Cuánto me alegro.

—Sí —dijo ella sin dejar de mirarlo. A continuación escondió la cara entre las manos—. Ay, Dios mío, qué raro es esto.

—Lo siento —se disculpó él.

—Basta.

—Vale, perdona, mira, ¿serviría de algo que te dijera que no tenía intención de ponerme a leer tus mensajes? ¿Ni los de Jennifer ni los de nadie? Solo estaba revisando los filtros y vosotras disparasteis la alarma, sabes, por saltaros las normas, y los vuestros fueron los únicos mensajes que leí en todo ese tiempo, solo los que estaban marcados y únicamente los vuestros. O sea, puede que eso te parezca aún peor, pero no tenía por costumbre leer el correo de nadie más. Solo a ti te dejé una nota en la mesa cuando me marché.

—¿Y por qué tuviste que dejarla? Te juro que ese gesto fue el más inquietante de todos.

—Quería disculparme —se justificó él, venciendo el impulso de apartar la mirada.

—Pero ¿por qué tenías que disculparte? ¿Qué más daba?

—Porque tú me importabas —confesó Lincoln—. Necesitaba sincerarme contigo.

—¿Mediante una nota anónima?

Lincoln no deseaba volver a disculparse, así que no dijo nada.

—He estado pensando en ti —confesó Beth—. Me he preguntado cómo se habrían desarrollado los acontecimientos en un libro o una película. Si esto fuera una novela de Jane Austen, no sería para tanto; si tú estuvieras interceptando mis cartas y yo te espiara por el seto del jardín... Los ordenadores lo empeoran todo.

—Yo lo empeoré todo —asumió Lincoln—. No debería haberte escrito esa nota. O sea, encima de todo lo demás. Lamento haberte incomodado.

—Esa es la cuestión —dijo ella—. Ni siquiera estoy segura de que me incomodaras. Puede que al principio, cuando supe que un desconocido había estado leyendo mi correo. Pero no tardé mucho en deducir que eras tú. Ya no te veía por el edificio. Y un día se lo mencioné a Derek... Conoces a Derek, ¿no?, el que se sienta a mi lado. «¿Qué habrá sido de aquel tipo grandote de cabello castaño que cenaba con Doris?» Y él me dijo algo así como: «¿El informático? Se marchó». Y entonces sumé dos más dos. Deduje que tú eras... tú.

Beth ya no lloraba. Se apoyó contra la pared, más relajada. La falda se le había deslizado hacia los muslos, dejando a la vista las rodillas enfundadas en las medias lilas. Lincoln quería encaramarse a su regazo. Seguían sentados de lado, cara a cara, y ella plantó la mano en el suelo, delante de Lincoln, casi rozándole la suya con la yema de los dedos.

—Si esto fuera una película, ¿qué pasaría? —preguntó con la mirada clavada en las manos de ambos, formulando las palabras con cuidado—. ¿Cómo le quitarían hierro a esta situación Meg Ryan y Tom Hanks?

—¿En *Algo para recordar*, por ejemplo? —preguntó Lincoln.

—Eso es —asintió ella—. O en *Tienes un email*. O sea, para empezar, mantendríamos esta conversación con la cámara apagada. Es demasiado liosa.

—Si esto fuera una película de Meg Ryan y Tom Hanks —dijo Lincoln—, te besaría y ya está, seguramente en mitad de una frase. Eso lo arreglaría todo.

Ella sonrió. ¿Alguna vez la había visto sonreír así? ¿Con todas las pecas?

—Entra Louis Armstrong —dijo ella.

—Pero no te voy a besar —declaró Lincoln. Le costó pronunciar las palabras.

—¿No?

—No. Porque tienes razón. Esto debería tener alguna lógica. Lo nuestro debería tener lógica. Quiero que seas capaz de recordar esta noche y creer que es posible, que dos personas se pueden conocer así.

—Ah —dijo Beth—. *Cuando Harry encontró a Sally*.

Si la sonrisa de Beth se ensanchaba más, se rompería.

—*Joe contra el volcán* —apuntó Lincoln.

—*Jerry Maguire* —propuso ella.

—*El imperio contraataca*.

Beth se rio con ganas.

—No habría hecho lo que hice en el cine si..., bueno, le pregunté a Doris por ti.

—¿Sí?

—Y me dijo que eras uno de los chicos más amables que había conocido nunca, más incluso que su marido, Pete...

—Paul.

—Paul —se corrigió Beth—. Que compartías la cena con ella y la ayudaste con la mudanza. También me dijo que eras soltero; que las correctoras intentaban ligar contigo, pero que te comportabas como un perfecto caballero. Me dijo que habías dejado el trabajo porque eso de leer los correos de la gente te hacía sentir un mirón, y que trabajando por las noches te sentías como el conde Chocula.

—¿Te dijo todo eso?

—Aquí mismo. A lo largo de tres noches. Jugando a la canasta.

—Deberías haberte quedado en la prensa informativa.

—¿Lo ves? —susurró ella. Cerró los ojos, solo un momento—. Ya estamos. ¿Qué te puedo decir sobre mí misma que no sepas ya? ¿Qué puedo decir, sabiendo lo que tú sabes?

—No es tan sencillo —repitió él.

—Lo que escribí de ti, el apodo que te puse...

—Yo sabía que no iba en serio —alegó él—. Sabía que tenías novio.

—¿Por eso leías mis correos? ¿Porque me gustabas?

—No, para cuando escribiste eso, yo ya sentía... de todo.

—Iba en serio —afirmó Beth—. Más de lo que jamás habría reconocido ante Jennifer. Te seguía siempre que podía. Intenté seguirte a tu casa una vez.

—Ya lo sé —repuso él con voz apagada.

Ella miró al suelo. Se bajó la falda.

—Tenía un presentimiento contigo —confesó Beth—. ¿Es una bobada?

—Espero que no.

Guardaron silencio.

—Así que..., vale —dijo Beth. Levantó la cara y se echó hacia delante, con brusquedad, como si hubiera tomado una decisión—. Cuando iba al instituto, vi parte de un videoclip musical de los Sundays, *Here's where the story ends*. ¿Conoces esa canción?

Lincoln asintió. Ella se recogió el pelo detrás de las orejas.

—Casi nunca veía la MTV, solo cuando estaba en casa de mi amiga Nickie y únicamente cuando sus padres se encontraran ausentes. Pero vi el vídeoclip, ni siquiera entero, y supe que esa iba a ser mi canción favorita durante... el resto de mi vida. Y lo sigue siendo. Sigue siendo mi canción favorita...

»Lincoln, decía que eras mono porque no sabía cómo expresar..., porque pensaba que no tenía derecho a decir... otra cosa. Pero cada vez que te veía me sentía igual que la primera vez que oí esa canción.

Beth proyectaba estrellas. Le costaba escucharla. Le costaba mirarla. Todavía tenía la sensación de estar robando algo.

—¿Lincoln? —preguntó ella.

—¿Sí?

—¿Crees en el amor a primera vista?

Se obligó a mirarla a la cara, a sus ojos abiertos de par en par, a su reflexiva frente, a su boca, insoportablemente dulce.

—No lo sé —dijo Lincoln—. ¿Tú crees en el amor antes de eso?

Ella se quedó sin aliento, como víctima de un hipo doloroso.

Y la tentación de besarla se tornó irresistible.

Beth se fundió en el abrazo. Lincoln se recostó contra la máquina de café y la abarcó toda entera. Allí estaba otra vez, aquel beso indescriptible. «Así debería haber terminado *2001*», pensó. «Esto es el infinito.»

Ella se retiró, pero Lincoln la atrajo de nuevo.

—No sé —dijo Beth al tiempo que se encaramaba a su regazo y apoyaba la mejilla en la coronilla de Lincoln—. No sé a qué te refieres con eso del amor antes del amor a primera vista.

Lincoln recostó la cabeza en el hombro de ella y buscó una buena respuesta.

—Es que... supe lo que sentía por ti antes de verte siquiera —confesó—, cuando aún pensaba que nunca te vería.

Ella le tomó la cabeza entre las manos y se la empujó hacia atrás, para poder mirarlo a los ojos.

—Eso es absurdo —declaró Beth. Lincoln se rio con ganas.

—Ya lo creo —repuso.

—No, lo digo en serio —insistió ella—. Los hombres se enamoran de lo que ven. Es un hecho científicamente demostrado, creo.

—Puede ser —reconoció Lincoln. Cuánto le gustaba acariciarle el cabello—. Pero yo no te había visto, así que...

—En ese caso, ¿qué veías?

—Pues... a la clase de chica que escribiría el tipo de cosas que tu escribías.

—¿Qué cosas?

Lincoln abrió los ojos. Beth le estudiaba el rostro. Con una expresión escéptica; puede que inspirada por algo más que su última frase. Aquello era importante, comprendió.

—Todo —repuso a la par que se erguía, sin soltarle la cintura—. Todo lo que escribías sobre el trabajo, tu novio... Tu manera de consolar a Jennifer y hacerla reír cuando estaba embarazada, y después. Imaginaba a una chica capaz de ser así de amable, con tu sentido del humor. Imaginaba a una chica así de viva...

Ella seguía en guardia. Lincoln no pudo adivinar a partir de su expresión si la estaba ahuyentando o conquistando.

—Una chica que nunca se cansa de sus películas favoritas —prosiguió con voz queda—. Que acumula vestidos como quien acumula billetes de autobús gastados. Capaz de alucinar con el paso de las estaciones...

»Imaginaba a una chica que torna cada instante, todo aquello que toca y a las personas que la rodean, en algo más llevadero y bonito.

»Te imaginaba a ti —dijo—. Pero no sabía cómo eras.

»Y entonces, cuando lo supe, comprendí que una chica capaz de todas esas cosas no podía tener otro aspecto. Eras idéntica a la chica que amaba.

Los dedos de Beth temblaron entre el cabello de Lincoln y apoyó la frente en la suya. Una lágrima pesada, húmeda, aterrizó en los labios de él, que la lamió. Atrajo a Beth hacia sí, tanto como pudo. Como si le diera igual en ese momento si ella podía respirar o no. Como si fueran dos y solo hubiera un paracaídas.

—Beth —musitó, pegándole la cara hasta que sus pestañas se rozaron, presionándole el nacimiento de la espalda—. No soy capaz de explicarlo. No sé expresarlo mejor. Pero seguiré intentándolo. Si quieres que lo haga.

Ella negó apenas con la cabeza.

—No —dijo—. Se acabaron las explicaciones. Y las disculpas. Ya no creo que importe cómo hemos llegado hasta aquí. Yo solo.... Quiero quedarme... Quiero...

Lincoln la besó.

Entonces.

En mitad de la frase.

89

—Me parece que no le he caído bien a tu madre —se lamentó Beth. Regresaban al piso de Lincoln y ella sostenía una enorme fuente de horno con restos de lasaña en equilibrio sobre el regazo.

—Pues yo creo que le has caído fenomenal —afirmó él—. Por eso estaba tan compungida. Si hubiera podido criticarte, habría dado saltos de alegría. Ojalá le hubieras visto la cara cuando has dicho que votaste al Partido Verde.

—Se la he visto. No le ha hecho ninguna gracia.

—Porque adora a Ralph Nader.

—¿Y por qué tu hermana se ha reído?

—Porque le encanta ver a mi madre hecha polvo.

Ella negó con la cabeza. Estaba lloviendo y Beth llevaba el pelo mojado, rizado en torno a la frente.

—Qué locura.

—Empiezas a pillarlo —repuso Lincoln.

Habían acordado no revelarles ni a la madre de Lincoln ni a Eve —ni a nadie— cómo se habían conocido exactamente. Explicaron que habían sido compañeros de trabajo. («Es la verdad —dijo Beth—. Estrictamente hablando.») Solo Christine conocía toda la historia, bueno, y Jennifer, claro, y seguramente

Mitch. Beth propuso que se lo contaran a quien quisieran cuando llevaran juntos el tiempo suficiente como para que el asunto no fuera más que una extraña nota al pie de su relación. Obviando los detalles más frikis.

—Pues mis padres te adoran —dijo ella al tiempo que abrazaba la lasaña—. Sin ambages. Mi madre piensa que tienes un sentido del humor delicioso y mi padre me dijo que le parecías muy guapo. «Masculino», especificó, e incluso se refirió al tamaño de tus manos. No te extrañe que te pida un baile en nuestra boda... —Beth se mordió la lengua. Cuando Lincoln se volvió a mirarla, ella se giró hacia la ventanilla.

—Bailaré con tu padre —prometió Lincoln. Le apoyó la mano en la nuca y le acarició la mejilla con el pulgar—. Siempre y cuando él me guíe. Bailar no se me da demasiado bien.

Cuando Beth le sonrió, sintió que el corazón se le agrandaba en el pecho. Ahora se sentía así constantemente. Incluso cuando la tenía entre los brazos, notaba como si algo intentara surgir de su interior para abrazarla.

—No sabía que esto pudiera ser así —comentó ella más tarde.

No esa misma noche. Sino una noche muy parecida a aquella. Una noche en la que Beth acabó entre sus brazos, pegada a él toda entera.

Lincoln se estaba durmiendo.

—¿Cómo? —preguntó.

—No sabía que el amor pudiera tener la luz encendida todo el tiempo. ¿Entiendes lo que quiero decir?

—No del todo —repuso él, que buscó la manera de atraerla aún más hacia sí. Distinguía apenas su silueta en la oscuridad, la cabeza erguida, la melena derramada sobre el pecho de Lincoln.

—Pensaba que el amor precisaba descansos —prosiguió ella, esforzándose por encontrar las palabras adecuadas—. O que parpadeaba. No sabía que pudiera prolongarse infinitamente, sin llegar nunca al borde. Como pi.

—¿Pin? ¿Qué pin? —murmuró él.

—No, pi —repuso Beth—. ¿Lincoln?

Él no respondió.

—¿Lincoln? ¿Duermes?

—No sabía que alguien pudiera amarme así —prosiguió ella—. Que pudiera amarme y amarme y amarme sin... necesidad de espacio.

Lincoln la cubrió con su cuerpo con el fin de tenerla aún más cerca.

—No hay aire en el espacio —dijo.

AGRADECIMIENTOS

Gracias a mi fantástica hermana, Jade, por empeñarse en saber qué pasaba a continuación. Doy gracias también a DeDra, por la inspiración; a Brian, por los ánimos; y a Erika, que me paró los pies cuando fui demasiado lejos. Y un agradecimiento especial a Christopher, por su consejo y amistad, y por haber sido absolutamente consecuente con su mensaje.

Enlazados de Rainbow Rowell
se terminó de imprimir en febrero de 2024
en los talleres de
Impresora Tauro, S.A. de C.V.
Av. Año de Juárez 343, col. Granjas San Antonio,
Ciudad de México